SCHEIDUNG AUF ENGLISCH

ECON Historischer Kriminalroman

Im ECON Taschenbuch Verlag ist außerdem folgender Titel von Gillian Linscott lieferbar:

Tod in Biarritz (TB 25144)

Der berühmte Autor George Bernhard Shaw erregt mit seinem neusten Theaterstück über das englische Scheidungsrecht die Gemüter. Und nicht nur das Thema an sich sorgt für Diskussionsstoff – Shaw läßt die Hauptrolle in seinem Stück ausgerechnet von der in Scheidung lebenden Gattin Lord Penwardines spielen. Um die Ehre des Lords zu retten, inszenieren seine Freunde einen Theaterskandal, der schließlich Ausmaße annimmt, mit denen keiner gerechnet hat. Spätestens als der Vertreter des Theaterzensors in Frauenkleidern tot hinter der Bühne aufgefunden wird, entwickelt sich aus dem inszenierten Skandal eine dramatische Jagd nach dem Mörder.

Gillian Linscott begann ihre journalistische Karriere mit Reportagen über die Straßenkämpfe in Belfast. Später arbeitete sie unter anderem als Theaterautorin und Parlamentsreporterin. Heute lebt sie als freischaffende Autorin mit ihrem Mann auf einer Farm in Herfordshire.

Gillian Linscott

SCHEIDUNG AUF ENGLISCH

Ein Kriminalroman aus dem England der Jahrhundertwende

ECON Taschenbuch Verlag

Veröffentlicht im ECON Taschenbuch Verlag, 1997

Der ECON Taschenbuch Verlag
ist ein Unternehmen der ECON & List Verlagsgesellschaft

Lizenzausgabe

Die Originalausgabe erschien 1993 bei Little, Brown
und Company in London unter dem Titel »Stage Right«

Übersetzung von: Gabriele Kosack

Umschlaggestaltung: Init GmbH, Bielefeld
Titelabbildung: AKG, Berlin
Druck und Bindearbeiten: Elsnerdruck, Berlin
Printed in Germany
ISBN 3-612-25191-0

1

Unter normalen Umständen wäre ich mit den Problemen des Ehepaars Penwardine und der Ermordung des Mannes, der den Theaterzensor *Lord Chamberlain* am *Crispin Theatre* vertrat, gar nicht erst in Berührung gekommen; derlei spielte sich in anderen gesellschaftlichen Kreisen als den meinen ab. Ich wurde einzig und allein deshalb hineinverwickelt, weil ich an einem Novemberabend des Jahres 1909 gleich zwei gravierende Fehler beging. Der eine bestand darin, einer Abendeinladung in das Haus meiner Tante Folge zu leisten – der andere, eine Karte George Bernard Shaws in die Hände zu nehmen.

Die Soiree meiner Tante war selbstverständlich der größere Fehler, denn ich hätte es auf jeden Fall besser wissen müssen. Schon als ich auf die Einladung antwortete, schwante mir Böses; ich gab jedoch ausnahmsweise und entgegen meiner bösen Ahnungen meinem Familiensinn nach, was stets ein Fehler ist – vor allem in bezug auf eben jene Tante. Ich kann die Schwester meiner Mutter ebensowenig leiden wie sie mich. Sie hat an allem etwas auszusetzen: an meiner Ausbildung, meinem Benehmen, meinen politischen Ansichten sowie an der Tatsache, daß ich in besagtem Jahr wegen meiner Aktivitäten als Sufragette bereits zweimal im Hollowayschen Gefängnis gesessen hatte. Nichtsdestotrotz ist Blut in den Augen meiner Tante sogar dicker als der Drillich eines Sträflingsanzugs. Ich kann sie mir gut vorstellen, wie sie energisch ihren eindrucksvollen Unterkiefer vorschob, während sie meinen Namen auf eine Einladungskarte mit dem Aufdruck «Mrs. James Kilton gibt sich die Ehre, Sie heute von halb sieben bis halb neun Uhr bei ihr zu Hause zu empfangen» setzte.

Das Zuhause meiner Tante ist ein hohes Gebäude in *Knightsbridge*, vollgestopft mit Gemälden, Porzellan und riesigen Möbeln, die düster in der Gegend herumstehen und aus früheren, noch grandioseren Häusern stammen. Ich traf pünktlich ein, da ich anschließend noch eine Versammlung besuchen mußte. Deswegen stand ich ganz zuvorderst in der Reihe der Gäste, die zur Begrüßung an meiner Tante vorbeidefilierten.

«Nell, ich bin entzückt, daß du es einrichten konntest.»

Ihr Kuß hinterließ Frostspuren auf meiner Wange. Während ich mich aus meiner halbgebückten Stellung wieder aufrichtete, flüsterte sie mir zu: «Du hättest dich allerdings umziehen können.»

«Ich habe mich umgezogen, liebste Tante.»

Mein graues Kostüm mit dem schwarzen Bortenbesatz war dem Anlaß vollkommen angemessen. Außerdem hätte ich in einer Garderobe, wie sie die meisten der weiblichen Gäste meiner Tante trugen, kaum an einer Versammlung des «Komitees zur Unterstützung inhaftierter Sufragetten» teilnehmen können. Die Damen trugen nämlich Samt und ihre Juwelen aus der Schatulle für zweitwichtigste Anlässe. Ich nahm ein Glas trockenen Sherry von einem livrierten Bediensteten entgegen und fragte mich, mit wem ich mich während der obligatorischen halben Stunde, bevor ich mich wieder verdrücken konnte, bei einer Plauderei wohl am wenigsten langweilen würde.

Es war ein Kopf-an-Kopf-Rennen. Meine Wahl fiel schließlich auf einen hochgewachsenenen Mann mit schütterem dunklem Haar und einem Kopf, der für seinen Körper zu groß schien. Und zwar nicht deswegen, weil er sonderlich interessant schien, sondern weil er für sich allein – wie ein düsterer

Felsbrocken in der Brandung – neben einem Bücherregal stand, während der Empfang um ihn herwogte. Er war Mitte Dreißig, so glattrasiert, als hätte ein Barbier oder Butler ihn gerade erst aus seinen beflissenen Händen entlassen, und wirkte wie ein Mann, der mit stiller Würde seine lebenslang privilegierte Existenz erduldet. Seine Augen schweiften hektisch durch den Raum, doch abgesehen davon stand er so unbeweglich da, als übte er sich darin, ein steinernes Abbild seiner selbst zu sein. Irgendwie kam er mir bekannt vor – vermutlich ein Politiker. Während ich auf ihn zuschritt, blickte er mir leicht beunruhigt entgegen.

«Sieht aus, als würde das Oberhaus den Haushaltsplan verwerfen. Was bedeutet, daß dem Unterhaus einige interessante Wochen bevorstehen.»

Nicht einmal meine Tante hätte an einer solchen Gesprächseinleitung etwas aussetzen können. Damit trat man niemandem auf die Füße, weder einem Liberalen noch einem Konservativen – und ich schätzte ihn in der Tat als Parlamentsangehörigen ein.

«Ja. Ja natürlich.»

Immer noch dieser beunruhigte Blick. Er war offenkundig nicht an Frauen gewöhnt, die mit ihm über Politik sprechen wollten, noch bevor sie ihm offiziell vorgestellt worden waren.

«Mein Name ist Nell Bray, ich bin eine Nichte der Gastgeberin. Halten Sie es nicht auch für geradezu lächerlich rückständig, daß ein nicht demokratisch gewähltes Organ einen Haushaltsplan verzögern kann?»

Ich hoffte, er würde meinem Beispiel folgen und sich vorstellen, doch nichts dergleichen geschah.

Stattdessen murmelte er: «Anscheinend sind etliche Leute dieser Ansicht.»

Wenn nicht mehr aus ihm herauszuquetschen war, hatte ich mir mit Sicherheit den Falschen ausgesucht. Plötzlich empfand ich es als Herausforderung, ihm eine Reaktion zu entlocken, und sachte verabschiedeten sich meine guten Manieren.

«Falls das Oberhaus den Haushaltsplan weiterhin behindert, muß der Premierminister das Parlament erweitern. Ich habe einen Vorschlag, wie er das bewerkstelligen könnte.»

«Ja?»

«Für jedes adelige Oberhausmitglied ernennt die Regierung ein weibliches Pendant, und zwar die Köchinnen der adeligen Oberhausmitglieder.»

«Die – die Köchinnen?!»

Endlich eine Reaktion. Er schluckte. Eine Augenbraue hob sich merklich.

«Ja, die Köchinnen. Damit wären drei Fliegen mit einer Klappe geschlagen. Erstens bekämen wir Frauen ins Parlament, zweitens Mitglieder der arbeitenden Bevölkerung, drittens untergrüben wir das derzeitige Vererbungsprinzip, welches sich dadurch auszeichnet, daß die Heranzüchtung unserer Gesetzgeber weniger effektiv vonstatten geht als die unserer Rennpferde.»

Er lief bereits ziemlich rot an, ein Wangenmuskel zuckte. Zweifelsohne ein Konservativer, dennoch ließ sich mit ihm kein vernünftiger Streit entfachen. Deshalb bemerkte ich zu meiner Erleichterung, daß eine Freundin meiner Tante eingetroffen war, die ich sogar mochte. Ich empfahl mich und lief quer durch den Raum auf sie zu.

«Wie ich sehe, tust du deinen gesellschaftlichen Pflichten Genüge, Nell.»

«Das war geradezu Fronarbeit. Ich hatte mir vermutlich den größten Langweiler weit und breit ausgesucht.»

«Dem armen Lord Penwardine geht derzeit sicherlich einiges im Kopf herum.»

Mein Gesichtsausdruck verriet mich.

«Nell! Bist du etwa wieder einmal ins Fettnäpfchen getreten?»

«Ich weiß nicht, ob du es als Fettnäpfchen bezeichnen würdest. Ich regte lediglich an, seine Köchin zum Parlamentsmitglied zu ernennen.»

«Seine Köchin?»

«Alle Köchinnen. Ich ließ ferner durchblicken, daß man der Fortpflanzung Adeliger weniger Sorgfalt angedeihen lasse als der von Rennpferden.»

Auf ihrer bislang heiteren Miene erschien ein Ausdruck beträchtlicher Besorgnis. «Du liebe Güte! Wußtest du denn nicht, wie sehr sich die Familie einen Stammhalter wünscht? Seine Frau gebar ihm keine Kinder, und jetzt ist sie fort – durchgebrannt. Gewiß hast du davon gehört.»

«Meine liebe Jeanie, ich weiß mit meiner Zeit Besseres anzufangen, als über die Eheprobleme unserer Aristokratie nachzudenken.»

Sie warf einen raschen Blick in die Runde, um sich zu vergewissern, daß uns niemand zuhörte.

«Ach herrje! Offenbar stattet er seiner Mutter bereits Bericht über dich ab.»

Ich warf einen Blick über meine Schulter. Der Mann sprach mit einer Dame, deren Haar die Farbe geschmolzenen Zinns hatte. Ihre beiden Köpfe steckten dicht beieinander. Sie war nicht groß, aber ihre quadratischen Schultern und ihre markante Kinnpartie zeugten davon, daß sie sich von niemandem einfach ignorieren ließ. Ihr Haar war zu einer aufwendigen Frisur aufgetürmt, die mittels schierer Willenskraft niemals zu verrutschen schien. Sie trug eine enganliegende schwere Halskette aus Perlen und Opalen und stand in militärischer Habachtstellung so stramm, als zähle auch das zu den ihr vom Leben auferlegten Pflichten. Während ich sie noch ansah, beäugte sie mich plötzlich durch eine Lorgnette. Wahrscheinlich genoß ich in diesem Augenblick ungefähr den gleichen Status wie eine Amöbe unter dem Mikroskop.

Jeanie sagte: «Die Witwe des Marquis von Penwardine ist mit deiner Tante eng befreundet.»

«Das war anzunehmen. Und er?»

Wenn sie schon über mich redeten – fand ich –, durfte ich mit ihnen dasselbe machen. Jeanie holte tief Luft.

«Er heiratete eine amerikanische Erbin, und zwar ihres Geldes wegen, denn sein Vater verspielte das gesamte Familienvermögen. Hast du nie etwas darüber gehört?»

«Ich erinnere mich dunkel.»

«Tochter eines verstorbenen Eisenbahnmillionärs, rothaarig, doch nicht unattraktiv. Bei der Eheschließung brachte sie ihm zwei Millionen Dollar ein. Das war vor sechs oder sieben Jahren.»

«Doch die Ehe war kein Erfolg?»

«Logischerweise war es keine Liebesheirat, zumindest nicht von seiner Seite aus; trotzdem sah es zunächst so aus, als würde sie sich bei uns eingewöhnen. Das Hauptproblem war selbstverständlich die Frau Mama. Neun Monate nach den Flitterwochen erwartete sie bereits einen Stammhalter, und sie tobte, als Isabella sich als ungefällig erwies.»

«Was selbstverständlich einzig und allein Isabellas Schuld war.»

«Und der Grund, weshalb Isabella sich schließlich auflehnte und durchbrannte.»

«Ein Verhalten, das sich für eine Zuchtstute natürlich nicht ziemt.»

Jeanie warf mir einen Blick zu, der besagte: Geh nicht zu weit!

«Sie verließ ihn gleich nach den Rennen in Ascot, bezog in London eine eigene Wohnung und verkehrt nun in lebenslustigeren Kreisen als den seinen. Man munkelt, sie habe eine Affäre mit diesem Schauspieler, Charles Courts. Dem Mann, der ständig Flugapparate zu Bruch fährt.»

«Ich sah ihn schon auf der Bühne. Ein guter Schauspieler.»

«Und dazu der bestaussehende Mann Europas. Vermutlich wird Lord Penwardine über kurz oder lang die Scheidung einreichen. Es ist allgemein bekannt, daß er seit Jahren eine andere Frau liebt – die sprichwörtliche Jugendliebe. Und was den heißersehnten Stammhalter betrifft: da wird die Zeit allmählich knapp.»

Ausgerechnet Jeanie gegenüber, die von der ganzen Bande mit Abstand die netteste war, durfte ich eigentlich nicht aus der Haut fahren, doch es reichte mir allmählich.

«*Er* läßt sich scheiden! Er heiratet die Frau wegen ihres Geldes, er liebt eine andere, aber *er* darf die Scheidung einreichen und sie nicht.»

«Pssst! Wenn ich dir erlaube, einen deiner Vorträge über Scheidungsgesetze vom Stapel zu lassen, spricht deine Tante nie wieder mit mir. Ich weiß, daß Frauen benachteiligt werden, aber was kann man dagegen schon machen?»

Geschickt mischte sie sich unter einige Damen, die eben vorbeispazierten, und knüpfte ein Gespräch über ein Chopin-Konzert an, dem sie und die anderen beigewohnt hatten. Ich nicht. Deshalb blieb ich nur noch einen kurzen Augenblick, bedankte mich dann bei meiner Tante und machte mich aus dem Staub. Ihrem Blick ließ sich entnehmen, daß der Verlauf meiner Unterhaltung mit Lord Penwardine bereits bis zu ihr vorgedrungen war.

Es war schon dunkel und nieselte leicht. Ich fuhr per Pferdetram nach *St. Pancras*, wo eine Versammlung des «Komitees zur Unterstützung inhaftierter Sufragetten» stattfand. Nach etwa anderthalb Stunden hitziger Wortgefechte wurde eine Karte von Hand zu Hand weitergegeben und gelangte schließlich zu mir. George Bernard Shaw, der am mir entgegengesetzten Tischende saß, verfolgte die Übergabe der Karte mit seinen Augen. Ich las:

Nell:

Was ist sinnvoller: Einen Mord aufzuklären oder ihn zu verhindern?

Das bedeutete, daß eine meiner Genossinnen wahrscheinlich ein wenig zuviel geplaudert hatte. Ich war in jenem Jahr schon einmal mit Mord in Berührung gekommen, und das eine Mal genügte mir. Ich blickte zum anderen Tischende hinüber, doch Shaw, der sein rotbärtiges Kinn auf seine ineinanderverschränkten Finger stützte, schien in diesem Augenblick ganz Auge und Ohr für eine unserer Mitstreiterinnen zu sein, die gerade über die Schwierigkeiten der Geldbeschaffung sprach. Ich drehte die Karte um und schrieb auf die Rückseite:

«Es hinge davon ab, um wen es sich bei dem potentiellen Opfer handelt.»

Spontan fielen mir mehrere Dutzend Leute ein, denen ich bei weitem nicht so ohne weiteres zur Hilfe geeilt wäre, angefangen bei meiner Tante und den meisten ihrer Gäste bis hin zu den zänkischen Teilnehmerinnen der laufenden Versammlung. Ich ließ die Karte den Tisch entlang zurückreichen, was mir – wegen mangelnder Aufmerksamkeit – einen tadelnden Blick von Beatrice Webb einhandelte.

Als die Versammlung endete, war es bereits nach zehn Uhr. Ich wollte die Tram erreichen, die nach *Haverstock Hill* hinauffuhr, und zu Fuß zu meiner Wohnung in *Hampstead* laufen, um mir den Kopf vom Wind freiblasen zu lassen. Ich steuerte auf eine Seitentür zu. Doch wie aus der Erde gewachsen tauchte plötzlich Shaw vor mir auf; in dem einen Arm hielt er einen Stapel Papiere und Akten, den anderen stützte er quer über die Türöffnung auf dem Türrahmen ab und schnitt mir auf diese Weise den Fluchtweg ab.

«Angenommen, es handelt sich bei dem Opfer um eine fleißige junge Frau, die alles daransetzt, ihr Scherflein zu einer Verbesserung der gesellschaftlichen Verhältnisse beizutragen?»

«In dem Fall sollten Sie alles in Ihrer Macht Stehende tun, um ihre Ermordung zu verhindern. Wenn Sie mich jetzt bitte entschuldigen würden ...»

Er lächelte und stellte sich, mit wippendem Bart und langen, angewinkelten Beinen, seitlich so in den Türrahmen, daß er ihn vollständig versperrte. Mein Mut sank; ich wußte nämlich, daß er sich nötigenfalls Stunden mit mir herumstreiten würde.

«Natürlich, aber meine Macht hat Grenzen.»

Dieses Eingeständnis hörte ich zum ersten Mal. Dabei sah er allerdings immer noch nicht so aus, als würde er auch meinen, was er sagte.

«Besser ausgedrückt: Es gibt Räume, deren Betreten mir Sitte und Anstand verbieten. Die Garderobe einer Schauspielerin beispielsweise.»

«Die fleißige junge Frau ist also Schauspielerin?»

«Anfängerin. Sie spielt die Hauptrolle in einem satirischen Stückchen aus meiner Feder. Vielmehr wird sie sie spielen, sofern der *Lord Chamberlain* eine Zeile übrigläßt, die den Vortrag lohnt.»

Bei seinem letzten satirischen Stückchen handelte es sich um einen feministischen Einakter, in dem sich der Premierminister zum Auftakt als Frau verkleiden mußte, um durch marodierende Menschenmassen in die *Downing Street* zu gelangen. Der Zensor fand die Idee gar nicht lustig. Ich verpaßte den Spaß, weil ich zu jenem Zeitpunkt wieder einmal im Gefängnis saß, aber meine Freundinnen waren samt und sonders begeistert.

«Wovon handelt das Stück?»

«Es ist ein Märchen.»

«Ich dachte, Sie mögen keine Märchen.»

«Dieses Märchen hat eine Moral. Cinderella ist seit fünf Jahren mit ihrem Prinzen verheiratet, bereut es bitterlich, sitzt aber wegen unserer unmoralischen Scheidungsgesetze in der Falle.»

«Wer will Ihre Cinderella denn umbringen?»

«Der Herr Gemahl.»

«Im Stück oder in der Wirklichkeit?»

«Leider nur zu wirklich.»

Bei mir fiel ein Groschen.

«Sprechen wir möglicherweise über Lady Penwardine?»

Er lächelte.

«Sie tritt unter ihrem Mädchennamen auf, Isabella Flanagan. Sie möchte lieber, daß man sie als Bella kennt.»

«Sie hat ihren Mann verlassen und eine Affäre mit Charles Courts begonnen.»

Es war spät, ich war müde. Shaw, der durchaus von puritanischen Anwandlungen übermannt werden konnte, wirkte regelrecht schockiert.

«Nell, es sieht Ihnen gar nicht ähnlich, auf törichtes Geschwätz zu hören.»

«Entschuldigen Sie bitte. Ich befand mich heute abend, bevor ich herkam, diesbezüglich in sehr schlechter Gesellschaft. Lassen Sie es mich so formulieren: Sie ringt einem untreuen Ehemann ihre Unabhängigkeit ab.»

«Klingt schon besser.»

«Hat Charles Courts mit der Angelegenheit überhaupt etwas zu tun?»

«Charles Courts ist ihr Partner in meinem bescheidenen Dramolet.»

Das überraschte mich. Courts' schauspielerisches Talent erhob ihn zwar über den Durchschnitt, doch war er eher ein Held der leichten Muse und nicht unbedingt der Typ, dessen Auftritt man in einem Stück von George Bernard Shaw erwartete.

«Er spielt den Märchenprinzen, denn er trifft vollendet Ton und Gebaren des Mannes, der nur aufgrund seiner Abstammung dazu bestimmt ist, eine Frau und ein Land zu regieren, aber weder die eine noch das andere begreift.»

«Trifft diese Beschreibung auch auf Lord Penwardine zu?»

«Das scheint zumindest Lord Penwardine selbst zu glauben. Er versucht mit allen ihm zur Verfügung stehenden Mitteln, die Premiere zu verhindern, Drohungen miteingeschlossen.»

«Drohungen seiner Frau gegenüber?»

«Ja. Deshalb benötigen wir Ihre Hilfe.»

«Ich bin mir sicher, daß Sie selbst gut mit allen möglichen Drohungen fertigwerden können.»

Obwohl er bereits weit über fünfzig war, legte er großen Wert auf seine körperliche Verfassung und war sich nicht zu schade, andere zu Faustkämpfen herauszufordern. Und soweit ich wußte, hatte sich in jüngster Vergangenheit niemand darauf eingelassen.

«Ich habe zuviel zu tun. Außerdem erfordert diese Aufgabe eine Frau.»

«Ich habe ebenfalls zuviel zu tun.»

Enttäuscht sackte er in sich zusammen. Er ließ sich mit dem Rücken den Türrahmen hinabgleiten und faltete seine Beine wie eine Stabheuschrecke unter sich zusammen, bis er tatsächlich mitten in der Tür kauerte, wobei er das bärtige Kinn auf die mit rauhem Tweed bedeckten Knie stützte. Er blickte zu mir empor und redete nun plötzlich in seinem charakteristischen irischen Singsang weiter.

«Nell, im Namen aller Menschen und Heiligen, tun Sie mir einen Gefallen, und schauen Sie sich die arme Frau wenigstens einmal an!»

Unwillkürlich brach ich in lautes Gelächter aus. Ich wußte, auch dieser Moment war sorgfältig in Szene gesetzt, genau wie alle von Shaws scheinbar spontanen Einfälle, aber seine kleinen

Kunststückchen wirkten immer. Außerdem war es leichter, ihm den kleinen Finger zu geben, als weiter herumzustreiten.

«Wann soll ich wo erscheinen?»

Augenblicklich sprang er auf.

«Morgen, punkt zehn Uhr, *Crispin Theatre* in der Nähe des *Strand*. Dort findet die Generalprobe statt.»

Ich dachte an die zahlreichen anderen Dinge, die ich am nächsten Morgen eigentlich zu erledigen hatte, aber Widerstand war zwecklos. Es war ihm durchaus zuzutrauen, daß er ein zweites Mal vor mir in die Knie sank. Vor dem Gebäude verabschiedeten wir uns voneinander. Ich lief zur Trambahnhaltestelle. In dem Moment, da ich Shaw aus den Augen verlor, ärgerte ich mich über meine eigene Nachgiebigkeit.

2

Das kleine *Crispin Theatre* zwängt sich bescheiden in eine Seitenstraße nahe der *Charing Cross Station*; es liegt also ein wenig außerhalb der großen Theaterwelt des *Strand*. Zu jener Zeit wechselten im *Crispin* musikalische Revuen mit gelegentlichen Vorstößen auf avantgardistisches Terrain ab, nämlich dann, wenn Werke Ibsens oder Shaws aufgeführt wurden. Dementsprechend besaß das Theater weder ein Stammpublikum noch einen ausgeprägt eigenen Charakter. Um fünf vor zehn, an einem kalten grauen Vormittag wirkte es wirklich nicht eben prächtig. Rechts und links neben dem verrammelten, verriegelten Haupteingang an der *William IV Street* hingen alte, zerfetzte Plakate. Das heißt, ich hielt sie für alt, bis ich beim

Nähertreten bemerkte, daß sie die am kommenden Abend stattfindende Premiere von George Bernard Shaws neuestem Stück ankündigten, *Cinderella Revisited.* Nicht Wind oder Wetter, sondern Hände hatten die zu allem Überfluß mit Teer beschmierten Plakate zerfetzt. Daß Lord Penwardine hier persönlich am Werk gewesen war, konnte ich mir zwar nicht vorstellen, doch vielleicht hatte er seine Diener vorbeigesandt.

Der Bühneneingang lag um die Ecke am *Chandos Place* und versteckte sich zwischen rußgeschwärzten Ziegeln. Trat man hindurch, befand man sich in einem höhlenartigen, verzweigten Korridor mit verschlungenen Rohren, verwinkelten Treppen und zahlreichen Türen. Allerorten standen Koffer und Truhen herum, so als hätten Flüchtende sie in verwirrter Hast stehenlassen. Zur rechten Seite des Eingangs befand sich eine – in diesem Augenblick leere – Pförtnerloge mit Schiebefenster. Ich stampfte einmal mit dem Fuß auf, räusperte mich und wartete – keine Menschenseele.

«Ist jemand da?»

Ich hörte, wie sich hinter einer Tür etwas rührte. Nach einem weiteren Ruf vernahm ich eine zögernde Stimme:

«Warten Sie, ich komme.»

Kurze Zeit später öffnete sich die Tür. Vor mir erschien ein rundlicher Mann mittleren Alters mit Doppelkinn und einem Bauch, der seine schwarze Hose sowie seine schwarzweiß karierte Weste beinahe bis zum Zerbersten füllte. Sein Gesicht glänzte. Vermutlich hatte er sich bis zu diesem Augenblick dem Verzehr gebutterter Toasts gewidmet.

Ich teilte ihm mit, daß Mr. Shaw mich erwartete.

«Sie sind auf der Bühne.»

Der Umstand schien ihn verdrießlich zu stimmen.

«Wie gelange ich dorthin?»

Er öffnete eine Tür, die uns gegenüber lag, und wies einen langen, von wenigen elektrischen Glühbirnen nur schwach erleuchteten Flur mit schmutziggrünen Wänden hinab, an dessen rechter Seite sich zahlreiche Türen reihten.

«Gehen Sie den Garderoben entlang und rechts in den Grünen Salon. Dort wenden Sie sich nach links, und dann stehen Sie hinter der Bühne.»

Ich hätte mich über einen Führer durch das Labyrinth gefreut, doch ihn zog es offenkundig zu seinem Toast zurück. Also lief ich allein durch den Flur und betrat einen Raum, in dem etliche alte, aber bequem wirkende Sessel und Sofas standen. Schon vernahm ich gedämpftes Stimmengewirr. Weiter ging es, durch einen kürzeren Korridor, dann befand ich mich zwischen den Kulissen. Aus halber Finsternis blickte ich auf einen Kreis aus Licht.

Sechs Menschen, unter ihnen Bernard Shaw, standen auf der Bühne. Er sprach mit einem unscheinbaren jungen Mann, der sehr besorgt wirkte und ständig entschuldigend mit dem Kopf nickte – vermutlich der Produzent. Die anderen vier, drei Männer und eine Frau, trugen ihre Bühnenkostüme. Shaw bemerkte mich fast augenblicklich und winkte mich zu sich. Ich achtete sorgsam darauf, wohin ich trat, da das Licht mich blendete.

«Dies ist Nell Bray, unsere Aufpasserin. Nell, ich möchte Ihnen die Schauspieler vorstellen. Unsere gute Fee – Sylvia Bonnet.»

Sylvia war Mitte Vierzig. Unter theatralisch hochgeschwungenen Augenbrauen und pflaumenfarben geschminkten Lidern blickte ein Paar wachsamer Augen hervor, und die schwere Bühnenschminke konnte die Prägnanz und Nüchternheit ihrer Gesichtszüge nicht überdecken. Sie trug keine Perücke; ihr Haar wies unverhohlene graue Strähnen auf. Sylvias Kostüm setzte sich aus einer Krankenschwestertracht in unpassender Kombination mit einem Sternenumhang zusammen. Ihr Händedruck war fest und kühl.

«Sylvias Gatte Silvester spielt den Buttons.»

«*Enchanté.*»

Silvester machte eine galante Verbeugung. Er zählte ein, zwei Lenze mehr als seine Frau und sah aus wie ein Bischof, der einem Lotterleben frönt. Über seinem Kopf wogte, gleich der Bugwelle eines Schiffes, ein silbergrauer Haarschopf. Seine Erscheinung stand in seltsamem Kontrast zu seiner kastanienbraunen Livree und seiner steifen Mütze.

«Dies ist Vincent Colvin alias Dandini.»

Vincent stand ein wenig von den anderen entfernt. Ich hatte, während Shaw mir das Ehepaar Bonnet vorstellte, bemerkt, daß er uns – in dem offensichtlichen Bemühen, mich einzuordnen – forschend beobachtete. Er war Anfang Dreißig und trug ein höfisches Kostüm mitsamt Kniebundhosen und Schnallenschuhen. Sein glattes schwarzes Haar beschirmte eine hohe Stirn. Er war wegen seiner allzu hervorstehenden Nase und seiner allzu tiefliegenden Augen kein im landläufigen Sinne gutaussehender, jedoch ein intelligent wirkender Mann mit der Ausstrahlung eines nervös tänzelnden Rennpferdes. Als er mir die Hand schüttelte, bekundete er sein Entzücken darüber, meine Bekanntschaft zu machen.

«*Et voilà* – unser Märchenprinz, auch bekannt unter dem Namen Charles Courts.»

Bei der Nennung von Charles' Namen änderte sich Shaws Tonfall, als würde er die gesamte Situation als Witz empfinden. Charles war der einzig wirklich bekannte unter den vier Schauspielern. Ich hatte ihn als Romeo und Hamlet gesehen, allerdings nie näher als von einer mittleren Parkettreihe aus. Was ich in diesem Augenblick, da er mir lächelnd seine Hand entgegenstreckte, als erstes verspürte, war Zorn. Als ob Frauen nicht genug Probleme hatten, auch ohne daß Männer, die so blendend aussahen wie dieses Prachtexemplar, frei in der Gegend herumlaufen durften. Solche Männer sollte man dazu verdonnern, Alarmglocken um den Hals zu tragen, wie Aussätzige.

Eine widerspenstige braune Locke fiel ihm in die Stirn; seine Augenbrauen besaßen genau jenen kleinen Schwung nach oben, der jemanden schlau aussehen läßt, selbst wenn er es nicht ist. Ungeachtet der dicken Theaterschminke wirkte er frisch und robust, so, als sei er eben von draußen gekommen. Man dachte bei seinem Anblick unwillkürlich an Spaziergänge durch eine vom Wind gepeitschte Heidelandschaft und Tee vor einem prasselnden Kaminfeuer und ... die Alarmglocke läutete wie wild!

«Ich freue mich, Sie kennenzulernen, Miss Bray.»

Ein Lächeln, das man nahezu als schüchtern hätte bezeichnen können. Eine Stimme, deren Klang auch in diesem Moment einen rosenumkränzten Balkon in einer Veroneser Sommernacht heraufbeschwor. Nun gut, das war sein Beruf. Wahrscheinlich konnte er nichts dafür.

«Mr. Freeson, unser Produzent.»

Ich hatte richtig getippt, was den nervösen Herrn betraf. Er bedachte mich mit einem gezwungenen Lächeln.

Selbst wenn die Anwesenden neugierig gewesen wären, was ich an diesem Ort zu schaffen hatte – Fragen stellte diesbezüglich niemand, und Shaw ging zum Tagesgeschäft über.

«Ich schlage vor, daß wir mit der ersten Szene beginnen, während wir darauf warten, daß Miss Flanagan und der *Lord Chamberlain* uns mit ihrer Gegenwart beehren.»

Silvester Bonnet und Vincent Colvin verschwanden in den Kulissen; einen Augenblick später kehrte Silvester mit einem Paar Stiefel samt Stiefelbürste auf die Bühne zurück. Während er und Freeson ein produktionstechnisches Detail erörterten, geleitete Shaw Sylvia, Charles und mich über einige Stufen am Rand der Bühne durch den Orchestergraben zu den vorderen Parkettreihen. Ich ließ mich an Shaws Seite nieder und fragte:

«Wieder einmal Schwierigkeiten mit dem *Lord Chamberlain*?»

Der *Lord Chamberlain* oder Haushofmeister des Königs war von seiner Funktion her offiziell ein Angehöriger des königlichen Hofes; in Wahrheit jedoch fungierte er als Zensor von Theaterstücken. Shaws Kämpfe mit jenem Amt waren bereits Legende. Keines von Shaws Stücken gelangte zur Aufführung, ohne daß es nicht zuvor zwischen Shaw und dem *Lord Chamberlain* zu langwierigen Streitereien über Moral oder Politik – beziehungsweise Moral und Politik – gekommen wäre.

«Ich erhielt die Zusage, daß man uns die notwendigen Änderungen meiner nichtswürdigen Ideen bis zur Generalprobe wissen lassen würde. Schon vor zwei Wochen sandten wir ein Exemplar des Stückes an den *Lord Chamberlain*.»

«Und Lady Penwardine – ich meine, Miss Flanagan?»

«Sie versprach, um zehn Uhr hier zu sein. Wir hoffen daher – und diese unsere Hoffnung ist nicht einmal völlig unbegründet –, sie gegen Mittag in unserer Mitte zu sehen.»

Aus den Kulissen waren eilige Schritte zu vernehmen. Eine Frau mit wehenden roten Haaren und fliegenden Mantelschößen kam auf die Bühne gerannt.

«Mr. Shaw, verehrte Kollegen. Es tut mir so leid, es tut mir so leid, es tut mir so entsetzlich leid.»

Ein Bostoner Akzent reinsten Wassers. Sie lief auf die Scheinwerfer am Bühnenrand zu und begleitete jede ihrer Entschuldigungsbeteuerungen mit einem nicht ganz ernstgemeinten Knicks.

Shaw blieb mit unbeweglichem Gesicht sitzen, bis sie sich nicht mehr von der Stelle rührte.

«Miss Flanagan, wenn Sie Ihre Auftritte während der Inszenierung auch nur halb so wirkungsvoll gestalten könnten wie all die Male, da Sie zu spät kamen, wird aus Ihnen vielleicht doch noch etwas.»

In gespielter Zerknirschtheit senkte sie den Kopf.

«Nell, darf ich Ihnen Miss Bella Flanagan vorstellen, Londons neueste und fraglos mit Abstand enervierendste Errungenschaft, soweit es Bühnenprotagonistinnen betrifft? Bella, dies ist Nell Bray. Falls Sie in letzter Zeit Zeitung gelesen haben sollten, dürften sich weitere Erläuterungen erübrigen. Nur eins: Nell ist noch viel gefährlicher, als man ihr gemeinhin nachsagt. Sie hat sich, gegen ihr besseres Wissen und Gewissen, herbemüht, um sich um Sie zu kümmern. Sie werden daher tun, was Nell Ihnen sagt.»

Bella Flanagan schien über Shaws Begrüßung nicht im mindesten verstimmt. Sie war vier bis fünf Jahre jünger als ich, also Ende Zwanzig, und einige Zentimeter kleiner. Man konnte sie, mit ihrem breiten Mund und dem eckigen Unterkiefer, nicht im üblichen Sinne hübsch nennen. Doch schimmerte ihr Haar wie ein winterlicher Sonnenuntergang, und sie strahlte eine sprühende Lebhaftigkeit aus, die in einem den Eindruck hinterließ, daß alle wesentlichen Dinge ausschließlich in ihrer Nähe passierten.

«Aus welchem Grund ließen Sie uns diesmal warten?»

«Wegen der letzten Anprobe des Kostüms für die Ballonszene.»

«Und – sind Sie halbwegs zufrieden?»

Sie ignorierte Shaws sarkastischen Tonfall.

«Rundum zufrieden.»

«Das freut uns außerordentlich. Wenn Sie uns jetzt dazu den besonderen Gefallen täten, Ihr Kostüm für Ihre erste Szene anzulegen, sähen wir uns möglicherweise sogar in der Lage, mit der Probe zu beginnen.»

Sie verschwand. Ungefähr zehn Minuten später betrat sie – in einem grünen Kleid mit ebensolcher Jacke – pünktlich auf ihr Stichwort hin die Bühne für ihre erste Szene mit Buttons. Cinderella beklagt sich bei Buttons über den desolaten Zustand ihrer Ehe, fünf Jahre, nachdem sie ihren Prinzen geheiratet hat. Buttons rät ihr dringend, bei ihrem ach so unzulänglichen Gatten zu bleiben, und zwar deshalb, weil Cinderella aufgrund der herrschenden Scheidungsgesetze selbst in einer unglücklichen Ehe noch wesentlich besser gestellt sei, als wenn sie versuche, sich ein unabhängiges Leben aufzubauen. Wütend stampft Cinderella daraufhin mit dem Fuß auf, und zwar dreimal, um ihre gute Fee herbeizuzitieren. Cinderella gibt der guten Fee die Schuld daran, in die Ehefalle geraten zu sein.

Sowohl Sylvia als auch Silvester Bonnet waren kollegiale, hochherzige Schauspieler, die alles ihnen Mögliche taten, um Bella zu helfen. Und Bella brauchte jede Hilfe, derer sie habhaft werden konnte. Nicht, daß es ihr an Selbstvertrauen gemangelt hätte. Sie sprach mit klarer, volltönender Stimme, wie eine Musterschülerin bei der Deklamation der amerikanischen Unabhängigkeitserklärung; nichtsdestotrotz war der Unterschied zwischen ihr und den beiden professionellen Schauspielern deutlich zu spüren. Die nächste Szene enthielt einen ausgedehnten Dialog zwischen Charles Court, dem Prinzen, und Vincent Colvin als Dandini. Beide waren ausgezeichnet, mich persönlich jedoch beeindruckte Colvin noch stärker. Sein Zeitgefühl, eine fast unmerkliche Kopfbewegung hie und da – alles in allem die perfekte Verkörperung des der Welt überdrüssigen Lebemanns.

Im Anschluß an diese Szene kam wieder Bella an die Reihe. Nach einer flotten kleinen Gardinenpredigt seitens ihrer Patin, der guten Fee, fordert Cinderella in einer Auseinandersetzung mit ihrem Gatten sowohl ihre Freiheit als auch eine Reform der Scheidungsgesetze. Bella war mit Leib und Seele bei der Sache, während sie erläuterte, inwiefern die bestehenden Gesetze Ehefrauen ungerecht behandelten.

«Der geringste Fehltritt, ein einziger Augenblick der Untreue – und schon darf man mich aufgrund der bestehenden

Gesetze für immer verstoßen. Er hingegen, selbst wenn er bereits mit jeder adeligen Schlampe Mayfairs ins Bett gegangen sein sollte …»

Ein Raunen im Raum. Ein kurzer, trockener Huster aus Shaws Richtung.

«Miss Flanagan, wenn Sie sich der Worte zu erinnern geruhten, die ich, Ihr untertänigster Autor, in meiner unendlichen Unfähigkeit und Tölpelhaftigkeit niederschrieb, fänden Sie an dieser Stelle den Satz ‹… selbst wenn sein sittenloses Gebaren bereits in aller Munde sein sollte …›»

«Ja, aber genau das ist doch gemeint, oder?»

Shaw war geradezu beängstigend liebenswürdig.

«Vermutlich ziehen wir uns schon durch meine zahme Anspielung auf sittenloses Gebaren den Zorn des Zensors zu. Ihre Version hingegen könnte dazu führen, daß man unsere Aufführung ganz und gar verbietet.»

«Ich dachte, in England herrsche das Recht auf freie Meinungsäußerung.»

«Wie ich Ihnen bereits zu erklären versuchte: Selbst wenn es irgendwo in diesem Land existieren sollte, auf das britische Theater wird es gewiß nicht angewandt, und auf meine Stücke erst recht nicht. Sobald wir eine freie Minute finden, werde ich das Thema liebend gerne näher mit Ihnen erörtern. Doch was das Hier und Jetzt betrifft – könnten Sie mir bitte den persönlichen Gefallen tun, mit der Szene fortzufahren?»

Die letzten Worte stieß er als unterdrückten Schrei hervor. Sogar Bella sah plötzlich beunruhigt aus; aus lauter Verblüffung war sie in den folgenden Minuten folgsam wie ein Lämmchen. Im weiteren Verlauf der Szene bemerkte ich allerdings, daß sie sich sachte, sachte quer über die Bühne vorarbeitete, dorthin, wo Charles Courts in prinzlicher Haltung vor der Kaminfeuerattrappe stand.

«Wohin gehen Sie, Miss Flanagan?»

Shaw klang wie ein Schullehrer im Umgang mit einer schwierigen Zehnjährigen.

«Zu Charles.»

«Das sollen Sie nicht. William, würden Sie Miss Flanagan bitte die betreffende Regieanweisung ins Gedächtnis rufen?»

Freeson, der ebenfalls auf einem Platz im Parkett saß, las mit Grabesstimme vor: «Sie steht am Fenster, eine Hand auf den Fenstersims gestützt. Er bleibt in der Haltung eines Mannes, der Heim und Herd verteidigt, am Kamin stehen.»

«Hören Sie das, Bella? Sie jedoch streben in seine Richtung, als wären Sie eine Braut im Taumel ihrer Flitterwochen. Gehen Sie auf Ihre Position zurück, und bitte denken Sie daran, daß ich meine Regieanweisungen nicht nur schreibe, um die Seiten zu füllen.»

Sie gehorchte, nicht im mindesten verlegen, und warf Charles dabei einen intensiven Blick zu. Er war zu sehr Berufsschauspieler, um ihn zu erwidern.

«Wir wollen bei Charles' Satz über Ehre weitermachen», bemerkte Shaw.

Charles sagte: «Du könntest zumindest etwas Respekt vor meiner und deiner Ehre haben.»

Bella konterte vehement: «Ehre! Worin besteht die Ehre eines Kerkermeisters?»

Charles: «Kerkermeister?»

Bella: «Ärger noch als ein Kerkermeister. Jemand, der ein öffentliches Gefängnis beaufsichtigt, tut dies zumindest zum Wohl der Allgemeinheit. Du hingegen tust es ausschließlich aus Wichtigtuerei, weil du gegenüber einer Frau die Oberhand behalten willst, die zu lieben und ehren du einst schworst.»

Charles: «Und was ist aus deinem Gelübde mir gegenüber geworden?»

Bella: «Gelübde! Wenn du mich betäubt oder betrunken

gemacht hättest, hättest du mich nicht übler behandeln können als ...»

Shaw: «Miss Flanagan.»

Shaw brauchte nicht einmal seine Stimme zu erheben. Wenn er wirklich wütend wurde, nahm sie einen so scharfen Ton an, daß man mit ihr eine Schieferplatte hätte zerschneiden können. Bella, die die Bühne bereits wieder halbwegs Richtung Charles überquert hatte, blieb stehen und drehte sich mit einem höflich fragenden Blick zu Shaw um. Als er merkte, daß sie ihm ihre Aufmerksamkeit schenkte, senkte er seine Stimme und verfiel in jenen einschmeichelnden, übertrieben irischen Tonfall, den ich als Alarmsignal einzuordnen vermochte, Bella jedoch vermutlich nicht.

«Wären Sie so liebenswürdig, uns mitzuteilen, wo Sie Ihrer Meinung nach jetzt hingehen?»

«Ich überquere die Bühne von links her zur Bühnenmitte.»

«Ach, in der Tat? Und würden Sie uns bitte den Grund dafür verraten?»

«Um zu Charles zu gelangen.»

«Und was beabsichtigen Sie mit Mr. Courts zu tun, wenn Sie bei ihm angelangt sein werden?»

Vom tadellos sitzenden Kragen bis hinauf zu seinem energischen Unterkiefer überzog sich Charles' Hals mit tiefer Röte. Sylvia Bonnet, die in dieser Szene nicht auftrat und sich neben mich in die Parkettreihe gesetzt hatte, rutschte auf ihrem Sitz hin und her und stöhnte leise.

Von der Bühne herab lieferte Bella eine Erklärung: «Ich hielt es für wirkungsvoll. Sie wissen doch, an dieser Stelle sagt sie, man solle den Menschen nicht erlauben, feierliche Gelübde zu schwören, solange sie sich unter dem Einfluß der Liebe befänden.»

«Ich erinnere mich in der Tat dunkel, derlei geschrieben zu haben.»

«Ich dachte, wenn sie ihn daran erinnert, wie sehr sie einander einst liebten, könnte sie seinen Arm berühren, ganz leicht nur, und er könnte sie daraufhin anblicken, als ob ...»

Ein lautes Aufstöhnen, vielmehr ein melodramatischer Aufschrei unterbrach sie. Shaw hatte sein Gesicht in seinen ineinanderverschränkten Armen vergraben und wiegte sich vor und zurück. In der Annahme, ihm sei übel geworden, sprang ich auf, um ihm zu helfen, doch Sylvia hielt mich am Rockzipfel zurück.

«Keine Sorge. Das gehört zum Spiel.»

Shaw hörte auf zu stöhnen und hob den Kopf.

«Möge dieser Moment mir eine Lehre sein, was die armselige Kraft des geschriebenen Wortes betrifft. Da stehe ich nun und habe Jahre meiner ansonsten halbwegs nützlichen Existenz damit zugebracht, Theaterstücke zu schreiben, in dem verhängnisvollen Glauben, daß diese möglicherweise, und sei es nur ab und an und unter günstigsten Bedingungen, den Keim eines Gedankens in irgendein aufnahmebereites Hirn einpflanzen könnten. An diesem heutigen Morgen allerdings, durch Miss Isabella Flanagan, erfahre ich, daß ich meine Zeit auf das gröblichste verschwendet habe. Meine Damen und Herren, bitte entschuldigen Sie diese kleine Gefühlsaufwallung.»

Er hatte unverkennbar einen Heidenspaß an seiner eigenen Vorstellung. Nach einer effektvollen Pause wandte er sich erneut an Bella.

«Worüber sprechen die beiden in der Szene?»

Sie wirkte leicht verwirrt.

«Ich ... ich glaube, über das Ende ihrer Ehe.»

«Jawohl. Die Liebe, die sie einmal füreinander empfanden, ist tot, mausetot. Ihre Ehe stellt deren Leiche dar, und sie erörtern den Zustand der Leiche, wie zwei Ärzte am Seziertisch.»

Ich spürte, daß Sylvia Bonnet neben mir erschauerte.

«Ja», erwiderte Bella ernst. «Ja, das verstehe ich.»

«Sie würden in dieser Situation niemals zu Ihrem Gatten hinübergehen und seinen Arm berühren, genausowenig wie Sie eine kranke Leber oder eine verwesende Lunge berühren würden. Verstehen Sie das?»

«Ja. Es tut mir leid.»

Ich vermutete, daß Bella in diesem Augenblick nicht länger Charles im Sinn hatte, sondern sich an ihren leiblichen und höchst unzulänglichen Ehemann erinnerte.

«Wir fangen noch einmal bei Charles' kleiner Rede an. Und versuchen Sie bitte im Gedächtnis zu behalten, daß Cinderella ihrer derzeit noch bestehenden Ehe zu entfliehen sucht, anstatt bereits die nächste vorzubereiten.»

Dieses Mal erreichte die Röte Charles' vollendet konturierte Wangenknochen.

3

Kurz nach ein Uhr legten wir eine Mittagspause ein. Wir waren zwar nicht am Ende des Stückes angelangt, doch diesmal lag die Schuld nicht mehr bei Bella. Ein Bühnenarbeiter verkündete Freeson, daß es mit dem Ballon nach wie vor Probleme gäbe; Shaw nutzte dies, um den Schauspielern eine Pause zu verschaffen, während derer sie sich ausruhen und etwas essen konnten. Beim Hinauseilen rief er Bella zu:

«Sie werden genau das tun, was Nell Ihnen sagt.»

Offenbar erwartete er von mir, daß ich meinen Posten als Leibwächterin umgehend antrat, doch Bella schien zunächst noch mit Charles beschäftigt. Sie standen allein auf der Bühne, die Köpfe dicht zusammengesteckt. Sie wirkte niedergeschlagen, und ich fragte mich, ob er ihr eine Standpauke wegen mangelnden professionellen Verhaltens hielt. Ich stieg die Stufen vom Orchestergraben zur Bühne hinauf und überquerte sie; dabei ließ ich ihnen genügend Zeit, um mein Näherkommen zu bemerken. Bella wandte sich um. Ihr Lächeln wirkte echt.

«Miss Bray, ich wollte Sie ohnehin längst kennenlernen. Würden Sie mit mir zu Mittag essen?»

Gewiß, meinte ich. Charles war in die Einladung offensichtlich nicht miteinbezogen, denn er spazierte mit einem Lächeln davon.

Bevor er in den Kulissen verschwand, warf er einen letzten Blick über seine Schulter zurück und sagte: «Sei vorsichtig, hörst du?»

«Selbstverständlich. Miss Bray paßt auf mich auf, außerdem nehmen wir eine Droschke. Keine dunklen Torwege.»

Für einen kurzen Augenblick folgte sie ihm mit den Augen, dann wandte sie sich wieder mir zu. «Könnten Sie warten, bis ich mich umgezogen habe? Es dauert nicht lange.»

Im Laufe der Probe war die Sonne aus den Wolken gekommen. Ohne Mühe fanden wir vor *Charing Cross* eine Droschke. Während wir den *Haymarket* entlangfuhren, fragte sie mich nach meiner Meinung über das Stück.

«Ein kluges Stück. Natürlich drückt sich darin dieselbe Haltung gegen unsere Scheidungsgesetze aus, die er bereits in *Getting Married* vertrat. Haben Sie es gesehen?»

«Zweimal. Wegen dieses Stückes schrieb ich ihm und bat ihn, eines für mich zu schreiben.»

Bei mir fiel allmählich der Groschen.

«Wollen Sie damit sagen, daß Sie das Stück persönlich in Auftrag gegeben haben?»

«Ich versuchte es, aber er wollte kein Geld dafür annehmen. Er meinte, ich könnte ihn mir nicht leisten. Er schrieb es, weil ich ihm leid tat.»

Oder vielmehr, dachte ich im stillen, weil sich dadurch eine neuerliche Gelegenheit bot, in die feine englische Gesellschaft wie in einen Bienenkorb hineinzustechen. Was schön und gut ist, nur – wenn man derlei veranstaltet, weiß man nie, wer am Ende gestochen wird.

Wir erreichten den *Berkeley Square* mit seinen unbelaubten Platanen und den nüchternen, gebieterisch in die Höhe ragenden Häusern der Reichen. Die Droschke verlangsamte ihre Fahrt und hielt an. Bella biß sich auf die Lippen.

«Die folgende Bitte ist mir äußerst unangenehm, aber – würde es Ihnen etwas ausmachen, als erste auszusteigen und nachzusehen, ob irgendwo zwei Männer herumstehen, die so aussehen, als warteten sie auf jemanden?»

Ich stieg aus und blickte mich sorgfältig um. Ein Einspänner mit einer kastanienbraunen Stute wartete vor einem Haus, ein Automobil, in dem ein uniformierter Chauffeur saß, vor einem anderen. Auf der gegenüberliegenden Seite des Platzes entfernte sich soeben ein *Fortnum*scher Lieferwagen. Das war alles. Dies war keine Gegend, die Müßiggänger zum Trödeln einlud.

«Soweit ich sehen kann, ist da niemand.»

Nun stieg sie ebenfalls aus, bezahlte den Fahrer und ging mir voran über einige Treppenstufen auf eine frisch in Geranienrot gestrichene Haustür zu. In dem Moment, da ihr Fuß die oberste Stufe berührte, öffnete sich die Tür gleichsam wie von Zauberhand. Der Butler erwartete uns bereits.

«Ich wünsche einen guten Tag, Madam.»

Unsere Mäntel und Hüte wechselten wie von selbst in seine Hände hinüber.

«Danke, Peters. Würden Sie Naomi bitte auftragen, Lunch für zwei in mein Arbeitszimmer zu bringen?»

Ich folgte ihr. Die Treppe, die sie hinaufstieg, war mit goldfarbenem Teppichboden ausgelegt – eine Farbe wie zähflüssiger Honig. Vorbei ging es an einem Spiegel in einem reichverzierten Rahmen, der nach Grinling Gibbons aussah und vermutlich wirklich von ihm entworfen war. Bella öffnete eine Tür auf dem ersten Treppenabsatz, die in einen in Violett- und Grautönen ausgestatteten Raum führte. Lange Silbervorhänge hingen in geschwungenen Falten an Fenstern herab, die den Platz überblickten. Drei Sofas, auf denen sich große bunte Kissen stapelten, standen im Raum. Ein schlichter hölzerner, mit Briefen und Pamphleten übersäter Schreibtisch sowie ein Bücherregal in der hinteren Ecke bildeten einen fast willkommenen Kontrast zu der überwältigenden Eleganz der Umgebung. Das Bücherregal quoll über von juristischen Werken und allem, was George Bernard Shaw jemals veröffentlicht hatte. Bella wies auf eines der Sofas.

«Machen Sie es sich bequem, Nell. Ich darf Sie doch Nell nennen? Wir bekommen bald einen kleinen Imbiß serviert.»

Ich setzte mich auf einen Sessel am Kamin.

«Will Ihr Mann Sie ermorden?»

Sie ließ sich mir gegenüber auf einem Sofa nieder und verstaute ihre Füße unter sich, ohne Rücksicht darauf, daß ihre schlammbespritzten Schuhe die Polster beschmutzten.

«Ja. Sofern er keine andere Möglichkeit findet, mich aufzuhalten.»

«Warum will er Sie aufhalten? Damit Sie ihn nicht verlassen?»

«Nein. In seinen Kreisen verlassen nicht wenige Frauen ihre Männer, es passiert ständig, aber in der Regel mit ungeheurer Diskretion. Er bewohnt den Landsitz, sie das Stadthaus, und einmal im Jahr treffen sie sich auf der Weihnachtsfeier für die Pächter. Sie kennen doch diese Arrangements.»

«Nicht aus eigener Erfahrung.»

«Was Guggles grämt, ist nicht die Tatsache, daß ich ihn verlassen habe, sondern daß ich versuche, mich von ihm scheiden zu lassen und ihn vor aller Augen lächerlich zu machen.»

«Guggles?»

«Der sechste Marquis von Penwardine, George Unwin Gregory Gaston-Vass. Mein mir gesetzlich angetrauter Gemahl, möge mir der Himmel gnädig sein. Eines sage ich Ihnen, Nell: Sollte ich jemals irgend etwas mit dem Erlassen von Gesetzen zu tun haben, wird sich jede Frau, die unter fünfundzwanzig Jahren heiratet, automatisch eines Verbrechens schuldig machen.»

Ein Klopfen an der Tür. Ein rundliches Hausmädchen rollte einen mit Tellern und zugedeckten Schüsseln beladenen Servierwagen herein und begann, einen Tisch in der Nähe des Kamins zu decken. Bella fuhr fort zu sprechen.

«Nehmen Sie ein halbwegs gescheites, halbwegs ehrgeiziges Mädchen, und was tut sie? Wirft alles dem erstbesten Mann in den Rachen, der einige ernsthafte Worte mit ihr wechselt.»

«Waren Sie sehr jung, als Sie Gug... – Lord Penwardine heirateten?»

«Zweiundzwanzig. Alt genug, um es eigentlich besser zu wissen, doch meine Eltern waren im Jahr davor bei einem Unfall ums Leben gekommen. Wahrscheinlich haben Sie schon von meinem Vater gehört. Man nannte ihn *Firebrake Flanagan.* Er erfand ein neuartiges Bremssystem und bestand darauf, mitsamt meiner Mutter im Schlepptau seiner Privatlokomotive die steilste Steigung hinunterzufahren, die er auftreiben konnte, um zu beweisen, daß es funktionierte. Aber es funktionierte nicht. Papa ließ sich von niemandem etwas sagen. Ich bin ihm sehr ähnlich.»

«Ist das alles, Madam?»

Das Mädchen war mit den Vorbereitungen für das Mittagessen fertig. Es gab zweierlei Sorten Brötchen, drei Arten kalten

Fleisches, geräucherte Forelle und eine ansehnliche Flasche in einem Eiskübel.

«Danke, Naomi. Das wäre alles.»

Der Wagen hinterließ tiefe Spuren in dem dicken Teppich, als das Mädchen ihn hinausrollte. Bella bemerkte meinen Blick.

«Ich habe die Räder nicht abbekommen, Madam.»

«Haben Sie es auch wirklich versucht?»

Bella sah mich schräg von der Seite her an.

«Sind Sie schockiert?»

«Neugierig. Sie geben Theaterstücke bei George Bernard Shaw in Auftrag und trinken mittags Champagner.»

«Jeder sollte mittags Champagner trinken. Das Problem besteht darin, daß die Menschen, denen es am besten bekäme, diejenigen sind, die niemals welchen bekommen.»

Den Champagnerkelchen, welche das Mädchen auf den Tisch gestellt hatte, schenkte sie keine Beachtung. Stattdessen holte sie zwei Zinnkrüge vom obersten Regalbrett und polierte sie rasch mit einem Federwisch, der auf dem Schreibtisch lag.

«Daraus schmeckt er besser.»

Fachmännisch entfernte sie den Korken und goß jeweils einen Viertelliter Champagner in die Krüge.

«Möge Guggles gründlich verwirrt werden!»

Hierauf konnte ich anstoßen, entschied ich. Wir setzten uns an den Tisch und bedienten uns mit geräucherter Forelle.

«Wie ich bereits sagte, war ich zweiundzwanzig, als ich ihn heiratete. Auf meiner ersten Europareise. Ich kam wegen der Hochzeit einer Freundin. Sie heiratete einen schottischen Grafen, ich traf Guggles auf dem Empfang und verliebte mich Hals über Kopf in ihn. Man hätte mich ebensowenig davon abhalten können wie Papa, als er den fatalen Eisenbahnwagen bestieg … Ich kann mir vorstellen, was Sie jetzt denken.»

«Ich dachte gerade, daß Champagner aus einem Zinnkrug tatsächlich besser schmeckt.»

«Sie denken, daß ich mich wegen seines Adelstitels in ihn verliebte, und weil er auf seine typisch englische Weise nicht übel aussieht. Doch ein solcher Grünschnabel war ich nie, nicht einmal mit zweiundzwanzig. Nein, ich heiratete Guggles aufgrund einer fundamentalen Unkenntnis der britischen Verfassung.»

Sie nahm einen großen Schluck Champagner und leerte die Flasche, indem sie unsere Krüge nachfüllte.

«Ich glaube, man hatte mir zuviel über Geschichte und zu wenig über Politik beigebracht. Ich war der Auffassung, der englische Adel lebe heute noch so wie zu den Zeiten der Magna Charta. Sie müssen verstehen, daß ich stets geplant hatte, einen Mann zu heiraten, der Dinge verändern würde.»

«Und Lord Penwardine entsprach in dieser Hinsicht nicht Ihren Erwartungen?»

«Nein. Ich ging davon aus, daß wir mit Hilfe seines gesellschaftlichen Ranges und des mir vererbten Geldes einige der Mißverhältnisse, die in England herrschen und der Abschaffung bedürfen, bereinigen und dem Rest der Welt auf diesem Weg zeigen würden, wie man das machte. Deshalb heiratete ich ihn und setzte zwei Millionen aus dem Vermögen meines Vaters auf ihn.»

Mir wurde allmählich klar, wie sich die Passagiere in den Wagen hinter der Lokomotive mit dem versagenden Bremssystem ihres Vaters gefühlt haben mußten.

«Sie hielten Lord Penwardine für einen Sozialreformer?»

«Ich wußte, daß er ein Liberaler war. Zum damaligen Zeitpunkt kannte ich mich in der englischen Politik nicht sonderlich gut aus, deshalb werde ich diesen Umstand wohl überbewertet haben.»

«Vermutlich.»

«Drei Jahre nach unserer Eheschließung verkündete er eines Tages bei einem netten kleinen Abendessen, das wir für zweiundzwanzig Leute veranstalteten, in aller Seelenruhe, daß er zu den Konservativen überwechseln würde. Seine Familie hatte sich anscheinend von jeher der konservativen Partei zugehörig gefühlt, doch als ich ihn kennenlernte, waren sie allesamt gerade den Liberalen beigetreten, weil sie sich darüber ärgerten, daß irgendein Cousin nicht zum Botschafter ernannt worden war. Können Sie sich das vorstellen?»

«Leider nur zu gut.»

«Ich nannte ihn einen Renegaten und verließ den Raum.»

«Exzellent.»

«Dumm war bloß, daß ich in meinem heiligen Zorn vergessen hatte, daß alle Damen aufstehen und gehen, wenn sich die Gastgeberin erhebt und den Raum verläßt. Und genau das geschah, mitten beim Dessert. Da stand ich nun auf der Terrasse und wollte nichts weiter, als Guggles allein zu erwischen, um ihn still und heimlich zu erwürgen. Stattdessen hatte ich elf englische Ladies in Abendgarderobe im Schlepptau, die sich fragten, wie sie sich nun zu verhalten hätten.»

Ich begann zu lachen. Ich war weder an Champagner zum Mittagessen noch an Bella gewöhnt. Sie stimmte in mein Lachen ein. Als Naomi hereinkam, um den Tisch abzuräumen, fand sie uns neben der leeren Flasche, während wir uns vor Lachen schüttelten.

«Soll ich jetzt den Kaffee bringen, Madam?»

Als wir uns einigermaßen erholt hatten, sagte ich: «In diesem Moment begriffen Sie, daß er die Welt nicht verbessern würde?»

«Oh, das wußte ich bereits. Alles, was er verbessert hatte, war das Dach des Hauses seiner Vorfahren, einige hundert Morgen Jagdgelände und eine Hundemeute. Alles mit meinem Geld.»

«Also verließen Sie ihn?»

«Ja. Jenes Jahr brachte das Faß zum Überlaufen, wegen der

politischen Entscheidung und einigen anderen Kleinigkeiten. Aber ich werde ihn nicht los.»

Ich nippte an meinem Kaffee und grübelte über die anderen Kleinigkeiten nach. Falls Charles Courts zu ihnen gehörte, war er der wunde Punkt. Den durch und durch ungerechten Scheidungsgesetzen zufolge konnte Lord Penwardine sich von seiner Frau scheiden lassen, wenn er zu beweisen vermochte, daß sie Ehebruch beging. Doch was der Gans nicht recht ist, ist dem streunenden Ganter trotzdem billig. Lord Penwardine durfte so viele Affären haben, wie sein Herz begehrte; trotzdem stellten sie juristisch keinen Scheidungsgrund dar, es sei denn, Bella konnte beweisen, daß es sich um sogenannten «verschärften Ehebruch» handelte. Verschärfter Ehebruch war gegeben, wenn der Mann die Frau verließ oder grausam behandelte. Ein Eintritt in die konservative Partei jedoch fiel schwerlich unter diesen Tatbestand.

Ich blickte im Raum umher, betrachtete die schweren Vorhänge, den geschnitzten und vergoldeten Kaminsims, Bella im Abendkleid auf einem Porträt Boldinis.

«Zumindest ist es Ihnen gelungen, Ihr Geld mitzunehmen.»

Das Funkeln verschwand aus Bellas Augen. Sie wirkte plötzlich grimmig.

«Das stimmt leider nicht. All die Dinge hier bezahlte ich aus dem Erbe meiner Mutter, und das geht allmählich zur Neige.»

«Was? Laut dem Gesetz über des Eigentum verheirateter Frauen haben Sie bei einer Trennung das Recht, Ihr Vermögen mitzunehmen.»

«Das weiß ich doch längst.» Sie deutete auf die Bücher auf dem Schreibtisch. «Aber dieses Gesetz läßt sich nicht auf freiwillig getroffene Vereinbarungen anwenden. Bei der Heirat mit Guggles überschrieb ich das Vermögen meines Vaters auf einen treuhänderischen Fonds zugunsten der Familie Penwardine.

Wir dachten damals wahrscheinlich, irgendwann hätten wir Kinder und ...»

Ihre Stimme verlor sich.

«Sie werden Ihr Geld demnach nicht wiederbekommen, selbst wenn es Ihnen gelingt, sich von ihm scheiden zu lassen?»

Sie lächelte, ein sonderbares, angestrengtes Lächeln.

«So unfähig waren meine Anwälte nun auch wieder nicht. Wenn ich mich wegen Grausamkeit von ihm scheiden lasse, oder weil er mir davongelaufen ist, bekomme ich alles wieder. Doch wenn ich bedenke, wie vehement eure Scheidungsgesetze gegen mich arbeiten, stehen meine Chancen äußerst schlecht.»

«Und wenn er sich wegen Ehebruch von Ihnen scheiden läßt?»

Taktgefühl hin oder her, ich mußte die Frage stellen. Bella nahm indessen keinen Anstoß daran.

«In diesem Fall behält er alles, jeden Pfennig. Aber er wird das nicht tun.»

«Es läuft also darauf hinaus, daß Sie Ihren Mann zu zwingen versuchen, Ihrem Scheidungsgesuch nachzugeben.»

«Ja. Schon aus purer Fairneß. Er liebt schon seit langem eine andere Frau, liebte sie bereits, bevor er mich heiratete. Während unserer Flitterwochen erwischte ich ihn, wie er ihr Briefe schrieb. Armes Mädchen.»

Sie klang eher traurig als wütend.

«Aber warum hat er Sie geheiratet?»

«Wegen meines Vaters Erbe. Ich nehme nicht einmal an, daß die Idee auf seinem Mist gewachsen war. Seine Mutter überredete ihn dazu. Die verwitwete Marquise, Lady Dorothea. Sie flüsterte ihm vermutlich ein, daß er seiner Familie gegenüber zu diesem Schritt verpflichtet war.»

«Wollen Sie sein Eingeständnis, Ehebruch mit jener anderen Frau begangen zu haben ...?»

Meine nächste Frage hätte gelautet: «… sowie einen Beweis für Grausamkeit in der Ehe?» Es war unter dem Einfluß unserer wahnwitzigen Scheidungsgesetze nicht ungewöhnlich, daß fremdgehende Ehemänner vor bestens präparierten Zeugen vorgaben, ihre Frauen zu schlagen, auf daß sie in den Besitz des Beweises gelangten, den beide Seiten vor dem Gesetz für ihre Befreiung benötigten.

«Nein, keinesfalls. Ich möchte nicht, daß er der armen Frau derlei zumutet. Ich habe ihr ohne mein Wollen genug angetan. Ich will sie nicht noch mehr verletzen. Sie kann ihn haben und meinen Segen dazu.»

«Doch wie …?»

Sie beugte sich vor, näher zu mir.

«Es ist so einfach. Er hatte noch andere Verhältnisse. Er bräuchte nichts weiter zu tun, als einen Beweis dafür zu erbringen, daß er mit einer Frau, die auf ihren Ruf in dieser Beziehung keinen Wert legt, Ehebruch begangen hat. Außerdem müßte er vor Zeugen so tun, als versetze er mir eine Ohrfeige. Dann kann er die Frau heiraten, die er schon immer heiraten wollte, und ich bekomme meine Freiheit, mein Geld und …»

«Charles Courts?»

Sie warf mir einen durchdringenden Blick zu.

«Ja, ich werde Charles Courts heiraten. Deshalb will ich das Geld meines Vaters zurück.»

«Ist er so kostspielig?»

Ich hätte es ihr nicht verübeln können, wenn sie mir wegen dieser Bemerkung böse gewesen wäre. Ich strengte mich zu sehr an, mich von dem Mann nicht über Gebühr beeindrukken zu lassen. Glücklicherweise schien unverblümte Offenheit Bella nicht zu verärgern.

«Charles ist überhaupt nicht kostspielig, aber Flugzeuge sind teuer.»

«Eine merkwürdige Freizeitbeschäftigung für einen Schauspieler.»

«Keine Freizeitbeschäftigung, Nell, sondern die Zukunft. Flugzeuge bedeuten für dieses Jahrhundert, was die Eisenbahnen meines Vaters für das letzte darstellten. Er wäre mehr als einverstanden, wenn ich sein Geld in dieses Gebiet investierte. Außerdem ist Charles viel eher Flieger als Schauspieler. Wenn er könnte, würde er lieber heute als morgen mit der Schauspielerei aufhören.»

Ihre Augen strahlten, sie bebte förmlich vor Erregung und Begeisterung. Ich verstand allmählich, wie sie Shaw überrollt und mitgerissen haben mußte. Bleriot hatte seine Maschine erst vor wenigen Monaten über den Ärmelkanal geflogen; eine Menge ansonsten sehr vernünftiger Leute wurde von der Flugverrücktheit wie von einer Grippeepidemie dahingerafft. Allerdings war bisher noch keine Frau wegen ehelicher Untreue mit einer Flugmaschine geschieden worden, die Fliegerei gehörte also schwerlich zum Thema.

«Haben Sie mit Charles Courts derzeit ein Verhältnis?»

Sie sah mich gleichmütig an.

«Falls Sie damit fragen wollen, ob wir miteinander geschlafen haben, lautet die Antwort: nein. Von mir aus kann mein Gatte sich eine ganze Armee von Spionen halten, aber er kann nicht beweisen, daß Charles und ich im selben Bett gelegen haben, weil es bisher einfach nicht der Fall war. Und wir werden es auch nicht tun, bis ich von Guggles geschieden bin.»

Ich empfand Mitleid für die beiden, ein angesichts ihres Geldes und seines Aussehens vollkommen widersinniges, überflüssiges Gefühl.

Ich kam wieder auf unseren Ausgangspunkt zurück.

«Und Sie glauben, Ihr Gatte will Sie ermorden?»

«Ja. Dann könnte er die andere heiraten, Vaters Geld behalten und ein für allemal unterbinden, daß er sich der Lächerlichkeit preisgegeben fühlt. Würden Sie mich unter diesen Umständen nicht ebenfalls ermorden wollen?»

«Hat er Ihnen gedroht?»

«Als die Nachricht von dem Stück erstmals die Runde machte, sandte er mir einen Brief, in dem er schrieb, ich würde es bereuen, falls ich in dem Stück auftreten würde. Er werde alles Notwendige unternehmen, um mich davon abzuhalten.»

«Hat er bisher irgend etwas unternommen?»

«Er beantragte eine gerichtliche Verfügung, die allerdings abgewiesen wurde. Und bald nach Probenbeginn drang jemand ins Theater ein und versuchte, einen Teil des Bühnenbildes zu verbrennen.»

«Glauben Sie, daß Ihr Mann das tat?»

Es fiel mir schwer, mir vorzustellen, daß der Lord Penwardine, den ich kennengelernt hatte, irgend etwas so Handfestes unternehmen könnte.

«Man zündet seine Feuer nicht selbst an. Damit beauftragt man seine Dienstboten.»

«Glauben Sie, er schickte ein Zimmermädchen vorbei?»

«Einige seiner Jagdgenossen würden jede Art von Drecksarbeit für ihn erledigen – Piggy Ditchbrake und wie sie alle heißen.»

«Noch etwas?»

«Als ich vor zwei Tagen abends aus dem Bühneneingang trat, versuchten zwei Männer, mich zu überfallen. Ich vermute, sie sollten mich entführen. Ich schrie und schlug wild um mich. Zum Glück kam Charles gerade heraus. Sie suchten das Weite.»

«Erkannten Sie die Männer?»

«Nein, es war dunkel.»

«Es hätten also auch simple Ganoven sein können, die Ihnen die Handtasche entreißen wollten.»

«Das glaube ich nicht. Sie versuchten, mich mit sich zu schleppen.»

«Verständigten Sie die Polizei?»

«Es hätte mir nichts genützt, eher im Gegenteil. Guggles' Freunde sitzen überall. Bedenken Sie nur, was von seiten des *Lord Chamberlain* geschieht.»

Allmählich wurde mir klar, daß Bella alles auf ihre eigene mißliche Lage schob.

«Bernard Shaw hatte auch schon früher Schwierigkeiten mit der Zensur.»

«Aber warum dauert es so lange? Wir sind schon bei der Generalprobe und wissen immer noch nicht, was die Zensur in bezug auf das Stück vorschreibt. Ich bin überzeugt, es ist wegen mir und Guggles. Es würde mich nicht überraschen, wenn einer der Schauspieler für den *Lord Chamberlain* spionieren und alles belauschen würde, was während der Proben geschieht.»

«Haben Sie Bernard Shaw Ihre Vermutung mitgeteilt?»

«Nein, es regt ihn womöglich zu sehr auf.»

«Shaw könnte nicht einmal ein Kavallerieangriff aufregen.»

Der Butler kam herein und brachte ein Tablett mit etwa einem Dutzend Briefe. Sie sah die Briefe flüchtig und ohne großes Interesse durch. Als er das Zimmer wieder verließ, bat sie ihn, eine Droschke herbeizurufen, damit wir ins Theater zurückkehren konnten. Plötzlich zog sie scharf die Luft ein – ob aus Furcht oder aus Verärgerung, ließ sich nicht sofort entscheiden.

«Von ihm.»

Sie streckte mir einen viereckigen Umschlag aus dickem, weichem, cremefarbenem Papier mit einem Wappen auf der Rückseite entgegen.

«Von Lord Penwardine?»

Sie nickte und öffnete den Umschlag, in dem lediglich ein kleines Notizblatt steckte. Sie überflog den Inhalt mit einem Blick und reichte mir das Blatt. Keine Anrede, nur fünf Zeilen.

Falls Du auf dem schamlosen Schauspiel am morgigen Abend bestehst, möchte ich Dich ein allerletztes Mal warnen. Denn die Folgen wirst Du zu verantworten haben, nicht ich.

Penwardine

«Was wird er Ihrer Meinung nach tun?»

«Ich habe keine Ahnung, was er vorhat, aber was mich betrifft, mag er zur Hölle fahren.»

Sie warf den Brief ins Feuer und hielt ihn mit dem Schürhaken fest, während das Papier sich wellte, verkohlte und schließlich in Flammen aufging. Als nichts weiter übrig war als eine hauchdünne Schicht schwarzer Asche, wandte sie sich mit einem Lächeln zu mir um.

«Wie wäre es, wenn wir uns wieder zur Generalprobe begäben?»

4

In Bellas karger Garderobe stand ein Stuhl vor einem Spiegel mit einer elektrischen Lampe. Ferner gab es einen zweiten Stuhl mit gepolstertem Sitz, aber harter hölzerner Lehne, eine Kleiderstange und einen hohen Schrank. Den einzigen Hauch von Luxus verliehen dem Raum zwei große, mit dem Namen eines wohlbekannten Maßschneiders versehene Kartons sowie zwei Hutschachteln. Eine hagere Frau, die Arme voll weichen blauen Leders und grauen Pelzes, erwartete Bella bereits:

«Madam, hier sind zwei dieser Kostüme. Hat der Schneider sich vertan?»

«Nein, ich bestellte zwei. Nell, das ist Mercy Phipps, unsere Garderobiere, die mir freundlicherweise beim Ankleiden hilft.»

Mercy warf mir einen flüchtigen Blick zu, kam jedoch gleich wieder beharrlich auf ihr Anliegen zurück: «Aber warum zwei?»

«In der letzten Szene wird mir warm, Mercy. Ich schwitze. Das Stück wird an sechs Abenden hintereinander aufgeführt. Können Sie sich vorstellen, wie ich mir am Ende der Woche vorkäme, wenn es nur ein Kostüm gäbe?»

Mercy sah mich an und hob vielsagend die Augenbrauen. Sie war weder an Schauspieler gewöhnt, die soviel Wert auf Körperpflege legten, noch daran, daß sich jemand derlei überhaupt leisten konnte.

«Außerdem», fuhr Bella fort, «ist es meine Fluggarderobe, mein Fliegerkleid. Ich kann es tragen, wenn Charles mich als Passagier mitnimmt.»

Sogar Mercy konnte sich ein Lächeln nicht verkneifen. Obwohl zum damaligen Zeitpunkt erst sehr wenige Frauen als Flugzeugpassagiere mitgeflogen waren, zerbrachen sich die Zeitungsschreiber auf den Modeseiten bereits die Köpfe darüber, was die elegante Dame in der Luft zu tragen hatte.

«Wozu braucht Cinderella ein Flugkostüm?» fragte ich.

«Am Ende des Stückes fliege ich in einem Ballon in die Freiheit, in mein neues Leben.» Bella reckte die Arme in die Höhe. «Ich wollte ein Flugzeug, aber Mr. Shaw meinte, es würde nicht auf die Hinterbühne passen, und deshalb müßten wir mit einem Ballon vorliebnehmen. Wir haben dennoch das richtige Kostüm ausgewählt, denke ich. Helfen Sie mir bitte beim Anziehen, Mercy.»

Es handelte sich um ein ungewöhnliches, prächtiges Gewand, eine Art knöchellanger Tunika in einem Blauton namens «Aviationsblau» – jedenfalls versicherte Bella mir, daß die Farbe so heiße. Der Rock war der Länge nach geschlitzt, so daß man ihn in die dazugehörigen hohen Silberstiefel stecken konnte, was den Eindruck vermittelte, man trage Hosen. Die nach hinten geklappten Rockaufschläge waren mit grauem Chinchilla besetzt, dem gleichen Material, aus dem der Pelzschal gefertigt war, der von einer Art blauem Lederturban fiel und sich um Bellas schlanken Hals rankte. Unter Leder und Pelz blitzten ihre Augen besonders leuchtend hervor. Ihre Lippen formten sich zu einem strahlenden Lächeln.

«Gefällt es Ihnen, Nell? Eignet es sich als Abschiedskostüm?»

Wahrscheinlich dachte sie über das Stück hinaus. Sie hatte dieses Kostüm speziell für den Anlaß entworfen, ihrem Mann in aller Öffentlichkeit davonzufliegen. Ein schwieriges, nervenaufreibendes Unterfangen. Nach Schweiß riechen durfte es trotzdem nicht. Typisch Bella Flanagan, wie mir allmählich klar wurde.

Während Mercy den Schal zurechtzupfte, steckte Sylvia Bonnet ihren Kopf durch die Tür.

«Mercy, könnten Sie mir bitte mit meinem Umhang helfen?»

«Ich helfe Ihnen», erwiderte ich.

Dank Mercys Gegenwart war Bella in Sicherheit, und nach unserer Unterhaltung beim Mittagsimbiss, wollte ich jetzt mehr über die anderen Schauspieler erfahren. Sylvias Garderobe ähnelte Bellas, doch wirkte sie gemütlicher. Auf dem Tisch stand zwischen Schminktiegeln ein Körbchen rotbackiger Äpfel, vom Spiegelrahmen herab baumelte an einer Schnur ein hölzerner Affe. Theatergarderoben waren für Sylvia das Leben – sie waren nicht bloß strategische Durchgangslager im Verlauf eines Ehefeldzugs. Das glaubte ich zumindest, bis sie plötzlich in vollendetem Plauderton bemerkte:

«Ich werde Silvester bei lebendigem Leib die Haut abziehen.»

«Was hat er angestellt?»

«Er versprach mir hoch und heilig, während der Mittagspause keinen Fuß in eine Gastwirtschaft zu setzen, und was tut er? Er hockt gegenüber und trinkt.»

Sie fuchtelte mit ihrem Sternenumhang herum und zeigte mir, wie man ihn an der Taille mit Nadeln zusammenstecken mußte, damit er adrett saß. In Anbetracht von Shaws strengen Ansichten über Abstinenz verstand ich ihre Besorgnis.

«Haben Sie beide schon bei früheren Gelegenheiten mit Bernard Shaw zusammengearbeitet?»

«Ja.»

«Was meinten Sie, als Sie heute morgen sagten, das gehöre zum Spiel?»

«Als er Lady Bella in der Luft zerriß? Er verliebt sich in seine Hauptdarstellerin, schreibt ihr eine Rolle auf den Leib, die so ist, wie er sie sich im wirklichen Leben wünscht, und ärgert sich dann über sie, wenn sie seine Erwartungen nicht erfüllt.»

«Ist Bernard Shaw in Lady Penwardine verliebt?»

Es fiel mir schwer, dies mit meiner bisherigen Kenntnis von Shaws Person in Einklang zu bringen. Sylvia bedachte mich mit einem eigenartigen Blick.

«Oh, nichts Unschickliches. Keine ungehörigen Geheimnisse. Für ihn spielt sich alles über die Sprache ab, was aber unter den gegebenen Umständen fast dasselbe ist.»

«Wie meinen Sie das?»

«Sie sahen es doch heute morgen selbst mit an. Falls ihr Mann Gründe für eine Scheidung sammeln wollte, bräuchte er nicht viel mehr zu tun, als einen Spion zu den Proben zu schicken.»

Diese Bemerkung überraschte mich, vor allem, da sie mit Bellas Verdacht, unter ihren Kollegen befinde sich ein Spion, übereinstimmte. Ich heftete das glitzernde Gewebe zusammen, wobei ich sorgfältig darauf achtete, Sylvia nicht mit den Nadeln zu stechen.

«Gehe ich recht in der Annahme, daß Ihnen Bella nicht sonderlich sympathisch ist?»

«Als Mensch mag ich sie gut leiden. Sie pflegt keinerlei Attitüden und leistet im Rahmen ihrer Möglichkeiten anständige Arbeit. Aber Amateure haben auf einer Theaterbühne nichts zu schaffen, und mir gefällt nicht, daß sie uns für ihre Zwecke benutzt. Ihretwegen wird es noch Scherereien geben, und die brauche ich wirklich nicht, dafür habe ich Silvester.»

Die Tür öffnete sich. Lächelnd und mit gerötetem Gesicht spazierte Silvester herein. Er war sich eines freundlichen Empfangs offenbar ganz sicher. Als er Sylvia küßte, konnte ich seinen Whiskyatem riechen. Sie wich zurück.

«Mit dir rede ich nicht mehr. Du hast dein Versprechen gebrochen.»

«Ich mußte dringend mit jemandem über einen Hund sprechen. Sei mir bitte nicht böse, Liebes. Nur ein einziges Gläschen.»

Er grinste mich freudig an und legte einen Arm um ihre Taille. Erneut wich sie zurück.

«Ich sollte längst auf der Bühne sein, und du ebenfalls. Geh und zieh dich um.»

An der Tür hielt er inne und warf uns eine Kußhand zu. Sie tat so, als bemerkte sie es nicht.

«Gehen wir?»

Im Korridor wartete Bella auf uns. In Blau und Silber gewandet, sah sie einfach wundervoll aus. Der blaue Turban bedeckte ihr Haar. Gemeinsam gingen wir zur Bühne. Charles und Vincent waren bereits dort, Shaw und der Produzent jedoch nirgends in Sicht. Charles gesellte sich zu Bella; die beiden begannen, sich in gedämpftem Ton zu unterhalten. Ich bemerkte, wie er mir einen kurzen Blick zuwarf. Wahrscheinlich erzählte sie ihm gerade von unserem Gespräch während der Mittagspause. Vincent saß für sich alleine da, die bestrumpften Beine der Länge nach ausgestreckt. Er summte eine muntere kleine Melodie vor sich hin.

In den Kulissen rührte sich etwas. Bernard Shaw tauchte auf. Sein Bart wippte, die Hände hielt er auf dem Rücken verschränkt. Ihm folgte ein auffallend kleiner Mann, den ich bisher im *Crispin* noch nicht gesehen hatte. Er war geschniegelt und gebügelt und äußerst verlegen. Eine schwer zu beschreibende Erscheinung, ungefähr dreißig Jahre alt, mit leicht abfallenden Schultern. Bis auf einen schmalen Schnurrbart war sein Gesicht glattrasiert. Er trug Nadelstreifenhosen und auf Hochglanz polierte schwarze Stiefel. Da seine runden Brillengläser das Licht der Bühnenscheinwerfer reflektierten, glich er einem schwärzlichen Insekt mit hellen Facettenaugen. In seinem Schlepptau erschien Freeson, noch sorgenvoller als gewöhnlich.

«Meine Damen und Herren.»

Shaws Tonfall kündete von interessanten Neuigkeiten. Bella und Charles brachen ihre Unterhaltung ab. Vincent hörte auf zu summen. Silvester, der aus den Kulissen auf der gegenüberliegenden Seite herausstürzte – im Laufen noch mit dem Anlegen seiner Livree beschäftigt –, blieb abrupt und leicht schwankend stehen.

«Meine Damen und Herren, erlauben Sie mir bitte, Ihnen den *Lord Chamberlain* vorzustellen.»

Um die Schnurbartspitzen des undefinierbaren jungen Mannes zuckte es – offenbar wollte er Protest einlegen.

«Oder vielleicht sollte ich sagen: die Personifizierung des *Lord Chamberlain* in Gestalt seines Vertreters auf diesem Planeten. Darf ich Ihnen Mr. Matthew Migson vorstellen, Assistent des stellvertretenden Abteilungsleiters aus dem Amt für Theaterzensur?»

Shaw sprach wie ein Herold bei der Ankunft eines adeligen Ritters. Wiederum zuckte der Schnurrbart, doch dieses Mal anscheinend vor Vergnügen: einer Kaninchennase vor einem saftigem Salatblatt nicht unähnlich.

«Uns wird eine einzigartige Ehre zuteil, denn Mr. Migson schließt sich ab sofort unserer Truppe an. Ein, soweit ich informiert bin, in der jüngeren Theatergeschichte unseres Landes bislang noch nie dagewesenes Ereignis.»

«Was?»

Der Protestruf stammte von Charles.

«Auf Kosten des *Lord Chamberlain* selbstverständlich. Offenbar ist man der Ansicht, ich und mein Dramolet stellten für die gesellschaftliche Ordnung eine solche Gefahr dar, daß der *Lord Chamberlain* es nicht bei einer schriftlichen Übermittlung seiner Anweisungen bewenden lassen wollte. Mr. Migson hat sie nicht nur persönlich überbracht, er wird uns darüber hinaus bei jeder Vorstellung Gesellschaft leisten, um zu gewährleisten, daß besagte Anweisungen befolgt werden. Stimmt das so, Mr. Migson?»

Migson räusperte sich.

«Im Prinzip verhält es sich genau so, wie Sie es gerade erläuterten, Mr. Shaw.»

Weder Shaws Sarkasmus noch die Erfahrung, auf einer echten Bühne zu stehen, schienen ihn sonderlich zu beeindrukken. Für einen Mann seiner Statur verfügte er über eine erstaunlich tiefe, dazu von Selbstzufriedenheit triefende Stimme.

Bella starrte ihn mit großen Augen an. Im ersten Augenblick hatte ihr Migsons Auftauchen offenkundig die Sprache verschlagen. Doch jetzt tat sie ihren Mund auf.

«Das dürfen die doch gar nicht!»

«Offenbar doch.»

«Alles nur meinetwegen? Und wegen meines Mannes? Schon wieder seine Freunde!»

Vielleicht war diese Maßnahme tatsachlich angeordnet worden, weil man in der Kanzlei des *Lord Chamberlain* von

Bellas Angewohnheit gehört hatte, ihren Text beim Spielen nach Belieben zu variieren. Doch falls es sich tatsächlich so verhielt – wer hatte dann den *Lord Chamberlain* hierüber informiert?

Charles wandte sich an Shaw: «Das dürfen Sie nicht zulassen!» Seine Stimme vibrierte vor Wut.

«Wenn der *Lord Chamberlain* öffentliche Gelder dafür aufwenden möchte, daß einer seiner Mitarbeiter in den unschätzbaren Genuß gelangt, meinem Stück sechsmal beiwohnen zu dürfen, vermag ich kaum zu widersprechen.»

«Es ist eine Beleidigung, für uns alle. Müssen wir uns derlei bieten lassen?» Charles klang pathetischer, als man es ihm zugetraut hätte. Migsons Reaktion entschärfte die Situation mitnichten. Er blickte Charles direkt in die Augen und bedachte ihn mit einem entschuldigenden Lächeln.

«Als Alternative bliebe nur, die Vorstellungen abzusagen.»

Charles' Antwort bestand aus einem vielsagenden Schulterzucken, welches wohl besagen sollte, daß er diese Konsequenz durchaus in Kauf nehmen würde.

Doch voller Zorn äußerte sich jetzt Bella: «Niemals! Das würde Sieg für meinen Mann bedeuten.»

Charles sah sie an und schien etwas sagen zu wollen. Aber er schwieg. Shaw hatte seine Entscheidung jedenfalls längst getroffen. Unter viel Brimborium plazierte er Migson auf einem Stuhl am Rand der Bühne und stellte sich dann neben ihn. In der Hand hielt er einige mit Schreibmaschine beschriebene Blätter.

«Im folgenden die Veränderungen, die der *Lord Chamberlain* zu verfügen geruhte, insgesamt dreiundfünfzig. Wenn Sie also bitte ihre Rollenbücher zur Hand nehmen würden. Seite drei, Zeile vier, bitte streichen: ‹Die Hälfte des englischen Adels betrügt ihre Frauen …› Stattdessen heißt es jetzt: ‹Sogar einige Personen von Adel sind angeblich zuweilen untreu.›»

Shaws Stimme verriet nichts, doch seine gewaltigen Augenbrauen hoben und senkten sich wie das Fallbeil einer Guillotine.

«Zeile fünf, streichen Sie: ‹… und die andere Hälfte ist unfähig.›»

Ein Protestschrei von Bella ertönte, Shaw brachte ihn durch einen Blick zum Verstummen.

«Am Ende der Seite streichen Sie bitte: ‹In seiner langen Ahnengalerie hängen die Zeugen dreier hochherrschaftlicher Jahrhunderte – Hirschgeweihe und Porträts unglücklicher Ehefrauen.› Ersetzen Sie den Satz durch: ‹Seine lange Ahnengalerie birst von sportlichen Trophäen.›»

«Es ist sonnenklar, wer dahintersteckt.»

«Seite vier, Zeile vier, bitte streichen …»

Und weiter ging es in dieser Weise, bis alle dreiundfünfzig Textänderungen vollzogen waren. Bella kochte und murrte und hackte mit einem goldenen Drehbleistift wütend auf ihr Textbuch ein. Migson zollte der Prozedur höchste, ununterbrochene Aufmerksamkeit. Gelegentlich schlug er seine nadelbestreiften Beine übereinander, einmal linksherum, einmal rechtsherum. Er sah aus wie ein mit seinem Werk zufriedener Künstler. Endlich hatten sie die Liste durchgearbeitet und konnten mit der Generalprobe der abschließenden Szenen beginnen.

Migsons Erscheinen hatte Bella in eine derart schlechte Stimmung versetzt, daß sie bei ihren letzten Auftritten gleichsam Feuer spie. Sie schleuderte dem Marchenprinzen ihre Anschuldigungen und Freiheitsforderungen so vehement entgegen, als sei er ihr wirklicher Gatte. Im Gegensatz dazu trat Charles so steif und reserviert auf, wie es sich ein erfahrener Schauspieler nur leisten konnte. Jede Faser seines Körpers zeugte von seinem Groll. Ab und zu mußten die beiden in ihre Textbücher schauen, um sich die Änderungen des *Lord Cham-*

berlain zu vergegenwärtigen. Doch abgesehen davon verlief das Stück ohne Unterbrechungen bis zur allerletzten Szene.

Cinderella fordert ihren Prinzen auf, sich zu trollen und eine Lehre als Automobilmechaniker zu machen. Ihre Feenpatin zaubert einen Ballon herbei, der sie in ihr neues Leben als befreite Frau entführen soll. Der Ballon war ein urkomisches Gebilde aus bemalter Leinwand mit einem echten Korb und einem Banner, auf dem «Gläserne Pantoffel-Gesellschaft mit unbeschränkter Haftung» stand. Sylvia stampfte mit dem Fuß auf den Bühnenboden, woraufhin rasch eine mit einem Küchenschrank bemalte Leinwandkulisse in die Höhe gezogen wurde. Dadurch war die Sicht auf den Ballon im hinteren Teil der Bühne frei. Bella schleuderte Charles ihre letzten Worte entgegen:

«Vielleicht bist du dann wenigstens für den Rest der Welt nützlicher, als du es für mich je warst.»

Während sie noch sprach, lief Silvester mit einer kleinen Stufenleiter über die Bühne und stellte sie neben den Ballonkorb. Die Seiten des Korbs waren niedriger als bei einem echten Ballon, damit das Publikum Bella während der Dauer ihres kurzen Flugs besser sehen konnte. Leichtfüßig stieg sie die Stufen empor, setzte sich mit überkreuzten Beinen auf den Korbrand, schüttelte Buttons die Hand und schwang, gewandt wie eine Turnerin, ihre Beine über den Korbrand. Drei weitere Male stampfte Sylvia mit dem Fuß auf: Das Signal für die Bühnenarbeiter, den Ballon an Seilen in die Höhe zu hieven, während ein weiterer Mann langsam den Vorhang zuzog. Auf diese Weise würde der Anblick Cinderellas, wie sie vom Ballon herunterwinkte und in die Ferne entschwebte, das letzte sein, was das Publikum in sich aufnahm.

Doch plötzlich – der Vorhang war noch kaum geschlossen, der Ballon erst einen knappen Meter über dem Bühnenboden – ertönte von der Bühne ein wiederholtes: «Achtung! Vorsicht!» Die Bühnenarbeiter ließen den Ballon wieder herab, der Vorhang blieb, wo er war. Migson hatte die Unterbrechung verursacht. Er war unvermittelt von seinem Platz im Parkett, ganz in Shaws und meiner Nähe, aufgesprungen und durch den Orchestergraben auf die Bühne geklettert, bevor ihn irgend jemand aufzuhalten vermochte. Wenn die Bühnenarbeiter ihn nicht rechtzeitig bemerkt hätten, wäre er vermutlich durch den sich schließenden Vorhang mitgerissen und zu Boden geworfen worden. Inzwischen stand er an der Bühnenrampe und rief etwas, das wir wegen des Geschreis, welches die Bühnenarbeiter veranstalteten, zunächst kaum verstanden.

«... müssen darüber sprechen ... müssen uns das genauer anschauen ... trägt Hosen.»

Als es endlich gelungen war, Migson und die Bühnenarbeiter zu beruhigen, stellte sich der Grund für Migsons Protest heraus. Seiner Meinung nach sorgte Bella nämlich für Erregung öffentlichen Ärgernisses, weil sie Hosen trug und – noch schlimmer – diese Hosen auch noch frech zur Schau stellte, während sie in den Korb kletterte. Bella blickte ungläubig, Vincent amüsiert. Charles stieß einen abgrundtiefen Seufzer aus und kehrte Migson den Rücken zu. Am Funkeln in Shaws Augen merkte ich, daß er die Unterbrechung für eine neuerliche Attacke gegen die Dummheit und Unsinnigkeit staatlicher Zensur zu nutzen beabsichtigte.

«Bella, Sie schamlose Person, der Vertreter des *Lord Chamberlain* rügt den Umstand, daß Sie Hosen tragen.»

Sie ging auf sein Spiel ein und ließ sich ein zweites Mal auf dem Korbrand nieder.

«Aber das ist doch gar keine Hose, Mr. Shaw, sondern ein Rock mit Schlitzen. Sehen Sie.»

Migson starrte sie an wie ein Fisch aus einem Aquarium, während sie die oberen Knöpfe ihres rechten Stiefels öffnete und den Saum der ledernen Tunika herauszog. Sie schlenkerte mit dem Bein und versetzte dem Stoff auf diese Weise einen kleinen Tritt, wobei sie flüchtig ein blaubestrumpftes Knie entblößte. Der Tritt zielte eindeutig in Migsons Richtung. Er ging mit vor Zorn geschwellter Brust auf sie zu, bis er ihr in einem Meter Entfernung gegenüberstand. Wir anderen, sogar Shaw, sahen gespannt zu. Was würde er als nächstes tun? In diesen wenigen Augenblicken beherrschte Migson die Bühne ebenso souverän wie jeder Schauspieler, der sie je mit seiner Gegenwart beehrt hatte. Bella starrte ihn an. Ihr Lächeln gefror.

Als er einen weiteren Schritt vortrat, glaubte ich plötzlich, er würde sie angreifen. Charles, der sich mittlerweile wieder umgedreht hatte, hegte offenkundig dieselbe Vermutung, denn er richtete sich kerzengerade auf und bewegte sich langsam auf die beiden zu. Noch ein Schritt, dann ein leiser Aufschrei von Bella. Migson hatte tatsächlich Hand an sie gelegt, zumindest griff er nach dem weichen Lederrock, den sie ihm provozierend vorführte. Von meinem Standort aus konnte ich seinen Gesichtsausdruck deutlich erkennen. Migson war in diesem Augenblick die Selbstzufriedenheit in Person. Er glich einer Katze, die ein Stück Lachs erwischt hat, oder einem Weinkenner, der einen wirklich edlen Tropfen kosten darf.

Bella versuchte, sich ihm zu entwinden. Sie trat nach ihm, verfehlte ihn und fiel rücklings in den Korb. Mit wenigen Sätzen überquerte Charles die Bühne und versetzte Migson mit der ganzen Kraft seines ausgestreckten Arms eine Ohrfeige, die man wahrscheinlich noch in der letzten Reihe des ersten Rangs gehört hätte. Migson hielt sich die Wange und stand stocksteif da. Sein Gesicht war wie eingefroren, hatte den selbstzufriedenen Ausdruck trotz der Ohrfeige jedoch noch nicht ganz verloren. Charles sah ihn für einen Augenblick durchdringend an, bevor er von dannen schritt und in den Kulissen verschwand. Cinderellas Feenpatin fiel die Aufgabe zu, Cinderella aus dem

Korb zu helfen. In der Zwischenzeit bugsierten Shaw und ich Migson aus der Gefahrenzone.

5

Shaw überließ es mir, Migson aus dem Theater zu geleiten. Dieser hatte zu seiner selbstgefälligen, adretten Fassade zurückgefunden und wäre offensichtlich gerne länger geblieben. Wir gingen durch den Korridor zum Bühnenausgang. Migson fragte:

«Sind das die Garderoben?»

«Sie sagen es.»

Ich trieb ihn regelrecht hinaus. Trotzdem konnte ich nicht verhindern, daß er vorher noch Bellas Stimme hinter einer geschlossenen Tür vernahm.

«... und dann legte dieser schreckliche kleine Mann seine Hand auf ...»

Wahrscheinlich erzählte sie Mercy Phipps soeben die ganze Geschichte. Migsons Schnurrbart zuckte, doch abgesehen davon ließ er sich nicht anmerken, daß er Bella gehört hatte.

Der Pförtner geleitete gerade ein Grüppchen Schaulustiger zum Ausgang. Rosige Wangen, verlegenes Kichern – drei Damen vom Land. Eine Mutter mit ihren beiden Töchtern vielleicht? Als der Pförtner Migson und mich bemerkte, hatte er es plötzlich auffallend eilig, sie loszuwerden, und schob sie förmlich durch die Tür. Migson folgte in einem etwas schicklicheren Tempo. Nachdem sich die Tür hinter ihm geschlossen hatte, bedachte mich der Pförter mit einem halb schuldbewußten, halb flehentlichen Blick. Obwohl die drei Frauen wahrscheinlich keine Gefahr für Bella darstellten, wollte ich Genaueres wissen.

«Vorwitzige Theaterbesucherinnen?»

Er hatte die Hand in die Hosentasche gesteckt, in der Münzen klingelten.

«Völlig harmlos. Sie erzählen es doch hoffentlich nicht Mr. Shaw oder Mr. Freeson?»

«Wenn sie wirklich harmlos sind, dann nicht. Aber was geht hier eigentlich vor?»

«Mr. Courts.»

Ich brauchte eine Weile, bevor ich den Zusammenhang verstand.

«Sie verschaffen Leuten Zutritt zu den Proben, damit sie Charles Courts sehen können?»

«Frauen!» Er betonte das Wort, als sei es eine Art Entschuldigung.

«Sie würden niemals glauben, was einige von ihnen veranstalten, nur um einen Blick auf ihn zu werfen. Ein Freund von mir arbeitet an dem Theater, wo Mr. Courts den Romeo gab. Mein Freund erzählte mir, eine ältere Dame – eine ziemlich alte Dame, mindestens fünfundvierzig – bot ihm tausend Pfund, damit er sie in Mr. Courts' Garderobe versteckte.»

«Und – ging Ihr Freund auf das Angebot ein?»

Der Pförtner bedachte mich mit einem tadelnden Blick.

«Selbstverständlich nicht. Zu riskant. Dann gab es eine, die mehrmals im Brautkleid auftauchte, mit Blumen, 'nem Schleier, dem ganzen Drum und Dran. Sie behauptete, Mr. Courts habe ihr die Ehe versprochen. Am Ende mußte man ihretwegen die Polizei holen.»

«Wie viele ließen Sie heute nachmittag hinein?»

Zweierlei ging mir im Kopf herum. Erstens hatten sie ihren Helden wahrscheinlich mehr in Aktion gesehen, als sie sich je erträumt hätten; und falls Bella und Charles nicht enormes Glück hatten, würde bald ganz London über den Zwischenfall mit Migson reden. Zweitens konnte Bellas Gatte bei einem so bestechlichen Pförtner eine ganze Schwadron von Entführern in das Theater schicken. Falls es das war, was er beabsichtigte.

«Nur drei Logen, und ich schärfe ihnen immer ein, still zu sein und sich ganz nach hinten zu setzen. Die drei, die Sie gerade hinausgehen sahen, außerdem einige jüngere Ladies und schließlich eine alte Dame, allein.»

«Wieviel?»

Er schluckte

«Jedesmal zwei Pfund beziehungsweise fünf Pfund für die drei von eben.»

Also hatte er allein an diesem Nachmittag elf Pfund eingenommen, mit Sicherheit dreimal soviel wie ein einziger Wochenlohn. Ich hätte nicht gedacht, daß Charles eine so lukrative Einnahmequelle darstellte.

«Bitte sagen Sie Mr. Shaw nichts.»

Er blickte mich aus großen feuchten Augen an wie ein verängstigter Dackel. Anscheinend führte er wirklich nichts Böses im Schilde.

«Ich verrate nichts. Aber seien Sie vorsichtig, hören Sie! Sie wissen, daß es morgen bei der Premiere Schwierigkeiten geben könnte.»

«Ja, Miss. Morgen lasse ich niemanden an mir vorbei. Außerdem sind alle Logen reserviert. Die Premiere ist ausverkauft.»

Mit dieser Auskunft mußte ich mich wohl zufriedengeben. Ich wollte gerade zu Bellas Garderobe zurückkehren, als sich die Tür zur Straße öffnete. Eine junge Frau trat ein und schaute sich nervös um. Mich sah sie als erste und erschrak ein wenig.

«Entschuldigen Sie, arbeiten Sie hier?»

In ihrer Stimme lag die Andeutung eines Lispelns. Sie war blond und recht klein, ungefähr einen Meter fünfundfünzig. Ihre zarte Erscheinung paßte zu ihrer leisen, weichen Stimme. Sie trug ein cremefarbenes Kleid sowie einen braunen Mantel mit schmalem Nerzbesatz. Auch ihre braunen Lederhandschuhe waren an den Handgelenken mit Nerz besetzt. Unter einer Pelzmütze lugten einige feine Haarsträhnen hervor, die ein ängstliches kleines Gesicht mit großen grauen Augen einrahmten. Ihre Lippen besaßen zwar die Form, die man landläufig mit einer Rosenknospe verglich, mich erinnerten sie allerdings eher an einen Finkenschnabel. Um ihren Mund lag ein gieriger, aggressiver Zug, der nicht zu ihrem ansonsten so sanften Äußeren paßte. Ich teilte ihr mit, daß ich selbst nur Gast in diesem Theater sei, und wies auf den Pförtner. Sie wandte sich an ihn.

«Ich ... ich bräuchte dringend eine Adresse.»

Er warf mir einen Blick zu, der besagte: «Und – was habe ich Ihnen gesagt?»

«Wessen Adresse, Fräulein?»

«Die von Mister Courts.»

Sie errötete.

«Ich ... ich möchte bitte nur wissen, wo er wohnt. Damit ich ihm einen Brief schicken kann, um ihm mitzuteilen, wie ... wie sehr ich seine Schauspielkunst bewundere.»

Ihre kleine Rede brach stockend und abgehackt aus ihr hervor. Sie wirkte furchtsam, doch fest entschlossen. Wer weiß, wieviel Zeit sie damit zugebracht hatte, sich selbst in diesen erniedrigenden Zustand zu versetzen. Ich verspürte Wut auf Charles – als trage er die Schuld daran.

«Sie können Ihre Briefe ans Theater senden, Miss.»

«Das ... das ist nicht dasselbe. Nicht persönlich genug.»

Silvester Bonnet, in Straßenkleidung, schlenderte an mir vorbei, zog vielsagend die Augenbrauen hoch und verließ das

Theater. Der Pförtner hob die Absperrung seiner verglasten Pförtnerloge hoch, setzte sich hinein und verbarrikadierte sich wieder. Er legte mittlerweile ein sehr förmliches Gebaren an den Tag.

«Sämtliche Post für die Schauspieler kann an den Bühneneingang des Theaters adressiert werden. Sie wird bei erster Gelegenheit an die betreffenden Damen und Herren verteilt.»

Ob seine plötzliche Beachtung der Vorschriften wohl mit meiner Anwesenheit zusammenhing?

Das Blondchen blieb stumm stehen und starrte ihn an, als hoffte es, er möge seine Meinung ändern. Dann wandte die junge Frau sich an mich. In ihrer Stimme schwang Verzweiflung mit.

«Haben Sie das Stück gesehen?»

Ich nickte.

«Hat er ... hat er Liebesszenen mit Lady Penwardine?»

Ich lachte. Ich konnte nicht anders; die bange Entschlossenheit, mit der die Frage gestellt wurde, hatte etwas allzu Komisches. Doch bevor ich mich entschuldigen konnte, wurde im Korridor eine Tür geöffnet. Laut und deutlich vernahmen wir Bellas Stimme.

«Gute Nacht, Mercy. Auf Wiedersehen, Sylvia. Bis morgen.»

Blondchen schnappte nach Luft und entfloh.

Hätte sie gewartet, hätte sie die Chance gehabt, Charles von Angesicht zu Angesicht gegenüberzustehen. Doch ich bezweifle, daß sie ihre Freude daran gehabt hätte, denn Bella und Charles kamen, ins Gespräch vertieft, gemeinsam den Korridor entlang. Ich wandte mich an Charles:

«Eine Ihrer Verehrerinnen verließ soeben das Theater.»

Er wirkte beunruhigt.

«Doch nicht etwa die Dame im Brautkleid?»

«Nein, aber sie ist nicht mehr weit davon entfernt, so wie sie klang.»

«Verdammt! Ich gehe besser vorne hinaus und warte dort auf dich.»

Bella erwiderte energisch: «Mach dir keine Sorgen um mich. Nell wird mich sicher nach Hause begleiten. Würden Sie das tun, Nell?»

«Mir wäre wohler, wenn ich ebenfalls mitkommen würde.»

«Nein. Es ist besser, wenn man uns nicht zusammen sieht. Bestimmt lungert dieser schreckliche kleine Migson noch in der Gegend herum. Wir sehen uns morgen nachmittag.»

Ich ging als erste hinaus, Bella folgte mir fast augenblicklich. Nicht, daß es mich etwas anging – aber für einen Kuß oder einen zärtlichen Händedruck hätte die Zeit indessen allemal gereicht.

Als wir in die *William IV Street* einbogen, bemerkte ich in einiger Entfernung auf der anderen Straßenseite die blonde Frau. Sie sah uns ebenfalls, drehte sich blitzschnell um und lief in die entgegengesetzte Richtung davon. Ich machte Bella mit Bedacht nicht auf sie aufmerksam. Schlimm genug, daß eine Frau sich derart lächerlich aufführte; man mußte dieses Verhalten nicht noch unterstreichen, indem man es erwähnte. Wir erreichten den *Strand*, wo unter den erleuchteten Marquisen anderer Theater Menschenschlangen standen. In vierundzwanzig Stunden würde sich der Vorhang über der ersten Aufführung von *Cinderella Revisited* heben, gleichgültig, ob die Sache danach gut oder schlecht ausging.

«Ich bin aufgeregt, Nell. Wie albern von mir!»

«Ich denke, es ist vollkommen normal. Selbst Berufsschauspieler sind vor einer Premiere aufgeregt.»

«Nicht nur deswegen, sondern auch wegen Guggles. Sie haben seinen Brief doch selbst gelesen.»

«Glauben Sie, daß er für heute nacht noch etwas plant?»

«Ich weiß es nicht, Nell. Ich weiß es einfach nicht.»

Wir liefen auf die Station zu, um eine Droschke zu finden.

Nach einigen weiteren Schritten fragte sie: «Könnten Sie mit zu mir kommen und bei mir bleiben, Nell? Nur heute nacht!»

Die Aussicht auf eine Übernachtung in dem erdrückenden Luxus am *Berkeley Square* erschien mir wenig verlockend. Außerdem brauchten die Katzen Futter.

«Warum kommen Sie nicht stattdessen mit zu mir? Ich glaube nicht, daß er auf den Gedanken käme, Sie in *Hampstead* zu suchen.»

Ihre Miene hellte sich auf.

«Darf ich wirklich?»

Wir fuhren zunächst zum *Berkeley Square*, angeblich nur, um Zahnbürste und Unterwäsche zum Wechseln zu holen. Wir verließen das Haus mit zwei Koffern nebst einer Hutschachtel. Sie beteuerte, ihr Mädchen sei schuld; es lasse sich nicht davon abhalten, jeden Gegenstand einzeln in Seidenpapier einzuwickeln.

Die Droschke hatte auf uns gewartet; ich bat den Fahrer, uns nach *Charing Cross* zurückzukutschieren.

«Aber ich dachte, wir fahren nach ...»

Ich schubste sie in den Wagen.

«Das Unternehmen hat nicht viel Sinn, wenn jeder weiß, wohin wir fahren.»

«Aber bis auf Naomi und den Butler war niemand in Hörweite. Ich bin mir sicher, daß sie niemals ...»

«Vermutlich nicht, aber wir werden dieses Manöver dennoch sehr ernst nehmen.»

Mein Verdacht, daß sie mit der Welt ihr Spiel trieb, war noch nicht vollständig zerstreut; vielleicht war die ganze Angelegenheit nichts weiter als eine Intrige, durch die sie ihren Mann dazu zwingen wollte, aus lauter Verzweiflung in aller Öffentlichkeit zu weit zu gehen, auf daß sie endlich die notwendigen Scheidungsbeweise in ihre Finger bekam. In diesem Fall sollte das Spiel wenigstens nicht nur nach ihren Regeln gespielt werden.

Vor *Charing Cross* luden wir die beiden Koffer und die Hutschachtel aus der Droschke und fuhren mit ihnen per Aufzug hinunter zu der neuen elektrischen Untergrundbahn, die ihren Betrieb vor zwei Jahren aufgenommen hatte. Sehr zur Freude der Menschen, die in *Hampstead* und *Golders Green* lebten und auf ihre Untergrundbahnlinie stolz waren. Die Züge transportierten die Leute nach der Arbeit im Stadtzentrum bequem in ihre Wohnbezirke zurück. Bella war nie zuvor damit gefahren, wußte indessen genug über Eisenbahnen, um gebührend beeindruckt zu sein. Sie taute sogar ein wenig auf und erzählte, daß sie nach den Flitterwochen – bevor sie in den Familiensitz der Penwardines einzog – dort auf der Installation von Elektrizität bestanden hatte, damit die Familiengespenster, oder zumindest einige von ihnen, rechtzeitig erführen, daß sie das Feld zu räumen hatten.

«Aber was geschah in Wirklichkeit? Sie blieben, und ich räumte das Feld.»

Von der Station in *Hampstead* aus schlugen wir die Straße ein, die zu meinem kleinen Haus auf dem Hügel führte. Dort gab es keine Elektrizität, und es herrschte eine Kälte wie in einer Gruft, da ich den ganzen Tag über nicht zu Hause gewesen war. Bella gebärdete sich trotzdem wie ein Kind mit einer neuen Puppenstube. Sie stand auf dem schmalen Treppenabsatz und plauderte, während ich Papierberge aus dem Extrazimmer schaffte, damit sie dort übernachten konnte.

«Was ist das?»

«Auf diesem Stapel liegen Protokolle von Sitzungen des gesellschaftspolitischen Frauenverbandes. Der andere besteht aus Notizen über die Kommission für Armengesetze. Und dort drüben, unter Ihrer Hutschachtel, türmen sich Petitionen an das Innenministerium, die von Lebensbedingungen in Gefängnissen handeln.»

Sie folgte mir die Treppe hinunter und sah zu, während ich

ein Feuer im Herd entfachte und den Wasserkessel füllte. Ich scheuchte eine Katze aus dem Sessel am Ofen, damit sie sich setzen konnte.

«Machen Sie das oft?»

«Leibwächterin spielen?»

«Nein, Politik.»

«So oft wie möglich. Ab und zu muß ich Geld verdienen, dann nehme ich Übersetzungsarbeiten aus dem Französischen oder Deutschen an.»

«Können Sie davon leben?»

«Nicht ausschließlich. Mein Vater hinterließ mir einige Aktien, die jährlich einhundertfünfzig Pfund abwerfen. Ich beschloß, die Einführung des Frauenwahlrechts zu meiner Hauptaufgabe zu machen.»

Sie blickte in die Flammen, die sich langsam, aber stetig ihren Weg um die Holzscheite bahnten, und seufzte.

«Guggles und ich wollten durch das Land reisen, Elendsviertel und Schulen besichtigen, überlegen, wie man Abhilfe schaffen könnte.»

Ihre Stimme klang weniger hart als sonst, wenn sie ihn erwähnte.

«Und – was geschah? Verlor er das Interesse?»

«Nein, zu Beginn war er durchaus bei der Sache. Ich hätte sein Interesse vermutlich noch länger aufrechterhalten können, wäre da nicht seine Mutter gewesen, die ihm ständig seine Pflichten vorhielt: Pflichten gegenüber seiner Familie, seiner adeligen Abstammung, seinen Pächtern. Zwischen seiner Mutter und mir entbrannte ein Kampf um ihn, mit ihm in der Mitte. Sie siegte.»

Ich hätte vermutet, daß Bella den meisten Frauen zumindest ebenbürtig, wenn nicht überlegen war, doch dann erinnerte ich mich wieder an den Eindruck, den Lady Penwardine auf dem Empfang meiner Tante bei mir hinterlassen hatte, und ich verstand.

«Diese Frau denkt, wir lebten nach wie vor im Zeitalter des Feudalismus. Und soweit es sie betrifft, tun wir das auch. Sie sollten die Penwardines auf ihrem Landgut erleben, Nell. Pächter, die mit der Hand an der Mütze grüßen, knicksende Schulmädchen. Echte Hofknickse – ich bitte Sie! Wenigstens brachte ich ihnen bei, vor mir nicht mehr zu knicksen. Der eine klägliche Erfolg von zweien, die mir dort beschieden waren.»

«Und der andere?»

«Der Umgang mit den Speiseresten. Diese Geschichte werden Sie mir nie und nimmer glauben. Nach jeder Mahlzeit brachten die Diener Blechbehälter herein, die wir mit den Überresten auf unseren Tellern und Schüsseln füllten, damit sie an das dankbare Landvolk auf dem Gut verteilt werden konnten. Manchmal waren ganze Schinken dabei, Rinderkeulen oder ähnliches. Der Brauch war also vielleicht gar nicht einmal schlecht, sondern halbwegs löblich und hilfreich. Doch was tat sie?»

Das Wasser kochte. Ich brühte den Tee auf.

«Madam schüttete alles zusammen in die Behälter – Fleisch, kalte Kartoffeln, Pudding, alles durcheinander. Was ergibt das für einen Sinn? Es diente nur dem einzigen Zweck, die Leute unten zu halten, auf ihrer angestammten Position. Sie machte ihren Untergebenen klar, daß sie jeden großzügig mit Nahrung versorgte, aber die Nahrung mußte abscheulich aussehen und schmecken. Begreifen Sie das?»

Ich begriff. Bella wirkte aufrichtig bekümmert.

«Eine der wenigen Gewohnheiten der Penwardines, die ich zu ändern vermochte. Ich führte getrennte Behälter ein – Fleisch, Gemüse, Süßspeisen. Ich kann Ihnen sagen, Nell – die Frau beäugte mich mit Argusaugen, als hätte ich gerade die nächste Französische Revolution angezettelt.»

Mir fiel auf, daß Bella einen Grund für den Konflikt zwischen ihrer Schwiegermutter und ihr nicht erwähnte, obwohl er vermutlich zu noch wesentlich stärkeren Spannungen geführt hatte. Und zwar den Druck, den man auf sie ausübte, einen Sohn zu gebären. Ich bereitete einige Käsetoasts zu und öffnete eine Flasche passablen Sherry, den ich für Weihnachten aufgehoben hatte. Nach dem Essen machte sie es sich beim Feuer bequem, um sich die Textänderungen des *Lord Chamberlain* einzuprägen. Ich kramte meine Schreibmaschine hervor und erledigte liegengebliebene Post. Gegen Mitternacht setzten wir uns beide in die Korbsessel, jede mit einer Katze auf dem Schoß, und belohnten uns mit einem weiteren Glas Sherry.

«Ich würde gerne ein solches Leben führen, Nell. Mich nützlich machen.»

Sie fragte mich, warum ich lächelte. Ich erzählte ihr von den verschwiegenen Geschäften des Pförtners und den Frauen, die für einen einzigen Blick auf Charles beinahe alles taten. Ich schärfte ihr ein, Bernard Shaw nichts zu verraten, aber ich wollte einfach sehen, wie sie reagierte.

Sie meinte: «Das Leben macht zuweilen seltsame Scherze.»

«Scherze?»

«Alle begehren ihn wegen seines Aussehens. Nell, ich schwöre Ihnen, es ist mir völlig gleichgültig, wie er aussieht. Von mir aus könnte er der Glöckner von Notre-Dame sein. Wichtig für mich am Zusammensein mit ihm ist, daß ich spüre, es gibt eine Zukunft, eine große weite Welt. Und da gehören wir hin, nicht in ein feudales Gefängnis, wo wir uns verhalten müssen wie Leute, die seit fünfhundert Jahren tot sind.»

Das Feuer war fast heruntergebrannt. Unmittelbar bevor wir zu Bett gingen, bemerkte sie leise:

«Glauben Sie, daß er wegen heute nachmittag Schwierigkeiten bekommt?»

«Weil er einen Vertreter der *Lord Chamberlain* geschlagen hat? Oh, das bringt ihm mindestens zwanzig Jahre *Tower* ein.»

«Im Ernst?»

«Meiner Meinung nach hängt es davon ab, ob Migson den Zwischenfall aufbauschen will oder nicht. Wir sollten hoffen, daß es keine Konsequenzen nach sich zieht.»

«Nell, ich habe Angst vor morgen.»

Sie hatte Gründe genug, Angst zu haben, und für die meisten war sie höchstpersönlich verantwortlich, aber ich nahm Abstand davon, sie darauf hinzuweisen. Stattdessen begleitete ich sie nach oben und sorgte dafür, daß sie alles für die Nacht Notwendige hatte. Dann setzte ich mich wieder an den Tisch, um zu erledigen, was längst hätte erledigt werden können – hätte Shaw mich nicht in diese leidige Angelegenheit hineinverwickelt.

6

Bella schlief bis in den späten Vormittag hinein. Ich behielt sie bei mir in *Hampstead*, weit außerhalb der Gefahrenzone, bis wir zu Mittag gegessen hatten. Gegen vier Uhr brachte ich sie zum Theater, direkt in ihre Garderobe, wo Mercy Phipps bereits ihre beiden Kostüme zurechtlegte, das grüne Tageskleid für Bellas erste Szenen sowie das blau-silberne Ballonkostüm samt Lederturban für das Finale. An der Wand stand ein silberner Korb mit einem gigantischen Blumenarrangement aus Rosen und Nelken. Bella holte tief Lust und stürzte darauf zu. Ohne aufzusehen, bemerkte Mercy:

«Mr. Courts brachte die vorbei. Er sagte, sie seien an ihn geschickt worden und er wolle sie nicht, aber er dachte, Sie würden sich über die Blumen freuen.»

Ich lächelte in mich hinein. Mich amüsierte der Gedanke, daß eine von Charles' wohlhabenden Verehrerinnen nie erfahren würde, welchem Zweck der blumige Ausdruck ihrer Bewunderung zugeführt worden war.

Bella begann mit ihren Vorbereitungen auf die Premiere. Ich beschloß, mir bei Holborn einige wichtige Bücher zu besorgen. Sie wirkte unruhig.

«Werden Sie rechtzeitig zur Vorstellung zurückkommen?»

Ich versprach's. Draußen war es bereits dunkel. Man hatte die Lichter unter der Marquise vor dem Theater angezündet. Die beschmierten, zerrissenen Plakate waren durch neue ersetzt worden, welche die Premiere ankündigten. Einige rauhe Gesellen lungerten in der Gegend herum, doch das war am *Strand* nichts Ungewöhnliches. Ich erledigte meine Besorgungen bei Holborn, wurde dabei allerdings ein wenig aufgehalten und hastete daher erst gegen halb acht, meine Bücher unter dem Arm, zum Theater zurück. Noch eine Stunde, bis sich der Vorhang heben würde.

Ich überquerte den *Strand* gegenüber der *William IV Street*, als jemand, der mir bekannt vorkam, mir mitten auf der Straße entgegenkam. Der Mann hatte es offenkundig eilig, denn er lief quer über die Straße, ohne weiter auf den Verkehr zu achten. Er trug einen schwarzen Mantel und eine Melone, deren Krempe tief in seine hohe Stirn hineinragte. Die Scheinwerfer der Fahrzeuge um uns spendeten indessen so viel Licht, daß ich ihn erkennen konnte. Eine Droschke verfehlte ihn um Haaresbreite, der Fahrer fluchte laut, doch der Mann schien es nicht zu bemerken. Männer vom Schlage eines Lord Penwardine lassen sich nicht darauf ein, mit Droschkenkutschern Beleidigungen auszutauschen.

Als ich merkte, daß er es war, wünschte ich mir, bei Bella geblieben zu sein. Ich lief auf ihn zu, mußte aber plötzlich einen gewaltigen Satz zurück tun, weil eine Elektrische hupend auf mich zufuhr. Diese heimtückischen Dinger. Eine Pferdetram hörte man wenigstens rechtzeitig. Als die Elektrische endlich vorbeigefahren war, befand Lord Penwardine sich bereits auf der gegenüberliegenden Straßenseite und marschierte so zielstrebig Richtung *Trafalgar Square*, daß die Theaterbesucher, die ihm entgegenströmten, unfreiwillig für ihn eine Art Gasse bildeten. Es hatte keinen Sinn, ihm zu folgen. Das Vernünftigste war, sich schleunigst zum *Crispin* zu begeben und herauszufinden, ob er Schwierigkeiten gemacht hatte. Ich setzte meinen Weg zum gegenüberliegenden Gehsteig fort, lief um die Ecke und mitten in das tumultuöse Geschehen vor dem *Crispin* hinein.

Im Vergleich dazu, was ich gewohnt war, handelte es sich jedoch um einen eher kleinen Tumult. Wegen der glänzenden Zylinder und feinen schwarzen Tuchmäntel, die vereinzelt in der Menge auftauchten, nahm ich im ersten Moment gar an, nichts anderes vor mir zu sehen als ein aufgeregtes Premierenpublikum. Doch es herrschte ein auffälliger Mangel an Frauen, und das geräuschvolle Stimmengewirr, das bis zu mir am anderen Ende der Straße hin drang, verhieß nichts Gutes. Eine sonderbare Mischung von Menschen hatte sich dort versammelt, ungefähr ein Viertel in Zylindern und Melonen, der Rest mit Kappen und Mützen. Die Leute wanderten ziellos in der Gegend umher, als warteten sie auf etwas, ohne zu wissen, worauf. Plötzlich zerplatzte – unmittelbar vor meinen Augen – eine überreife Apfelsine bei ihrem Aufprall auf ein *Cinderella*-Plakat. Grölender Beifall. Ein Mann mit Zylinder blies einen Tusch auf einem Jagdhorn. Polizisten waren – wie immer, wenn man sie ausnahmsweise gebraucht hätte – nirgends in Sicht. Einige Stimmen, die alles andere als nüchtern klangen, verfielen in einen monotonen Sprechgesang: «Rauskommen! Rauskommen! Rauskommen! Rauskommen!»

Ich setzte meinen Weg die Straße entlang fort und erkundigte mich bei einem hochgewachsenen Herrn mit Zylinderhut, der am Rande der Meute an einen Laternenpfahl gelehnt stand: «Was geht hier vor?»

Es dauerte ziemlich lange, bevor er seine trüben Augen auf mich gerichtet und seine Sehschärfe entsprechend eingestellt hatte. Als er zu reden begann, wurde deutlich, aus welchem Grund er den Laternenpfahl benötigte.

«... 's isch eine Demonsch-ration.»

«Eine Demonstration wogegen?»

«Gegen Menschen, die Ehen zerstören und Ehemänner zum Gesch-pött der Leute machen.»

«Was für Menschen?»

«Eine hexige k-leine Heimisch-sche ...» Zweiter Versuch: «Eine heimtück'sche k-leine Hexe hat sich in dem Loch verkrochen. Das sch-timmt doch, Piggy?»

Der mit dem Jagdhorn war neben uns aufgetaucht. Ein kleiner Dicker mit fettig glänzendem Gesicht.

«Wird Zeit, die Terrier herbeizupfeifen.»

Er blies ein erneutes Halali auf seinem Horn.

Einer mit Tweedmütze brüllte aus dem wogenden Gewühl: «Hey, Chef, kein Wort zu der da. Die gehört zu den anderen. Sie trägt Bücher.»

Seinem Tonfall nach zu schließen, hätte ich ebensogut die Pest haben können. Wieder erscholl das Jagdhorn, dieses Mal unmittelbar neben meinem Ohr. Ich schlug es Piggy aus der Hand. Ein höhnisches, bedrohliches Geschrei hub an. Wieder einmal steckte ich also mitten in einem Schlamassel, aber in diesem Fall konnte ich wirklich nichts dafür.

Ausnahmsweise jedoch war in einem Augenblick, da ich ihrer bedurfte, Hilfe zur Stelle.

«Diese Dame ist eine gute Freundin von mir.»

Ein Arm im Gehrock schob sich unter den meinigen. Eine Whiskywolke zog über mein Gesicht.

«Guten Abend, Mr. Bonnet.»

Dem kleinen Dicken fiel die Kinnlade herunter. Heftig setzte er zu seiner Verteidigung an.

«Mit Ihnen hat das gar nichts zu tun. Sie hat sich einfach eingemischt ...»

Silvester Bonnet schüttelte den Kopf und warf ihm einen warnenden Blick zu. Der feiste Winzling verstummte.

«Ihnen ebenfalls einen wunderschönen guten Abend, Miss Bray. Darf ich Ihnen mein Geleit antragen?»

Silvester legte es mit Absicht darauf an, sich so zu verhalten, als seien wir auf ganz spezielle Weise miteinander befreundet. Und er kannte sein Publikum, denn statt höhnischer Verwünschungen ertönten nun Pfiffe und Gelächter.

«Sehr liebenswürdig von Ihnen, Mr. Bonnet.»

Wir bewegten uns so ruhig wie möglich Richtung Straßenecke und Bühneneingang, also auf sicheres Terrain. Dikkerchen suchte den Gehsteig nach seinem Jagdhorn ab. Ich hatte es im Fortgehen mit dem Fuß in den Rinnstein befördert, aber dafür erntete er keinerlei Mitleid. Die Männer hatten in diesem Augenblick gänzlich Silvester Bonnets Partei ergriffen. Unflätige Sprüche verfolgten uns die Straße entlang.

Mit der grölenden Meute im Schlepptau gelangten wir zum Bühneneingang. Er war fest verschlossen, doch der Pförtner mußte uns durch sein Guckloch beobachtet haben, denn er öffnete die Tür eben lange genug, um uns hereinzulassen, bevor er sie wieder zuschlug, unseren Verfolgern vor der Nase. Er atmete schwer und sah vor lauter Furcht ganz krank aus.

«Ist die Polizei schon da?»

«Weit und breit niemand in Sicht.»

Der Pförtner schlüpfte zurück in sein gläsernes Kabuff. Ich bedankte mich bei Silvester für die Rettung.

«Es war mir ein Vergnügen – geradezu ein Kinderspiel im Vergleich zum *Birkenhead Argyle* an einem feuchtfröhlichen

Montagabend. Nichts gegen eine klassische Ausbildung, das ist eine wertvolle Sache, aber um Erfahrung für den Umgang mit einer tobenden Menge zu sammeln, gibt es nichts Besseres als Auftritte in billigen Varietés.»

Besorgt, aber auch aufgebracht kam Freeson, der Produzent, durch den Korridor gelaufen.

«Wo bleiben Sie denn, Silvester? In vierzig Minuten geht der Vorhang hoch.»

«Keine Angst, mein Junge. Ich könnte mich innerhalb von nicht mehr und nicht weniger als drei Minuten in einen König Lear verwandeln, von Buttons ganz zu schweigen.»

Er zwinkerte mir zu und spazierte Richtung Garderobe. Ängstlich wandte sich Freeson nun an mich.

«Was passiert da draußen? Wenn nicht bald die Polizei eintrifft, schafft das Publikum es nicht einmal bis ins Theater.»

«Die Meute hat es auf Bella abgesehen. Geht es ihr gut?»

«Sie ist in ihrer Garderobe. Wir haben ihr bisher verschwiegen, was draußen los ist.»

«Irgend jemand wird es ihr sagen müssen.»

Das Gepfeife und Gejohle auf der Straße wurde plötzlich lauter. Freeson zuckte zusammen.

«Und Mr. Shaw ist noch nicht hier.»

«Ich könnte mir vorstellen, daß er eben eintrifft.»

Ich spähte durch das Guckloch, doch alles, was ich zu erkennen vermochte, waren die Rücken der Leute, die sich an der Ecke drängten. Auf einmal jedoch bot sich mir ein Anblick, von dem ich niemals geglaubt hätte, daß ich mich je darüber freuen würde: Eine Reihe Schutzmänner in Marineblau stapfte vorbei, eine Trillerpfeife ertönte.

«Gott sei Dank!»

Auf die Schritte der Polizisten folgte das Geräusch trappelnder Pferdehufe. Entweder handelte es sich um den Arrestwagen, oder jemand hatte zur Verstärkung die Feuerwehr herbeigerufen. Polizeiliche Gummiknüppel landeten unsanft auf breiten Männerschultern; die Menge wich fluchtartig von der Straßenecke zurück. Jetzt kam eine Gruppe Polizisten hastig in Richtung Bühneneingang zurückgerannt; beim Laufen umringten sie eine vertraute Gestalt mit rotem Bart. Freeson drängte sich neben mich an das Guckloch.

«Sie verhaften Mr. Shaw.»

«Im Gegenteil – ich glaube, sie retten ihn.»

Mit einem Ruck öffnete ich die Tür. Ineinander verknäult traten – vielmehr fielen – Bernard Shaw nebst drei Polizisten durch die Tür. Shaw stritt sich mit den Uniformierten herum.

«Meine Herren, ich bat Sie inständig, mich mit den Leuten reden zu lassen. Darf ich nicht einmal mehr mit ein paar englischen Mitbürgern vor einem Londoner Theater sprechen?»

«Nein, Sir, denn Sie wissen sehr gut, daß es nur weiteren Aufruhr verursachen würde. Hier im Theater sind Sie viel besser aufgehoben.»

Der Wachtmeister bemühte sich sichtlich darum, Shaw zu beruhigen.

«Der Staat beschäftigt Sie als Beschützer seiner Bürger, Herr Wachtmeister, nicht als deren Kindermädchen.»

«Sehr wohl, Sir. Aber derzeit würden Sie da draußen ohnehin nicht mehr viele Gesprächspartner finden. Wir haben die Leute erfolgreich zum Weitergehen überredet.»

Neuerliches Hufgeklapper. Vermutlich wurden einige der schlimmsten Störenfriede soeben auf die Wache befördert. Ich hoffte zwar inständig, daß sich Piggy nebst Jagdhorn bei der Ladung befanden, bezweifelte es allerdings sehr.

Freeson fragte den Wachtmeister: «Können wir das Publikum jetzt einlassen?»

«Jawohl, Sir. Ich werde zwei meiner Männer abkommandieren, hierzubleiben und dafür Sorge zu tragen, daß Sie nicht länger belästigt werden.»

Der Pförtner hatte angesichts der blauen Uniformen seine Fassung wiedergewonnen. Er öffnete die Tür, um die Schutzmänner hinauszulassen. Bernard Shaw versuchte, seinen Produzenten aufzuheitern.

«Sie toben schon, bevor sie eine einzige Zeile des Stückes gehört haben – was wollen wir mehr?»

Er erkundigte sich, ob alle Schauspieler anwesend seien. Freeson bestätigte es; ihm zitterten noch immer die Knie. Erfreut nahm ich zur Kenntnis, daß er Silvesters Eintreffen in letzter Sekunde nicht erwähnte.

«Und Miss Flanagan?»

«Ich gehe jetzt zu ihr», sagte ich. «Es ist nur anständig, wenn man sie zumindest vorwarnt.»

«Richten Sie ihr bitte aus, daß ich ihr Glück wünsche, und toi, toi, toi!»

Glück konnte sie mit Sicherheit brauchen, dachte ich bei mir, während ich den Korridor entlanglief. Glück und noch einiges mehr.

7

Bella saß, vollständig geschminkt und für ihren ersten Auftritt kostümiert, allein in ihrer Garderobe vor dem Spiegel und las in ihrem Rollenbuch. Ein Nervenbündel war nichts gegen sie in diesem Augenblick.

«Nell, wo waren Sie bloß?»

«Es gab draußen einige kleine Probleme, doch nun scheint alles wieder friedlich zu sein.»

«Waren es Kumpane meines Mannes?»

«Ich vermute es. Ich traf einen, der sehr groß und sehr betrunken war. Außerdem einen Dicken namens Piggy.»

«Ich wußte, daß der mit von der Partie sein würde. Habe ich Ihnen schon von ihm erzählt? Er ist ...»

Sie mußte sich bücken, um einen Schminkstift aufzuheben, mit dem sie während des Redens nervös und fahrig herumgespielt hatte.

«Er ist was?»

«Guggles' Wachhund. Es gibt nichts, was Piggy nicht für Guggles tun würde.»

Warum ließ mich der Verdacht nicht los, daß sie mir, bevor sie den Schminkstift fallenließ, etwas anderes hatte sagen wollen?

«War Guggles auch da?»

Es gab keinen Grund, sie in dieser Hinsicht zu belügen. Also berichtete ich, daß ich ihm auf dem *Strand* begegnet war. Meiner Ansicht nach hatte er sich vor dem Theater aufgehalten, bis der Tumult richtig ausbrach, und sich dann aus dem Staub gemacht, bevor er in peinliche Situationen geriet.

«Er kann mich nicht bremsen, Nell. Mögen sie das Theater anzünden – wir treten auch in schwelenden Trümmern auf. Es wird ihm nicht gelingen, mich am Spielen zu hindern!»

Ich teilte ihre Haltung. Auch wenn Bella sich einige ihrer Probleme ganz allein eingebrockt hatte, lohnte es sich allemal mehr, auf ihrer Seite zu kämpfen, als sich mit Gesellen wie Piggy Ditchbrake gemein zu machen.

Sie bat mich, ihren Text abzuhören. Meinem Empfinden nach nützte das zwar jetzt – in letzter Minute – nicht mehr viel, doch zumindest lenkte es ab. Wir hatten allerdings gerade erst zwei Seiten bewältigt, da klopfte es zuerst an Sylvias und gleich anschließend an Bellas Tür.

«Noch fünf Minuten, meine Damen. Achtung, fünf Minuten noch!»

Sylvia – in ihrer Aufmachung als Krankenschwester und gute Fee zugleich – steckte den Kopf zur Tür herein. Sie wirkte wie die Ruhe und Gelassenheit in Person. Nun, da ich Bella in guter, sicherer Gesellschaft wußte, konnte ich den für mich reservierten Platz in der ersten Parkettreihe einnehmen. Freeson hatte mich vorgewarnt, daß Migson neben mir sitzen würde. Vielleicht stellte man sich vor, daß ich ihn zurückhalten würde, falls er Anstalten machte, auf die Bühne zu springen und Bella gegenüber ein zweites Mal handgreiflich zu werden. Doch auch abgesehen davon, sah ich der Aufführung nicht sonderlich begeistert entgegen. Auf dem Korridor begegnete ich Silvester, der seine Buttons-Livree trug und zufrieden Richtung Bühne schlenderte. Er wirkte wie das Musterexemplar des Menschen, der mit sich und der Welt vollkommen im reinen ist. Silvester zeigte mir, wie ich durch den Grünen Salon zu einem schmalen Durchgang in den Zuschauerraum gelangte.

Unmittelbar bevor das Licht gedämpft wurde, setzte ich mich endlich auf meinen Platz. In der Mitte der ersten Reihe saß, vornübergebeugt und mit angespannter Miene, Bernard Shaw, das bärtige Kinn wie immer auf die ineinanderverschränkten Fingerspitzen gestützt. Der Platz zu meiner Linken war leer – von Migson weit und breit keine Spur. Ich ließ meinen Blick umherschweifen und bemerkte, daß sich im Publikum mehr Männer in Smoking oder Frack befanden, als man bei der Premiere eines Shaw-Stückes gemeinhin erwartet hätte. Kein gutes Zeichen, nach allem, was ich draußen beobachtet hatte. Genausowenig wie die Anwesenheit einer Gruppe von Männern vorne im Rang, die aussahen, als kämen sie direkt von ihren Marktständen.

Die Lichter erloschen. Der Vorhang teilte sich und gab den Blick auf Buttons frei. Er stand auf der Bühne und polierte Stiefel.

Buttons, zum Publikum: «Ist Ihnen schon einmal folgendes

aufgefallen – je weniger ein Mann tut, um so mehr Stiefel braucht er dafür.»

Gelächter. Mühelos gelang es Silvester während seines gesamten Monologs, das Publikum in seinen Bann zu schlagen. Danach erschien Dandini alias Vincent Colvin. Wie er gegenüber Buttons auftrat, traf exakt den geringschätzigen Ton von Höfling zu Diener; das Gespräch drehte sich um häusliche Belange des Prinzen. Im Abgehen lieferte Colvin das Stichwort für Bellas ersten Auftritt.

Applaus empfing sie. Einen Augenblick lang wirkte sie verängstigt, doch dann konnte sie ein Lächeln nicht unterdrükken. Da ich nichts als Unannehmlichkeiten – seitens der Kumpane ihres Mannes – erwartet hatte, war mir kein einziges Mal in den Sinn gekommen, daß Bella im Publikum auch Befürworter haben könnte. Die Faszination, die Bella auf die Menschen ausübte, rührte von der durch sie verkörperten, ansprechenden Mixtur aus Rebellentum und Aristokratie her, die ihr eine Menge Sympathien eingebracht hatte. Das Wohlwollen, das ihr entgegenschlug, gab ihr ungeheuren Auftrieb; sie schwebte gleichsam durch die erste Szene und patzte weit seltener, als ich befürchtet hatte. Die Gegenseite – sofern ich mich, was ihre Präsenz im Theater betraf, nicht irrte – hatte bislang keinen Mucks von sich gegeben.

Das Stück war kurz und wurde ohne Pause durchgespielt. Deshalb blieb der Zuschauerraum abgedunkelt, während Bühnenarbeiter die Möbel für die zweite Szene zurechtrückten. Diese Kulisse – die Küche des prinzlichen Haushaltes – würde bis zum Ende des Stückes stehenbleiben. Nur ganz am Schluß entschwand der Geschirrschrank gen Bühnenhimmel und gab den Blick auf Cinderellas Ballon im hinteren Bühnenbereich frei.

Das erste Anzeichen dafür, daß sich im Publikum etwas zusammenbraute, ereignete sich zu Beginn der zweiten Szene, während des Dialogs zwischen Cinderella und ihrer Feenpatin. Sylvia erntete einen Lacher für ihre Bemerkung, die meisten Ehefrauen würden den Alltag trotz ihrer Männer bewältigen, aber das Gelächter klang mitnichten nur freundlich. Einige Reihen hinter mir erscholl ein langgezogener Heulton, der verteufelte Ähnlichkeit mit den Ergüssen aus Piggy Ditchbrakes unsäglichem Jagdhorn besaß. Ich bemerkte, wie Shaw sich danach umdrehte. Doch nun folgte spontaner Szenenapplaus und Fußgetrappel; auf den Rängen und von der Galerie ertönten vereinzelt Jubelrufe. Cinderellas Gatte war erschienen, und einige Zuschauer meinten wohl, er bräuchte Unterstützung. Charles hatte zuviel Erfahrung, um sich durch Publikumsäußerungen aus der Fassung bringen zu lassen. Er fragte Cinderella, warum ihre Koffer gepackt seien. Ihre Erwiderung lautete, daß sie ihn zu verlassen gedenke.

«Aber du bist meine Gemahlin.»

«Bedeutet das lebenslänglich?»

«Für ihn schon!»

Das stand nicht im Text. Der Zwischenruf ertönte vom ersten Rang. Einige Zuschauer kicherten, andere mahnten zur Ruhe. In der Galerie drückte jemand auf eine Hupe, die ein lautes Rülpsgeräusch von sich gab. Die streitenden Ehegatten auf der Bühne wechselten einen Blick verzweifelten Einverständnisses und spielten unverdrossen weiter.

«Du heiratetest mich aus freien Stücken.»

«Ein dummes Mädchen heiratete dich. Nun ist sie eine erwachsene Frau.»

«Ja, eine dumme erwachsene Frau», brüllte Piggy mit gellender Stimme.

Erneutes Gelächter, während aus dem Parkett verärgerte Stimmen erschollen. Von der Galerie her ertönte plötzlich ein lauter Knall; jemand hatte einen Feuerwerkskörper gezündet. Piggy nutzte die Gunst des Augenblicks, sprang auf und blies einen ausgedehnten Tusch auf seinem Jagdhorn. Ein Platzanweiser rannte den Mittelgang entlang, offenbar fest entschlossen, irgend jemanden hinauszuwerfen. Die Hupe rülpste, Knallfrösche krachten. In der Galerie brach eine Schlägerei aus. Auf der Bühne erhob Charles laut seine Stimme und gab Bella ihr nächstes Stichwort. Die Szene würde nicht mehr lange dauern. Über den zunehmenden Geräuschpegel aus dem Zuschauerraum hinweg riefen Bella und Charles sich gegenseitig, wie Marktschreier, ihre Dialogsätze zu. Bella drang glücklich bis zu ihrer kleinen Rede kurz vor ihrem Abgang vor und rauschte hocherhobenen Hauptes von dannen. Als Vincent für sein kurzes Zwiegespräch mit Charles von der anderen Bühnenseite her auftrat, schlug ihm eine Welle von Zwischenrufen und anderen Geräuschen entgegen. Er warf sich tapfer hinein, hatte indessen keine Chance, sich Gehör zu verschaffen. Die Gegner waren von ihrem Erfolg so berauscht, daß sogar Bellas Abwesenheit keinen Unterschied mehr machte. Als Charles abtrat, erntete er etliche, vermutlich wohlwollend gemeinte Beifallsrufe. Vincent und Silvester fiel schließlich die Aufgabe zu, die Szene vor einer Lärmkulisse aus Gegröle, Gehupe und etlichen weiteren Knallfröschen zu einem Ende zu bringen. Ob sie tatsächlich bei der letzten Zeile ihres Textes angelangt waren, als ein erleichterter Bühnenarbeiter die Vorhanghälften ineinanderschwingen ließ, hätten mit Bestimmtheit wohl nur noch sie zu sagen vermocht.

Der Vorhang blieb für die nächste halbe Stunde geschlossen. So lange währte das Scharmützel, um Piggy Ditchbrake und die anderen hinauszubefördern. Die Lichter im Zuschauerraum gingen zunächst an und beinahe augenblicklich wieder aus. Einige Minuten lang steckten wir alle gemeinsam in einem stockfinsteren Tohuwabohu. Viel später wurde entdeckt, daß jemand auf dem Rang ein elektrisches Kabel aus der Wand gerissen hatte und es nur Fortuna zu verdanken war, daß das

Theater nicht in Flammen aufging. Glücklicherweise hatte man die alten Gaslampen im Zuge der Elektrifizierung des Theaters nicht entfernt. Einige Theaterbedienstete besaßen zwar die Geistesgegenwart, sie anzuzünden; es dauerte dennoch einige Minuten. Als die Gaslaternen endlich aufschienen, beleuchtete ihr weiches gelbes Licht eine chaotische Szene.

Zwei Platzanweiser umzingelten Piggy Ditchbrake, der auf einem Sitz stand und mit seinem verbeulten Jagdhorn wild um sich schlug. Der Pförtner tauchte aus einem Seiteneingang auf, warf einen entsetzten Blick in die Runde, kratzte dann sämtlichen Mut zusammen und lief hinüber, um seinen beiden Kollegen zu helfen. Sowohl auf den Rängen als auch in der Galerie gingen heftige Kämpfe vonstatten, ohne daß das Theaterpersonal irgendwo sichtbar eingegriffen hätte. Bernard Shaw stand im Parkettmittelgang und hielt einen sehr betrunkenen jungen Mann beim Kragen gepackt, der offenkundig versuchte, ihn zu beißen. Ich beobachtete, wie einige befrackte Herren sich Shaw von hinten näherten, und rannte daher in einem Ablenkungsmanöver den Seitengang hinunter. Was sich abspielte, nachdem ich Shaw erreicht hatte, entbehrte jeglicher Würde oder Taktik, führte aber zum Rückzug des beißwütigen jungen Mannes nebst seiner zwei Kumpane. Shaw wischte sich die Hände ab und rief mir über das allgemeine Gezeter hinweg zu:

«Und jetzt auf den mit dem Horn.»

Den Platzanweisern war es mit Hilfe des Pförtners zwar mitterweile gelungen, Piggy in den Gang zu zerren, aber dort entwischte er ihnen. Mit hochrotem Gesicht stieß er weiter in sein Horn. Keine Ahnung, ob er damit rechnete, daß eine tobende Meute zu seiner Rettung herbeirasen würde. Shaw packte seinen rechten Arm, ich den linken. Das Jagdhorn verstummte, es wurde vergleichsweise ruhig, und ich vernahm Freesons Stimme, die kläglich aus dem Orchestergraben rief:

«Meine Damen und Herren, bitte beruhigen Sie sich! Verehrte Damen und Herren ...»

Wie zur Antwort explodierte etwas, das wie ein ungewöhnlich lauter Knallfrosch klang. Im nachhinein gelangte ich zu der festen Überzeugung, daß das Geräusch hinter dem Vorhang hervordrang. Zum damaligen Zeitpunkt war mir das jedoch nicht so klar, denn auf der Galerie herrschte nach wie vor erheblicher Krach. Außerdem hatte ich alle Hände voll zu tun. Shaw und ich schleiften Piggy mit uns zu einem Seiteneingang des Theaters; ein Platzanweiser schob von hinten nach.

«Hierher, Sir.»

Der Pförtner hielt die Tür bereits offen. Wir stießen Piggy in die kalte Nachtluft hinaus. Er winselte wie ein Schoßhündchen, dem man einen Tritt versetzt hatte. Mit höchst befriedigter Miene schob der Pförtner energisch den Riegel vor:

«Damit wären wir den schlimmsten Übeltäter los, Sir. Vielleicht beruhigen sich die anderen jetzt.»

8

Der Pförtner behielt recht. Dennoch dauerte es weitere zehn Minuten, bis alle versprengten Streithähne verscheucht waren und die Kämpfe in den Rängen und auf der Galerie nachließen. Als endlich einigermaßen Ruhe einkehrte, hatte ich auch wieder Zeit, an Bella zu denken. Ich begab mich auf die Suche nach dem Pförtner und fand ihn im Parkett, wo er sich schwitzend und keuchend auf eine Stuhllehne stützte.

«Paßt jemand auf den Bühneneingang auf?»

Er bedachte mich mit einem zutiefst gekränkten Blick.

«Soll ich mich etwa zweiteilen? Als ein Bühnenarbeiter zu mir kam und mir erzählte, im Zuschauerraum sei die Hölle los, hielt ich es für besser, an Ort und Stelle mit anzupacken.»

«Richtig, aber jetzt sollten Sie rasch auf ihren Posten zurückkehren, denn die versuchen möglicherweise, durch den Bühneneingang wieder ins Theater zu kommen.»

Er schlurfte von dannen. In der Zwischenzeit waren zwei Schutzmänner eingetroffen, welche die Befriedungsmaßnahmen im Zuschauerraum abschlossen. Sie schienen allerdings entschlossen, die Schuld an dem gewalttätigen Getümmel auf Shaw zu schieben.

«Gehen wir recht in der Annahme, Sir, daß Sie in Anbetracht der Umstände darauf verzichten, das Stück bis zu Ende spielen zu lassen?»

«Keinesfalls. Unter gar keinen Umständen werde ich mein Publikum mit einer unvollständigen Vorstellung abspeisen. Sie würden einem Schankwirt doch auch nicht erlauben, Ihr Bierglas nur zu zwei Dritteln zu füllen.»

«Die Elektrizität ist ausgefallen.»

«Nötigenfalls spielen wir mit Gasbeleuchtung. Wo steckt eigentlich Mr. Freeson?»

Er war nirgends zu sehen. Ich vermutete ihn hinter der Bühne und erbot mich, ihn zu suchen.

«Bitte teilen Sie sämtlichen Kollegen mit, daß wir in zehn Minuten weitermachen. Bis dahin werde ich alles in meinen schwachen Kräften Stehende unternehmen, um das Publikum bei Laune zu halten.»

Bei Piggys Hinauswurf hatte Shaw sich dessen Jagdhorn angeeignet. Nun stellte er sich damit vor den Vorhang an den Bühnenrand und blies einen Tusch, um die Aufmerksamkeit der konfusen, unruhigen Menge im Zuschauerraum auf sich zu lenken. Das Horn klang wie eine heisere Walküre, doch der Trick funktionierte. Binnen weniger Augenblicke hatte Shaw das Publikum in seinen Bann geschlagen, wie nur er es vermochte. Er sprach über sein Stück und die bis zum Ausbruch des Tumultes gespielten Szenen. Wie gewöhnlich, bekam der *Lord Chamberlain* heftig sein Fett ab. Ich fragte mich, ob Migson zuhörte, wo auch immer er sich aufhalten mochte. Zu diesem Zeitpunkt waren etwa zwanzig Minuten vergangen, seit der Vorhang gefallen war, und zehn, seit ich das Geräusch des Feuerwerkskörpers hinter dem Vorhang vernommen hatte.

Durch den kleinen Gang, den Silvester mir gezeigt hatte, lief ich hinter die Bühne. In dem Zwielicht dort liefen die Bühnenarbeiter hektisch durcheinander. Zwei Männer versuchten, die alte gasbetriebene Bühnenbeleuchtung in Gang zu bringen, die wahrscheinlich seit mehr als einem Jahrzehnt nicht mehr benutzt worden war. Hinter einer Küchenwandkulisse stöberte ich Freeson auf. Er schien nach irgend etwas Ausschau zu halten.

«Was suchen Sie?»

«Hörten Sie nicht auch, wie ein Feuerwerkskörper hinter der Bühne explodierte? Er könnte noch irgendwo liegen und schwelen. Es besteht Brandgefahr.»

Der größte Alptraum sämtlicher Theaterleute. Freeson zitterte – vor Anspannung und Wut.

«Haben die Bühnenarbeiter jemanden gesehen?»

«Nein. Im fraglichen Moment war niemand hinter der Bühne. Aber man kann es riechen.»

In der Tat lag ein vager Geruch nach Pulver in der Luft, doch der mochte auch von der Gasbeleuchtung herrühren, die ihre ganz eigenen Düfte verbreitete. Die tosenden Lachsalven auf der anderen Seite des Vorhangs schienen Freesons Nervosität noch zu steigern.

«Was geschieht da draußen?»

«Shaw hält eine Rede.»

«Du meine Güte!»

Freesons Stimme klang, als verkünde er den endgültigen Weltuntergang, und als ich ihm Shaws Botschaft übermittelte, in zehn Minuten weitermachen zu wollen, steigerte sich seine Besorgnis ins schier Unermeßliche. In diesem Augenblick jedoch leuchteten – begleitet von Begeisterungsrufen zu beiden Seiten des Vorhangs – glücklicherweise die elektrischen Glühbirnen wieder auf. Als habe die Elektrizität auch ihn positiv aufgeladen, brach Freeson seine Suche nach dem Knallfrosch auf der Stelle ab und begann, den Bühnenarbeitern Anweisungen zu erteilen. Ich fand, daß mein Platz nun wirklich an Bellas Seite war, und verließ die Bühne in Richtung des Grünen Salons.

Als ich die Tür öffnete, hörte ich, wie sich drinnen jemand bewegte, und rief fragend: «Bella?»

Ich hatte keinen speziellen Grund anzunehmen, daß es sich um Bella handelte, aber ihr Name kam mir vermutlich als erstes in den Sinn, weil ich gerade an sie gedacht hatte. Noch bevor ich allerdings einen Blick in den Raum werfen konnte, vernahm ich, wie sich die mir gegenüberliegende Tür öffnete und wieder schloß. Dann hörte ich, wie sich jemand mit schweren Schritten eilends entfernte. Es waren Männerschritte und gewiß nicht Bellas, was mein allgemeines Unbehagen verstärkte. Ich rannte durch den Salon und öffnete die Tür zu dem kurzen Zwischenflur. Weit und breit keine Menschenseele. Auch auf dem langen Garderobenkorridor war niemand zu sehen. Wer immer im Grünen Salon gewesen war, hatte mit Leichtigkeit in einer der Garderoben zu meiner Linken verschwinden können.

Ich eilte hastig weiter und klopfte an Bellas Tür. Mercy Phipps fragte in angespanntem Ton, wer da sei. Als ich meinen Namen nannte, rief Bella mich zu sich herein.

«Könnte mir bitte jemand verraten, was da draußen vor sich geht? Spielen wir jetzt weiter?»

Mercy half ihr, das blaue Flugkostüm anzulegen. Bellas Augen leuchteten unnatürlich hell, funkelten auf geradezu beängstigende Weise.

«Ja. Piggy Ditchbrake und die anderen wurden hinausgeworfen. Fühlen Sie sich imstande aufzutreten?»

«Selbstverständlich. Mir geht's prima!»

Ihre Finger hantierten ungeschickt mit den Knöpfen ihres Kostüms, bis sich Mercy schließlich ihrer erbarmte. Wahrscheinlich hatte Bella schon halb mit dem Abbruch der Vorstellung gerechnet, ansonsten hätte sie sich nämlich längst umgezogen. Wahrscheinlich fürchtete sie sich viel mehr, als sie je zugegeben hätte.

«Hörten Sie, wie dieser Kerl, dieser Piggy auf meinen Text reagierte? Die Leute schienen genau zu wissen, was wir als nächstes sagen würden. Das beweist meine Theorie über Guggles' Spion.»

«Vielleicht fiel es ihm aber auch spontan und aus eigenem Antrieb heraus ein.»

«Aus eigenem Antrieb heraus könnte Piggy Ditchbrake nicht einmal ‹Guten Morgen› sagen.»

Da ich sie in Sicherheit wußte, kehrte ich in den Zuschauerraum zurück, wo sich das Publikum nach wie vor an der unverhofften, äußerst amüsanten Shawschen Sondervorstellung ergötzte. Kurz nachdem ich meinen Platz eingenommen hatte, steckte Freeson seinen Kopf aus den seitlichen Kulissen und zischte Shaw in gedämpftem Ton zu, man könne nunmehr mit den letzten Szenen fortfahren. Shaw unterbrach sich mitten in einem Satz.

«Sehr verehrte Damen und Herren, ich bedaure zutiefst, Ihnen ab sofort das Vergnügen vorenthalten zu müssen, meinen kleinen Exkursen zu lauschen. Aber unser Stück geht jetzt weiter.»

Der Räumungstrupp hatte gründliche Arbeit geleistet. Der

Rest der Vorstellung verlief ohne weitere Zwischenfälle; durch Gelächter an den richtigen Stellen und gelegentlichen kollektiven Lauten der Verblüffung, wenn eine Zeile der sonst so wachsamen Zensur entgangen war, ergaben sich nur noch willkommene Unterbrechungen.

Die abschließende Auseinandersetzung zwischen Cinderella und dem Märchenprinzen gelang besonders gut, denn Bella war mittlerweile derart wütend, daß sie Charles ihre Sätze wie Wurfgeschosse vor die Füße schleuderte.

Sylvias letzter Auftritt als Feenpatin kündete davon, daß das Stück in wenigen Minuten zu Ende sein würde. Allmählich entspannte ich mich. Sylvia stampfte einmal mit dem Fuß auf: Prompt wurde die Kulissenleinwand in die Höhe gezogen und gab den Blick auf den Ballon samt Korb und frechem Banner frei. Gelächter, vereinzelter Applaus, Cinderellas Abschiedsworte an den Prinzen:

«Vielleicht bist du dann wenigstens für den Rest der Welt nützlicher, als du es für mich je warst.»

Bella warf schwungvoll ihren Schal über die Schulter und wandte Charles den Rücken zu. Silvester lief eilfertig mit der Stufenleiter über die Bühne. Der Sitz neben mir war nach wie vor unbesetzt. Ich fand es äußerst merkwürdig, daß Migson nicht erschienen war. Die Leiter wurde auf ihren Platz gestellt. Nun mußte Bella nur noch in den Ballonkorb klettern und Sylvia dreimal mit dem Fuß aufstampfen – das Signal dafür, den Ballon emporzuziehen, der Cinderella in die Freiheit und Unabhängigkeit tragen würde. Bellas Fuß berührte bereits die unterste Leiterstufe. Jede Faser ihres Körpers zeugte davon, wie sehr sie diesen Höhepunkt ihrer öffentlichen Rache an ihrem Gatten genoß.

Ich ließ meinen Blick schweifen und bemerkte ein Lächeln auf vielen Gesichtern. Bella mochte keine ausgebildete Schauspielerin sein, doch schien sie die Gabe zu besitzen, ein Publikum zu fesseln. Darüber hinaus waren natürlich die meisten, die jetzt noch im Theater saßen, Gleichgesinnte, getreue Shaw-Anhänger mit den korrekten Ansichten über Frauenfragen. Wir alle feuerten Cinderella innerlich dazu an, in ihrem himmelblauen Kostüm und glänzenden Ballon in die Höhe zu steigen und davonzufliegen. Buttons sprach seinen letzten Satz; er richtete sich an den Prinzen und beinhaltete ein Andeutung darüber, was geschieht, wenn man nicht seinen Verhältnissen gemäß heiratet. Charles stand mitten auf der Bühne, dicht an der Rampe, und bot uns sein markantes Profil dar. Er vollbrachte das Kunststück, halb gekränkt und halb empört auszusehen, ohne lächerlich zu wirken. Die Feenpatin winkte lächelnd, der Vorhang bebte.

Noch ein Schritt. Schon rauschte der Applaus auf. In dem Augenblick geschah es: Als sie den Fuß auf die letzte Stufe setzte, erstarrte Bella zur Salzsäule. Silvester merkte sofort, daß irgend etwas schiefging, und lief zu ihr hinüber. Charles konnte nicht verhindern, daß ein ängstlicher Schatten über sein Gesicht flog. Ich fragte mich, ob es sich um einen in letzter Minute geplanten Inszenierungstrick zur Erhöhung der Spannung handelte, doch ein einziger Blick auf Shaw, der gespannt wie ein Flitzbogen auf der Stuhlkante saß, belehrte mich sogleich eines Besseren.

Der Applaus erstarb. Cinderella stieß einen unterdrückten Schrei aus und stolperte die Stufen hinunter, wobei sie Buttons zur Seite schob. Pures Entsetzen stand ihr im Gesicht geschrieben, als sie über die Bühne raste. Sie warf sich ihrem Märchenprinzen in die Arme und vergrub ihren Kopf an seiner Brust. Ihr Schultern hoben und senkten sich verräterisch. Seine Arme schlossen sich automatisch um ihren Körper, doch seine entgeisterte Miene verriet, wie sehr ihn ihr unprofessionelles Gebaren schockierte. Das war das letzte, was wir von den beiden sahen, während der Vorhang fiel. Einige Zuschauer applaudierten, doch die meisten wechselten fragende Blicke. Plötzlich ertönte aus den Rängen ein lautes «Buh!», gefolgt von einem «Schande!» aus dem Parkett. Auf diese zunächst zögerlichen folgten zunehmend vehementere Rufe der Entrüstung, in die mehr und mehr Leute einstimmten.

Im ersten Augenblick dachte ich, Lord Penwardines Claqueure hätten sich wieder eingeschlichen, doch dann merkte ich, daß die lautstark geäußerte Kritik einen mir vertrauten Unterton besaß. Sie war Ausdruck der Empörung fortschrittlich gesinnter Menschen, deren Ideale und Ansichten unvermittelt von jemandem mit Füßen getreten wurden, dem sie vertrauen zu können glaubten. Man hatte ihnen eine Cinderella vorgeführt, die bereit war, in ihre Unabhängigkeit zu fliegen. Stattdessen überlegte sie es sich in allerletzter Sekunde anders und stürzte zurück in die schützenden Arme ihres nichtsnutzigen Gemahls. Ich konnte es den Leuten nicht verübeln, daß sie das Stück ausbuhten.

Shaw hatte sich bereits erhoben und stand dicht umringt von einem Haufen heftig gestikulierender und diskutierender Zuschauer. Er schüttelte sie ab und verhielt sich dabei entschieden unhöflicher, als es sonst seine Art war.

«Nell, kommen Sie sofort mit mir hinter die Bühne!»

Abgesehen davon, daß dies ohnehin meine Absicht gewesen war, behagte mir der Ausdruck in seinen Augen nicht im geringsten.

«Was haben Sie vor?»

«Ich werde Lady Penwardine erwürgen und erwarte, daß Sie mir dabei helfen.»

Ich konnte es ihm nicht verdenken und folgte ihm eilig.

9

«Sie lag im Ballonkorb. In meinem Ballonkorb und meinem Flugkostüm.»

Wir standen auf der lichtüberfluteten Bühne. Der Vorhang war geschlossen, über uns wölbte sich, unermeßlich hoch und finster, der Theaterraum. Das Publikum hatte aufgehört, zu buhen und zu murren, doch das Stimmengewirr auf der anderen Seite des Vorhangs kündete davon, daß die Zuschauer weiterhin aufgeregt durcheinanderredeten und verwunderte Fragen stellten. Über das allgemeine Summen und Brummen hinweg ertönten die Stimmen der Platzanweiser, welche die Leute zum Gehen aufforderten und ihnen versicherten, das Stück sei in der Tat vorüber. Bella saß auf dem Sofa, welches zur Ausstattung des Stückes gehörte – zwischen Sylvia, die den Arm um ihre Schulter gelegt hatte, und Shaw, der ungeschickt Bellas Hand tätschelte und sie mit einem Ausdruck verwirrten und – ausnahmsweise einmal – sprachlosen Kummers in den Augen betrachtete. In der Sekunde, da wir die Bühne betraten, hatten wir sogleich bemerkt, daß etwas Schreckliches geschehen sein mußte. Bella klammerte sich an Sylvia, die wiederum versuchte, Bella den Anblick der Männer beim Ballonkorb zu ersparen, vielmehr den Anblick dessen, was dicht neben dem Korb auf den sprichwörtlichen Brettern lag, welche die Welt bedeuten.

Um dieses Etwas scharten sich unterdessen Charles, Vincent, Silvester und Freeson. Vincent und Charles rauchten. Vergeblich versuchte letzterer, mich am Nähertreten zu hindern.

Sie hatten die Leiche mit Sylvias Sternenumhang bedeckt. Bellas Pelz- und Lederturban lag daneben.

«Was ist geschehen?»

Silvesters Schminke war völlig verschmiert. Er sah aus, als sei ihm übel, wirkte dabei allerdings vollkommen nüchtern.

«Erschossen.»

«Wer ist sie?»

Schweigen – ein äußerst verlegenes Schweigen. Wieder war es Silvester, der meine Frage beantwortete.

«Es ist keine Sie.»

«Wer dann?»

«Der Vertreter des *Lord Chamberlain.* Migson.»

«Warum trägt er Bellas Kostüm?»

Ein Bühnenarbeiter rannte aus den Seitenflügeln herbei. «Draußen kommt die Polizei.»

Ich kniete nieder und schlug den Feenmantel zurück. Migsons Augen standen offen, sein rotgeschminkter Mund ebenfalls. Seine Wangen waren weiß gepudert, seine Augenbrauen mit schwarzem Wachsstift halbmondförmig nachgezeichnet. Sein Blut durchtränkte den Rücken und die Seiten der weichen Ledertunika; der Fleck breitete sich bereits auf der Vorderseite des Gewandes aus. Charles und Vincent mußten sich ebenfalls mit Blut bespritzt haben, als sie ihn aus dem Korb hoben, denn die weißen Seidenstrümpfe ihrer höfischen Ausstaffierung waren rot gesprenkelt.

«Was ist geschehen?»

Irgend jemand – Charles oder Vincent – erwiderte: «Er wurde rücklings erschossen.»

Die Polizei erschien in Gestalt eines sehr jungen und sehr nervösen Schutzmanns, der im Umgang mit plötzlichen Todesfällen eindeutig keine Routine besaß. Shaw hatte sich zumindest insoweit wieder erholt, als daß er sich für die unmittelbaren Geschehnisse zu interessieren begann und vorschlug, einen erfahreneren Wachtmeister herbeizurufen. Der Bühnenarbeiter wurde erneut losgeschickt. Seine Kollegen beobachteten uns von den Kulissen und der schwach erleuchteten Hinterbühne aus. Intuitiv überließen sie die Bühne selbst einzig und allein den Schauspielern, sogar in dieser Ausnahmesituation. Shaw gesellte sich wieder zu Bella, während der junge Schutzmann sich nicht vom Fleck rührte. Der Anblick der geschminkten, kostümierten Schauspieler schien ihn nicht minder zu irritieren als die Leiche zu ihren Füßen. Nachdem er es endlich übers Herz gebracht hatte, Migson anzuschauen, erkundigte er sich schüchtern:

«Gehörte der Mann zur Truppe?»

Die anderen überließen mir das Reden.

«Nein. Er hieß Matthew Migson und arbeitete für die Kanzlei des *Lord Chamberlain.*»

Der Schutzmann wirkte gleich noch eine Spur deprimierter.

«Was genau ist ihm zugestoßen?»

Dieses Mal ließ ich die anderen antworten. Schließlich waren sie mit auf der Bühne gewesen, als man Migson fand.

Charles erwiderte stockend: «Genaues wissen wir nicht. Wir wissen nur, daß die Dame, welche die Hauptrolle in unserem Stück spielt, ihn im Ballonkorb entdeckte, als sie für das Schlußbild hineinsteigen wollte.»

«Tot?»

«Selbstverständlich. Er lag zusammengekrümmt im Korb, ihr Hut auf ihm.»

«Sie hätten ihn dort liegenlassen sollen, Sir, wegen der polizeilichen Untersuchung.»

Vincent Colvin bemerkte trocken: «Und falls er noch gelebt hätte, aber bewußtlos gewesen wäre? Vielleicht hätte er ärztliche Hilfe benötigt. Wir konnten ihn nicht einfach so liegenlassen.»

Der Schutzmann spähte zu Bella hinüber.

«Ich müßte mit der betreffenden Schauspielerin alsbald sprechen.»

Dieses Mal beeilte sich Charles zu antworten: «Ist das wirklich notwendig? Muß es gerade jetzt sein? Sie steht unter Schock und könnte Ihnen im übrigen nicht mehr sagen als wir.»

«Handelt es sich bei der Dame nicht um Lady Penwardine? Hat sie die Leiche gefunden? Gab es nicht ihretwegen bereits Probleme hier im Theater?»

Charles stieß einen ungeduldigen Seufzer aus.

Ich sprang für ihn ein: «Sie tritt unter ihrem Mädchennamen auf, Bella Flanagan.»

«Und der Mann neben ihr, ist das Bernard Shaw?»

«Ja, er verfaßte das Stück.»

Der Schutzmann legte seine Stirn in tiefe Denkfalten.

«Gehe ich recht in der Annahme, daß Mr. Shaw den *Lord Chamberlain* nicht sonderlich mag?»

Vor meinem inneren Augen entstand das Bild des bedeutendsten Dramatikers unseres Landes, wie er in Handschellen abgeführt wurde. Um diese Horrorvorstellung gleich im Keim zu ersticken, meinte ich mit fester Stimme: «Was nicht heißt, daß Mr. Shaw einen Repräsentanten des *Lord Chamberlain* ermorden würde. Außerdem befand sich Mr. Shaw zu dem Zeitpunkt, da Migson mutmaßlich erschossen wurde, unmittelbar in meiner Nähe, und zwar im Zuschauerraum, umgeben von mehreren hundert Zeugen.»

Der junge Mann stürzte sich auf meine Bemerkung und fragte nach Einzelheiten: «Woher wissen Sie, wann er erschossen wurde?»

«Ich vermute zumindest, daß es ein Schuß war, den ich hörte», erwiderte ich. «In dem betreffenden Moment hielt ich das Geräusch für einen Feuerwerkskörper, der im Zuschauerraum explodierte, doch wenn ich es mir jetzt vergegenwärtige, gewinne ich den Eindruck, als sei es hinter dem Vorhang gewesen.»

Freeson fiel ein: «Ich hörte es ebenfalls.»

Zum fraglichen Zeitpunkt stand er im Orchestergraben, also viel näher am Ort des Geschehens als ich, und ersuchte das Publikum händeringend um Ruhe.

«Unternahmen Sie denn nichts, Sir?»

«Ich lief hinter die Bühne, um nachzusehen, was geschehen war.»

Des Schutzmannes Neugier wuchs. «Und was fanden Sie, Sir?»

«Nichts. Da war nichts, außer dieses Geruches. Ich führte ihn auf einen Knallfrosch zurück, doch es muß … es muß an dem Schuß gelegen haben.»

«War sonst niemand zugegen? Kein Bühnenarbeiter?»

«In jenem Moment nicht. Sie waren ausgeschwärmt, um das Zubehör für die alte Gasbeleuchtung zusammenzusuchen, und kehrten erst zurück, als ich bereits hinter der Bühne stand.»

«Nachdem Sie das Geräusch gehört hatten, Sir, das sie für einen Feuerwerkskörper hielten – begaben Sie sich da unverzüglich hinter die Bühne?»

«Ja … das heißt, nein – nicht sofort.» Freeson bot ein Bild des Jammers und sah aus wie das personifizierte schlechte Gewissen, doch das war typisch für ihn. «Im Zuschauerraum prügelten sich die Leute; einige attackierten Mr. Shaw, deshalb wußte ich nicht, was ich tun sollte. Ich glaube, daß ich kurz zögerte, und als mir klar wurde, daß ich draußen nichts auszurichten vermochte, fiel mir ein, daß womöglich ein Feuer ausbrechen könnte, deshalb …»

«Wieviel Zeit verstrich von dem Moment an, da Sie den Schuß hörten, bis zu dem Augenblick, als sie hinter die Bühne gingen, Sir?»

Freeson starrte uns verzweifelt an, als wüßten wir die Antwort.

«Vier Minuten vielleicht, oder fünf? Ich weiß es nicht mehr.»

«Warfen Sie einen Blick in den Korb, Sir?»

«Nein, denn dazu hatte ich keinen Grund. Warum hätte jemand in dem Korb einen Knallfrosch entzünden sollen?»

Ich überließ die beiden sich selbst und ging zum Sofa hinüber. Bella entzog Sylvia ihre Hand und streckte sie mir entgegen.

«Nell, was soll ich nur tun?»

«Sie werden wohl mit der Polizei sprechen müssen. Ein erfahrener Beamter ist hoffentlich schon auf dem Weg.»

Das war wahrscheinlich nicht die Art Antwort, die sie sich gewünscht hatte, doch dafür empfand ich auch ihre Frage unter den gegebenen Umständen als äußerst merkwürdig.

«Die anderen sagen, es sei – es sei Migson.»

«Ja.»

«Erschossen?»

«Ja.»

«Warum trug er mein Kostüm?»

«Ich weiß es nicht.»

Schweigend saßen wir beieinander: Shaw zur ihrer Rechten, Sylvia zu ihrer Linken; ich kniete vor Bella auf dem Boden und hielt ihre Hand. Immer wieder wanderte ihr Blick zu Charles hinüber. Als Inspektor Merit in Begleitung eines Wachtmeisters und weiterer Schutzmänner eintraf, saßen wir noch immer so da.

Merit war ein fetter Mensch mit hervorquellenden braunen Augen und beginnender Glatze, der von Anfang an darauf bestand, Bella als Lady Penwardine anzureden. Mit nur marginaler Höflichkeit gesegnet, scheuchte er uns allesamt sogleich in den Grünen Salon und kehrte erst nachdem er die Leiche besichtigt hatte, zu uns zurück, um sich dafür zu entschuldigen, daß er uns so lange aufhalte. Er verkündete, mit jedem einzelnen reden zu wollen, angefangen bei Lady Penwardine.

Bella erhob sich. Ich spürte, daß sie sich um Fassung bemühte, sich aber hinter der Fassade elend und verängstigt fühlte. Das Ballonkostüm, welches auf der Bühne so flott und fesch ausgesehen hatte, wirkte nun völlig fehl am Platz und darüber hinaus wie ein böses Omen. Der Inspektor hielt die Tür für sie offen; langsam schritt sie an ihm vorbei und aus dem Raum. Charles' Augen ruhten unverwandt auf ihr, doch ausnahmsweise erwiderte sie seinen Blick nicht.

Der Inspektor beorderte einen anderen Schutzmann in den Grünen Salon, der uns bewachen sollte. Er saß mit lang ausgestreckten Beinen auf einem Stuhl an der Tür und bedachte insbesondere Shaw gelegentlich mit scheelen Blicken, so als befürchte er, daß jener urplötzlich aufspringen und etwas Unerhörtes tun würde. Der Schutzmann hätte sich jedoch keine Sorgen zu machen brauchen, denn ich hatte Shaw noch nie in solch bedrückter, gedämpfter Stimmung erlebt. Ich setzte mich neben ihn.

«Arme Bella! Man sollte sie nach Hause gehen lassen.»

«Sobald der Inspektor ihre Aussage zu Protokoll genommen hat, wird er es sicher gestatten.»

«Was kann sie ihm schon erzählen?»

«Was kann irgendwer von uns ihm erzählen? Oder sahen Sie Migson in Cinderellas Kostüm umherwandern?»

Er schüttelte den Kopf.

Zunächst unterhielten wir, die wir im Grünen Salon zurückgeblieben waren, uns noch leise miteinander und tauschten Beobachtungen aus. Doch unsere Gespräche erstarben rasch; wir saßen stumm da und vermieden tunlichst, einander anzustarren. Außer mir waren die Schauspieler und Freeson anwesend. Die Bühnenarbeiter und das übrige Personal hielt die Polizei wahrscheinlich in einem anderen Raum versammelt. Charles saß mit verschränkten Armen für sich allein und blickte unverwandt auf den Fußboden. Sylvia und Silvester kuschelten sich erschöpft aneinander. Er hatte den Kopf an ihre Schulter gelegt und schlief irgendwann tatsächlich ein. Von seinem ersten Schnarcher erwachte er allerdings gleich wieder. Freeson rutschte unruhig hin und her. Vincent Colvin hatte die Beine übereinandergeschlagen und rauchte eine Zigarette nach der anderen.

Nach einer halben Stunde kehrte der Wachtmeister zurück und forderte Shaw auf, ihn zu begleiten. Demnach hatte der Inspektor Bellas Vernehmung beendet. Ich dachte kurz darüber nach, ob ich sie aufsuchen sollte, doch vermutlich hatte der Inspektor angeordnet, daß wir bis zu unserer jeweiligen Befragung bleiben sollten, wo wir waren. Ich wollte keinen unnötigen Streit anzetteln. Wie sich herausstellte, hätte ich ohnehin nicht genügend Zeit gehabt. Kaum zehn Minuten, nachdem Shaw gegangen war, kam der Wachtmeister wieder ins Zimmer.

«Miss Bray, würden Sie mir bitte zum Herrn Inspektor folgen?»

Jener hatte sich in dem kleinen Raum neben der Theaterkasse eingerichtet und saß hinter einem Schreibtisch vor einer Reihe kleiner Holzfächer, aus denen verschiedenfarbige Eintrittskarten ragten. Als ich eintrat, erhob er sich immerhin halbwegs, setzte sich jedoch gleich wieder hin und deutete auf einen Stuhl vor dem Schreibtisch. Der Wachtmeister ließ sich mit einem Notizbuch in einer Ecke nieder, während der Inspektor mich ausgiebig musterte.

«Kennen wir uns nicht?»

«Wahrscheinlich aus irgendeinem Gerichtssaal.»

«Vermutlich.» Er stieß einen abgrundtiefen Seufzer aus.

Mit seinen hervorstehenden Augen und seinem kahlen Haupt sah er aus wie ein langmütiger, gigantischer Frosch. In seiner Stimme schwang das typische leichte Schnarren der Leute aus Hampshire mit. Ich spürte, daß er mir weniger unsympathisch war als die meisten anderen Polizisten, mit denen ich zu tun gehabt hatte, und ermahnte mich selbst zur Vorsicht, obwohl ich nicht genau wußte, weswegen.

«Miss Bray, wären Sie bitte so freundlich, mir mitzuteilen, weshalb Sie heute abend hier im Theater waren?»

Ich hatte ausreichend Zeit gehabt, um mich innerlich auf diese Frage vorzubereiten, und beschlossen, nicht zu lügen, denn dazu bestand kein Anlaß. Ich erzählte ihm von Shaws dringender Bitte, Bellas Leibwächterin zu spielen, und davon, daß ich nur widerstrebend eingewilligt hatte. Als ich Bellas Konflikt mit ihrem Mann erwähnte, ertönte ein weiterer Seufzer.

«Lady Penwardine und Mr. Shaw teilten mir mit, die Vorstellung sei auf etlichen ...» Er druckste ein wenig herum: «... auf etlichen Widerstand gestoßen.»

«Einige Leute aus dem Bekanntenkreis Lord Penwardines versuchten, die Aufführung zu stören.»

«Woraus schließen Sie, daß Lord Penwardine etwas damit zu tun hatte?»

«Ich weiß mit Bestimmtheit, daß es sich bei einem der Störenfriede um seinen guten Freund Piggy Ditchbrake handelte. Das erste Mal fiel mir dieser Herr bei den tumultartigen Szenen vor dem Theater auf, eine Stunde vor Beginn der Vorstellung. Außerdem begegnete ich auf meinem Weg zum Theater auf dem *Strand* Lord Penwardine persönlich.»

Er zog die Augenbrauen hoch, wodurch er noch stärker wie ein Frosch aussah.

«Sahen Sie Lord Penwardine direkt beim Theater?»

«Nein, aber ich wüßte nicht, was er in dieser Gegend Londons sonst zu tun gehabt haben sollte?»

Merit seufzte ein drittes Mal. Mir fiel auf, daß der Wachtmeister nicht länger mitschrieb. Insgeheim fragte ich mich, ob er ein geheimes Zeichen erhalten hatte.

«Ich fürchte, wir kommen ein wenig vom eigentlichen Thema ab, Miss Bray. Soweit ich den Schutzmann verstanden habe, glauben Sie, daß Sie einen Schuß gehört haben.»

«Ja, ohne zum fraglichen Zeitpunkt zu wissen, daß es ein Schuß war.»

«Wann ungefähr war das?»

Darüber hatte ich ebenfalls nachgedacht.

«Hat man Ihnen schon berichtet, daß der Vorhang wegen der Tumulte im Publikum vorübergehend zugezogen werden mußte? Ich würde sagen, was ich hörte, passierte etwa zehn Minuten danach, aber wegen des Aufruhrs um mich herum blickte ich nicht auf die Uhr.»

Der Wachtmeister führte wieder Protokoll in seinem Notizbuch.

«Kannten Sie den Verstorbenen – Mr. Migson?»

«Ich lernte ihn gestern bei der Generalprobe kennen.»

«Haben Sie ihn im Laufe des heutigen Abends irgendwann gesehen?»

«Nein. Der Platz neben mir war für ihn reserviert, aber er nahm ihn nicht ein.»

«Machten Sie sich deswegen Sorgen?»

«Es war nicht meine Aufgabe, mir um Mr. Migson Sorgen zu machen.»

Stille. Er hatte die Angewohnheit, seine Schläfen mit den Fingerspitzen zu massieren, als sei die Haut an dieser Stelle unangenehm straff und als wollte er sie dehnen.

«Haben Sie eine Ahnung, warum er die Ersatzgarnitur von Lady Penwardines Bühnenkostüm trug?»

«Nein.»

Das entsprach nicht vollständig der Wahrheit. In mir formten sich erste Ansätze einer Theorie, doch ohne den Hauch eines Beweises. Ich wollte die Polizei nicht auf die Fährte setzen, bevor ich das Terrain nicht selbst ausgekundschaftet hatte.

«Sofern ich Lady Penwardine richtig verstanden habe, gehörten beide Kostüme ihr.»

«Ja.»

«Ist Ihnen Mr. Migson jemals in oder in der Nähe von Lady Penwardines Garderobe über den Weg gelaufen?»

«Gestern ging er daran vorbei. Das war meines Wissens nach das einzige Mal.»

«Hat sich irgend jemand aus der Truppe Ihnen gegenüber zu Mr. Migson geäußert?»

«Meiner Ansicht nach bestand Konsens darüber, daß seine Anwesenheit im Theater absurd sei.»

«Hat sich jemand im besonderen darüber geärgert?»

Die Antwort auf diese Frage hätte «Charles und Bella» lauten müssen, aber ich war noch nicht dazu bereit, diese Antwort zu geben.

«Ich glaube nicht.»

«Und Mr. Shaw?»

«Er schien eher geschmeichelt zu sein. Soweit mir bekannt ist, hat der *Lord Chamberlain* nie zuvor einen Vertreter mit permanenter Anwesenheitspflicht zu einer Theaterproduktion entsandt.»

Der Inspektor bedachte mich wegen dieser Bemerkung mit einem seiner durchdringenden Blicke. In meinem Kopf ertönte ein Warnsignal.

«Ist es möglich, daß Migson in Wahrheit gar kein Entsandter des *Lord Chamberlain* war?»

«Warum fragen Sie?»

«Aus keinem besonderen Grund. Von uns bezweifelte jedenfalls niemand seine Legitimation, als er mit seiner Mappe voller Korrekturen auf der Probe erschien.»

«Wir versuchen, jemanden aus der Kanzlei des *Lord Chamberlain* ausfindig zu machen, was zu dieser nächtlichen Stunde nicht einfach ist.»

Es war schon nach elf Uhr.

«Sie wissen vermutlich nicht, wo Mr. Migson wohnte oder ob er Familie hatte?»

«Nein, ich hatte nicht viel Kontakt mit ihm. Soweit ich weiß, gilt das auch für die anderen.»

Eine Pause entstand, die der Wachtmeister eifrig zur Vervollständigung seiner Notizen nutzte.

«Vermutlich tötete ihn der Schuß, den ich hörte», sagte ich. «Oder glauben Sie, daß er den ganzen Abend über im Korb steckte?»

Offensichtlich wägte der Inspektor sorgfältig ab, ob er meine Frage beantworten sollte oder nicht. Endlich neigte sich das Zünglein auf die mir zugewandte Seite.

«Gegen halb acht schaute ein Bühnenarbeiter in den Korb, und zu diesem Zeitpunkt war er leer. Außerdem gibt es das Blut.»

«Daran dachte ich auch schon. Falls er lange im Korb gelegen hätte, wäre es bereits geronnen gewesen. Das war allerdings nicht der Fall.»

Wieder einer dieser unsäglichen Seufzer, und der Wachtmeister warf mir einen eigenartigen Blick zu; immerhin ließen sie mich kurze Zeit später gehen.

Nachdem ich auf der Suche nach Bella vergeblich in einigen Räumen hinter der Bühne nachgesehen hatte, kehrte ich zu den Garderoben zurück. Ich wollte wissen, ob sie meine Hilfe benötigte. Als ich an ihre Tür klopfte, rief Mercy Phipps mich hinein. Sie stand in der Mitte des Zimmers, in dem es so unordentlich aussah wie bei den Vorbereitungen für einen Wohltätigkeitsbasar.

«Wo ist Miss Flanagan?»

«Fort.»

Mercy sah vor lauter Besorgnis ganz zerknittert aus. Über ihrem Arm hing Bellas grünes Kleid, das Ballonkostüm lag achtlos auf einem Stuhl. Sie bemerkte, wie meine Augen dorthin wanderten.

«Stimmt es, daß er das – das andere Kostüm trug?»

«Ja.»

«Wieso? Warum sollte er so etwas tun?»

Sie befürchtete anscheinend, daß man ihr die Schuld geben würde.

«Ich weiß es nicht.»

Doch ob es mir gefiel oder nicht – die Idee, die ich dem Inspektor gegenüber nicht geäußert hatte, nahm in meinem Kopf allmählich Gestalt an. Sie basierte unter anderem auf Bellas Verdacht, daß ihr im Theater jemand nachspioniert hatte. Falls das tatsächlich stimmte, hatte es möglicherweise einen Plan zur Sabotage der letzten Szene gegeben, in dem eine Doppelgängerin von Cinderella in Bellas Kostüm Bellas Auftritt verulken und so das Stück zur Farce herabwürdigen sollte.

«Sie sagten, Miss Flanagan sei gegangen. Wann?»

«Ungefähr vor einer halben Stunde, Miss. Sie stürzte hier herein, zog sich um und schickte mich zum Pförtner, weil er für sie eine Droschke beschaffen sollte.»

Das mußte unmittelbar nach ihrer Vernehmung durch den Inspektor gewesen sein.

«Erwähnte sie, wohin sie fahren wollte?»

«Nein.»

Vermutlich war sie nach Hause zum *Berkeley Square* gefahren, oder vielleicht zu meiner Wohnung in *Hampstead*. Ich hatte ihr für den Fall der Fälle den geheimen Aufbewahrungsort des Ersatzschlüssels verraten.

Mein Hut lag noch im Grünen Salon. Als ich zurückging, um ihn zu holen, fand ich nur noch Charles, Vincent und das Ehepaar Bonnet vor. Nach mir war anscheinend die Reihe an Freeson gewesen, mit Inspektor Merit zu plaudern.

Charles fragte: «Geht es Bella gut?»

«Ich habe sie gesucht, aber ohne Erfolg. Ich vermute, sie ist nach Hause gefahren.»

Ich spürte, daß er mir noch weitere Fragen stellen wollte, aber wegen der anderen nicht konnte. Ich nahm meinen Hut und lief den Korridor entlang, an Mercy vorbei, die eben mit dem grünen Kleid aus Bellas Garderobe trat. Wie sie sagte, wollte sie es im Fundusraum bügeln. Ich war schon fast am Ausgang angelangt, als hinter mir ein schriller Schrei ertönte – Mercys Entsetzensschrei. Er hörte gar nicht wieder auf.

Ich rannte durch den Korridor zurück. Aus der entgegengesetzten Richtung liefen ein Schutzmann und ein Bühnenarbeiter herbei, wobei der Schutzmann ohne Unterlaß auf seiner Trillerpfeife blies. Währenddessen schrie Mercy unvermindert weiter. Aus dem Raum, aus dem der Schrei ertönte, kam jetzt ein Mann im Frack herausgelaufen, und zwar rückwärts. Im ersten Moment machte er noch lauter entschuldigende Verbeugungen, doch als er uns entdeckte, fing er selbst an zu rennen, zuerst in meine Richtung, dann zurück zu dem Schutzmann und dem Bühnenarbeiter. Wir fielen gleichsam über ihn, alle drei, und warfen ihn zu Boden. Er wandte sich, trat und kratzte, doch vergeblich. Der Schutzmann und der Bühnenarbeiter packten ihn schließlich und stellten ihn unsanft auf die Beine. Schlaff hing er zwischen den beiden und wirkte, als hätten ihn der Lärm und das Gerangel um seine Person letztlich nur vollkommen verblüfft.

«... im Fundus. Er versteckte sich in meinem Zimmer ...» Mercy hatte aufgehört zu schreien und versuchte keuchend, das Vorgefallene zu erklären.

Der Mann murmelte unaufhörlich: «Es tut mir sehr, sehr leid. Entschuldigen Sie bitte vielmals.»

Sein Frack hatte sich in ein höchst unkleidsames Gebilde verwandelt; seine Fliege war verrutscht, das Hemd zerrissen, Jacke und Mantel waren aufgeknöpft. Doch man hätte von

Piggy Ditchbrake auch schwerlich erwarten können, daß er nach den vergangenen Stunden wie aus dem Ei gepellt aussah. Inspektor Merit tauchte auf, mit dem Wachtmeister, Freeson und den vier Schauspielern aus dem Grünen Salon im Schlepptau.

«Wer zum Teufel ist das?» fragte Merit.

Piggy glotzte und schwieg; ich hingegen sah keinen Anlaß, ihn zu decken.

«Dieser Herr heißt Piggy Ditchbrake und ist der Freund von Lord Penwardine, den ich Ihnen gegenüber bereits erwähnte.»

Nun starrte Piggy mich an.

«Was tut er hier?» Der Inspektor wandte sich an Freeson. «Hat dieser Mann irgendeinen Grund, sich hier aufzuhalten?»

«Keinesfalls. Er war einer der Anführer bei den Störungen im Theater heute abend. Ich ging davon aus, daß er an die Luft gesetzt worden sei.»

«Das geschah auch», warf ich ein. «Ich half dabei, ihn hinauszuwerfen.»

«Was also hat er hier im Bereich hinter der Bühne zu schaffen?»

Freeson sagte schwach: «Er muß wieder hereingekommen sein.» Piggy war vermutlich schnurstracks um das Theater zum Bühneneingang gelaufen, als dieser unbewacht war. Dies paßte zu meiner Theorie, daß es einen Plan zur Sabotage des Finales gegeben hat, der Migson involvierte. Aber ich schwieg.

Inspektor Merit sah Piggy scharf an.

«Was machen Sie hier?»

Piggy schwieg ebenfalls. Er keuchte heftig und schwitzte in Strömen.

«Sie sind verhaftet. Halten Sie ihn getrennt von den anderen fest. Ich werde ihn verhören, sobald ich mein Gespräch mit Mr. Freeson beendet habe.»

Piggy fand seine Stimme wieder und fragte in schrillem

Ton: «Verhaftet? Verhaftet, weil ich mich hinter der Bühne eines Theaters befinde?»

«Verhaftet, weil Sie sich ohne plausible Erklärung am Ort eines Verbrechens aufhalten, nämlich eines Mordes.»

«Mord?»

Piggys Augen kullerten förmlich aus ihren Höhlen. Er öffnete den Mund, kniff dann jedoch seine Lippen wieder fest zusammen. Widerstandslos ließ er sich von zwei Polizisten abführen.

«Vielleicht können wir unsere kleine Unterhaltung jetzt fortsetzen, Mr. Freeson», meine der Inspektor.

Als ich ging, ließ der Pförtner gerade zwei Männer mit einer Bahre ins Theater, die gekommen waren, um Migsons Leiche abzutransportieren.

10

Um Piggy Ditchbrake machte ich mir keine Sorgen. Sein Alibi war mehr als wasserdicht. Freeson hatte im Zuschauerraum genug gesehen, um den Inspektor entsprechend aufzuklären, und eine Nacht in einer Gefängniszelle verdiente Piggy allemal. Sorgen machte ich mir um Bella; ich mußte sie unbedingt finden. Es war inzwischen beinahe Mitternacht. Die meisten Theatergänger waren nach Hause gegangen, auf den Straßen fuhren kaum noch Trambahnen oder Droschken. Ich beschloß, zu Fuß zum *Berkeley Square* zu laufen, und marschierte strammen Schrittes über den *Trafalgar Square* und den *Haymarket* hinauf. Das Wetter schlug um, es wurde kühler; in so manchem Hauseingang kauerten Leute, die sich dort unter

Haufen von alten Lumpen oder, wenn sie Glück hatten, Pferdedecken für die Nacht einrichteten.

Beim Gehen dachte ich darüber nach, ob ich im Begriff war, für die falsche Seite Partei zu ergreifen. Ich hatte Inspektor Merit meine Beobachtungen mitgeteilt, aber nicht so, daß sie sich für ihn zu einem logischen Ganzen zusammenfügen konnten. Es gab jedoch meiner Ansicht nach bereits Ansätze zu einem sinnvollen Gesamtbild. Vor Beginn der Aufführung hatte sich Lord Penwardine in der Nähe des Theaters aufgehalten. Piggy Ditchbrake schlich sich ohne ersichtlichen Grund, gleich nachdem man ihn aus dem Zuschauerraum hinausgeworfen hatte, durch den Bühneneingang zurück ins Theater. Ob Matthew Migson nun ein Spion des *Lord Chamberlain* gewesen war oder nicht – er trug jedenfalls Bellas Ersatzkostüm. Zusammengenommen deuteten alle diese Umstände darauf hin, daß ein Plan zur Störung des Finales existiert hatte. Doch selbst wenn das der Fall gewesen wäre – wer hätte einen Grund gehabt, Migson zu erschießen?

Jemand, der den Plan entdeckte und vereiteln wollte. Und wer hätte die stärkste Veranlassung dazu gehabt, den Plan zu vereiteln? Eine Person im besonderen, und diese Person wartete – sofern ich sie am *Berkeley Square* nicht antraf – wahrscheinlich zu Hause in *Hampstead* auf mich. Ob sie gewohnheitsmäßig eine Pistole bei sich trug, wußte ich nicht; überrascht hätte es mich allerdings nicht. War ich dazu verpflichtet, auf Bellas Seite zu sein? Selbstverständlich nicht. Doch ich hatte das Gefühl, daß ich zumindest verpflichtet war, mich nicht gegen sie zu stellen, bis ich genauere Einzelheiten wußte.

Als ich den *Picadilly Circus* überquerte, kam mir ein weiterer, höchst unangenehmer Gedanke. Während wir die Störenfriede an die Luft beförderten, entstand eine halbstündige Pause. Nichtsdestotrotz kleidete Bella sich eben erst in ihr Kostüm, als ich gegen Ende dieses Zeitraums ihre Garderobe betrat. Was hatte sie in den dreißig Minuten getrieben, während derer im Theater Dunkelheit und Chaos herrschten?

Als ich am *Berkeley Square* eintraf, brannten hinter fast allen von Bellas Fenstern die Lichter, doch die Vorhänge im Erdgeschoß waren zugezogen. Ich ging zu der roten Eingangstür, klopfte und wartete. Erst nach geraumer Zeit öffnete der Butler.

«Ich möchte zu Lady Penwardine. Würde Sie ihr bitte Nell Bray melden.»

«Es tut mir leid, Madam, aber Lady Penwardine ist derzeit nicht zugegen.»

In der Sprache der Butler hieß das, sie wollte keine Gäste empfangen.

«Würden Sie Ihr zumindest mitteilen, daß ich hier bin.»

«Entschuldigen Sie bitte vielmals – Lady Penwardine ist nicht zu Hause.» In leicht verändertem Ton fügte er hinzu: «Wenn ich sage, sie sei nicht zu Hause, meine ich, daß sie wirklich nicht anwesend ist.»

Über seine Schulter hinweg bemerkte ich, wie das rundliche Hausmädchen, Naomi, mit einem Lederkoffer die Treppe herunterkam. Ich bedankte mich, er schloß die Tür.

Falls Bella zu mir gefahren war, bräuchte sie keinen Koffer. Ihre Sachen waren von der vorherigen Nacht noch bei mir. Das bedeutete also, Bella war fort, sonstwohin. Ich schritt die Stufen zur Straße hinunter und umrundete den Platz. Dann stellte ich mich unter eine Platane in der kleinen Parkanlage, die den Mittelpunkt des Platzes bildete, damit ich Bellas Tür im Auge behalten konnte. Ich legte es nicht darauf an, mich zu verstecken, ich verhielt mich nur so unauffällig wie möglich.

Zwanzig Minuten vergingen. Eine Turmuhr schlug halb eins. Der Frost setzte ein, die Luft wurde trockener und kälter. Trotz meiner Lederhandschuhe fühlten sich meine Fingerspitzen an wie Eiszapfen. Einige Droschken fuhren vorbei. Plötzlich kam ein Bursche, seinem Aussehen nach zu schließen der Hausjunge, aus dem Untergeschoß von Bellas Haus gelaufen und rannte in Richtung *New Bond Street.* Wenige Minuten später kehrte er mit einer Droschke im Schlepptau zurück, die vor dem Hauseingang anhielt. Naomi, in Hut und Mantel, verließ das Haus als erste, gefolgt von dem Hausjungen und einem weiteren Mann, die beide verschiedene Koffer trugen. Naomi wurde mitsamt den Koffern in die Kutsche verfrachtet, die sich sogleich in meine Richtung in Bewegung setzte.

In eine andere Droschke zu springen und die Verfolgung aufzunehmen, kam nicht in Frage, da der Platz vollkommen verlassen dalag. Das Droschkenpferd hatte jedoch anscheinend eine schwere Nacht hinter sich, denn es trottete ungefähr so langsam dahin wie ein unwilliges Zirkuspferd. Außerdem wußte der Droschkenkutscher – mit dem den Londoner Droschkenkutschern eigenen Klassenbewußtsein – vermutlich, daß er lediglich eine Hausangestellte an Bord hatte; er machte daher keine Anstalten, das Pferd zur Eile anzutreiben. Gemächlichen Schrittes bog es in die *Mount Street* ein, Richtung *Grosvenor Square.* Ich folgte zu Fuß in ebenso gemächlichem Tempo, etwa fünfundzwanzig Meter hinter der Droschke. Sie überquerte den *Grosvenor Square* entlang der *Brook Street* und fuhr danach auf die *Park Lane,* wo es vergleichsweise geschäftig zuging. Ungeachtet der späten Stunde bewegte sich ein stetiger Strom von Automobilen und Pferdewagen über die Straße, so daß ich fürchtete, die Droschke aus den Augen zu verlieren. Sie setzte ihre Fahrt jedoch nur wenige hundert Meter weiter in Richtung Norden fort und hielt schließlich vor einem schmalen Haus, dessen Türen und Fenster mit komplizierten weißen Steinmetzarbeiten verziert waren und die auf den Park hinausgingen.

Über dem Eingang brannte eine Laterne und im Haus waren viele weitere Lichter angezündet, doch auch hier waren die

Vorhänge fest zugezogen. Naomi und der Droschkenkutscher mußten zweimal die Treppe zur Haustür hinauf- und hinunterlaufen, bis sie das Gepäck ausgeladen und abgestellt hatten. Danach schlingerte die Droschke wieder davon. Naomi hatte in der Zwischenzeit offenbar geläutet, denn die Tür öffnete sich, und sie wurde mitsamt den Koffern eilig ins Innere befördert. Von meinem Standort aus vermochte ich nicht zu erkennen, wer im Inneren des Eingangsflurs stand. Ich wartete einige Minuten und schlenderte dann am Haus vorbei. Ich hätte natürlich den schlichten Versuch wagen können, an der Eingangstür nach Lady Penwardine zu fragen, aber das hätte mir vermutlich herzlich wenig eingebracht. Warum hatte Bella mitten in der Nacht beschlossen umzuziehen, und zwar eine halbe Meile quer durch London? Wahrscheinlich weil sie unter den Reichen an der *Park Lane* einen verläßlichen Freund hatte. Ich wollte in jedem Fall wissen, um wen es sich handelte.

Ich wartete ab und handelte mir dabei den mißtrauischen Blick eines Schutzmanns ein, der mich vermutlich für ein Straßenmädchen hielt. Ich erwiderte seinen Blick, ohne mit der Wimper zu zucken. Nachdem er sich getrollt hatte, trödelte an der Gartenpforte des Nachbarhauses kichernd und flüsternd ein Liebespaar herum. Endlich gab sie ihm einen raschen Kuß und rannte die Treppe zum Untergeschoß hinab. Ein Dienstmädchen, das zu spät nach Hause kam. Ich hoffte, daß irgendeine Bundesgenossin das Küchenfenster für sie offengelassen hatte. Der junge Mann blieb stehen und starrte ihr nach. Als ich ihm freundlich einen guten Abend wünschte, fuhr er erschrocken herum und sah mich gereizt an. Doch nachdem er erkannte hatte, daß ich nicht zur Hausgemeinschaft seines Liebchens gehörte, entspannte er sich. Ich deutete auf das Haus, das mich so brennend interessierte, und erkundigte mich:

«Ich suche eine Freundin. Wissen Sie, wer dort wohnt?»

Meine Unwissenheit schien ihn zu verwundern.

«Das ist Lord Penwardines Haus. Sie wissen schon, der Gentleman, dessen Frau durchgebrannt ist.»

Pfeifend schlenderte er davon, Hände in den Hosentaschen vergraben, und ließ mich mit offenem Mund stehen. Ich hatte alles mögliche erwartet, aber nicht, daß Bella sich ausgerechnet zu ihrem Mann flüchten würde.

Während ich noch vergeblich versuchte, mir darauf einen Reim zu machen, fuhr eine weitere Kutsche vor, ein elegantes Gefährt, welches im Trab heransauste und so scharf bremste, daß das Pferd aus Protest den Kopf zurückwarf. Ein Mann stolperte heraus. Sein Mantel war nicht zugeknöpft, den Zylinder trug er in der Hand. Er drückte dem Kutscher ein Bündel Geldscheine in die Hand. Der Kutscher schwang seine Peitsche, und das Pferd trabte davon, bevor der Herr um Wechselgeld hätte bitten können, was ihn allerdings ohnehin herzlich wenig zu kümmern schien. Er lief mit schnellen Schritten über das Straßenpflaster und blieb, als er mich sah, abrupt stehen.

«Was tun Sie denn hier, Miss Bray?»

Diese Frage schleuderte mir Charles Courts entgegen, der in diesem Augenblick eher einem Wirbelwind glich als einem Mann.

«Dasselbe könnte ich Sie fragen.»

«Ist Bella in dem Haus?»

«Ich nehme es an. Doch woher wußten Sie das?»

«Nachdem der Inspektor mit mir fertig war, begab ich mich unverzüglich zum *Berkeley Square.* Sie war nicht da. Vom Hausjungen erfuhr ich, daß sie … daß sie …»

Er rang nach Luft. Ich glaube nicht, daß ihm auf der Bühne schon je die Worte gefehlt hatten, doch hier und jetzt passierte es ihm.

«Daß sie zu ihrem Gatten zurückgekehrt ist?»

«Das würde sie niemals tun. Sie würde es einfach nicht tun.»

Er schrie beinahe vor Wut, während er diese Sätze hervorstieß.

«Aber alles spricht dafür. Dies ist Lord Penwardines Haus. Eben beobachtete ich, wie Bellas Mädchen mit Bellas Gepäck hineinging. Was könnte das sonst bedeuten?»

«Daß er sie entführt hat.»

Er war Schauspieler, mit dem typischen Temperament eines Schauspielers – verzeihlich, daß seine Phantasie mit ihm durchging.

«Meiner bescheidenen Meinung nach würde eine entführte Frau schwerlich nach ihrem Mädchen und einer Ladung Gepäck gesandt haben.»

«Er hat sie bestimmt dazu gezwungen.»

«Ich habe Bella bisher nicht als eine Frau kennengelernt, die man so leicht zu irgend etwas zwingen kann.»

«Er ist skrupellos.»

Charles' Haar hing ihm wild ins Gesicht, seine Augen blickten geradezu irr – ein Theaterpublikum wäre begeistert gewesen.

«Ich werde mich nicht davon abhalten lassen, zu ihr zu gehen.»

«Wie denn?»

«Ich werde schlicht und einfach an die Eingangstür klopfen.»

Und also geschah es. Mit ihm darüber zu diskutieren, wäre ungefähr genauso sinnlos gewesen, wie Romeo daran hindern zu wollen, zum Balkon hinaufzusteigen. Oder Macbeth dazu zu überreden, Lady Macbeth keine Beachtung zu schenken. Ich wünschte, die zweite Assoziation wäre mir nicht eingefallen, aber einmal gedacht, ließ sie sich leider nicht mehr rückgängig machen.

Die Tür blieb vor ihm verschlossen. Er hämmerte ein zweites, ein drittes Mal dagegen. In einem Erdgeschoßfenster bewegte sich nur kurz ein Vorhang. Das vierte Klopfen ertönte laut wie ein Donnerhall. Schließlich öffnete ein nervöser Butler die Tür einen Spalt weit. Rasch sagte Charles etwas, daß ich von meinem Standort auf dem Gehweg aus nicht hören konnte. Doch des Butlers Erwiderung war noch kürzer. Die Tür krachte ins Schloß. Charles machte sich erneut daran, den Türklopfer zu bearbeiten, so als wolle er ihn mit Gewalt durch die Tür selbst rammen. Im Nachbarhaus gingen die Rolläden hoch; in Lord Penwardines Domizil hingegen regte sich hinfort nichts mehr, nicht einmal die kleinste Gardine.

Vor der verschlossenen Eingangstür brüllte Charles: «Ich werde mich nicht vom Fleck rühren. Ich bleibe hier stehen!»

Ich beobachtete, wie zwei stämmige Herren die Stufen vom Untergeschoß zur Straße hinaufschritten; Charles bemerkte sie leider noch nicht. Sie sahen aus wie Bedienstete, die im Garten oder im Stall arbeiteten. Ihre Arme und Schultern zuckten in der typisch männlichen Manier, die zur Schau gestellt wird, bevor es gilt, die Ärmel hochzukrempeln und etwas anzupacken.

«Charles», rief ich laut. «Gehen Sie da weg!»

Er hörte mich nicht. Die beiden Mäner schlichen hinter ihm die Stufen zur Haustür hinauf, packten ihn bei den Schultern und warfen ihn die Treppe hinunter. Bevor ich ihn erreichen konnte, war er schon wieder auf den Beinen und rannte die Stufen hoch, wo die beiden ihn indessen bereits erwarteteten. Charles versetzte einem der Männer einen Kinnhaken, so daß dieser mit einem dumpfen Knall gegen die Tür fiel. Der andere Mann holte weit aus und traf Charles mit einem mächtigen Schlag an der Schläfe. Charles taumelte. Sein Gegner griff ihn sich und warf ihn erneut die Stufen hinunter.

Dieses Mal war ich bei ihm, als er versuchte, sich aufzurappeln. Er wirkte benommen, doch unvermindert in Rage.

«Lassen Sie mich bitte los! Ich bin nicht …»

Schwere Schritte auf dem Kiesweg.

«Was geht hier vor?»

Derselbe Schutzmann, der mich für ein Straßenmädchen gehalten hatte. Wer weiß, was jetzt in seinem Kopf vor sich ging. Ich gab mein Bestes, für Charles.

«Dieser Herr wurde tätlich angegriffen. Er braucht ärztliche Hilfe. Könnten Sie uns zu einer Droschke verhelfen ...»

Es hätte klappen können, wenn Charles nicht beschlossen hätte, eine Sprechrolle in diesem Stück zu übernehmen.

«In diesem Haus befindet sich eine Dame, die entführt worden ist. Man läßt mich nicht zu ihr.»

Das Gesicht des Schutzmannes verfinsterte sich. Ich konnte es ihm nicht einmal verübeln. Ein sich um ein Uhr nachts in zerrissenem Hemd und derangierter Kleidung brüllend und tobend vor einem Haus an der *Park Lane* auf dem Erdboden herumwälzender Mann überzeugt die Polizei nicht unbedingt von seiner Nüchternheit.

«Ich habe mehr als genug gehört, Sir. Ist dieser Herr ein Bekannter von Ihnen, Miss?»

«Ja. Ich sorge dafür, daß ...»

Die Eingangstür zu Lord Penwardines Residenz öffnete sich plötzlich um einige Zentimeter. Der sauertöpfische Butler näherte sich uns, hielt sich allerdings in sicherer Entfernung von Charles, der mittlerweile wieder auf den Beinen stand.

Der Butler sagte zu dem Schutzmann: «Höchste Zeit, daß einer von euch vorbeikam.»

«Hat dieser Herr die Hausbewohner belästigt?»

«Das kann man wohl sagen. Er stand auf der Schwelle, wollte ein Loch in die Haustür schlagen und gab wüste Drohungen von sich.»

«Das ist haltlos übertrieben», bemerkte ich. «Er versuchte lediglich ...»

«Ich verlange, mit Lady Penwardine zu sprechen.»

Dieser Beitrag zu unserer Unterhaltung stammte von Charles

und war an den Butler gerichtet. Er zerstörte jeden Rest von Hoffnung, daß Charles eine Nacht in einer Gefängniszelle erspart bliebe. Der Schutzmann blickte ihn so entsetzt an, als wäre die Tatsache, daß man auf der *Park Lane* lauthals den Namen einer Dame aussprach, in etwa das ungehörigste Verbrechen, dessen man sich überhaupt schuldig machen konnte. Flugs schob er eine Handschelle über Charles' Handgelenk. Verwirrt über diese unerwartete Wendung des Geschehens, blickte Charles erst die Handschelle, dann den Schutzmann und schließlich mich an. Ich unternahm einen letzten Versuch.

«Eine solche Maßnahme ist mit Sicherheit unnötig, Herr Wachtmeister. Wenn Sie ihn einfach still und leise gehenließen ...»

«Ich werde nicht still und leise gehen. Ich gehe nirgendwohin, bis ...»

Zum zweiten Mal in dieser Nacht schrillte der Klang einer polizeilichen Trillerpfeife in meinen Ohren. Zwei weitere Schutzmänner kamen eilig herbeigelaufen. So heftig Charles auch protestierte, er wurde fortgeschleppt. Einer der beiden Stämmigen, der den Vorgang interessiert von der Treppe zum Untergeschoß aus beobachtet hatte, verschwand im Schatten des Kellereingangs. Der Butler rannte die Stufen zur Haustür hinauf, wieder öffnete sich die Tür eine Handbreit, er schlüpfte hindurch und schloß sie rasend schnell hinter sich. Die Vorderfront von Lord Penwardines Haus ragte so schweigsam und unantastbar in die Höhe wie ein steiles Felskliff am Meer.

11

Ich gönnte mir für die Heimfahrt eine Droschke und anschließend einige Stunden Schlaf in meinem eigenen Bett. Am nächsten Morgen trieb mich die Neugier zurück zum *Crispin Theatre.* Bei meinem Erscheinen senkte der Pförtner gnädig seine Rennzeitung.

«Sie haben ihn laufenlassen.»

«Wen?»

«Den Schnösel, den man gestern abend hier fand.»

«Von wem wissen Sie das?»

«Von einem Schutzmann. Der Inspektor hat Sie übrigens schon gesucht.»

Ich hoffte, daß dies nicht mit Charles' Auftritt an der *Park Lane* zusammenhing. Ich begab mich zu dem Zimmer hinter dem Kassenraum und klopfte an die Tür. Inspektor Merits Stimme hieß mich eintreten. Er saß allein am Schreibtisch, vor ihm lagen weder Notizen noch sonstige Unterlagen. Er wirkte erschöpft und hatte sein Hemd seit der vorherigen Nacht noch nicht gewechselt.

«Sie wollten mich sprechen?»

Statt einer Antwort warf er mir einen langen Blick zu, der weder feindselig noch freundlich war. Ich setzte mich.

«Ihre Aussage, daß Sie Lord Penwardine gestern abend sahen, stimmt nicht. Er verbrachte den gesamten Abend zu Hause.»

«Wissen Sie das von ihm persönlich?»

Ein zweiter, diesmal leicht vorwurfsvoller langer Blick folgte, den ich nicht genau zu deuten vermochte. Der Blick besagte entweder, daß ein Mitglied des Oberhauses niemals lügen würde, oder daß es für die Polizei nicht leicht wäre, ihm eine Lüge nachzuweisen.

«Sein Mutter verbürgt sich dafür, desgleichen mehrere Dienstboten.»

«Natürlich, warum bin ich nicht gleich darauf gekommen?»

«Selbst wenn Lord Penwardine tatsächlich den *Strand* entlanggelaufen wäre – bei der Aufklärung eines Schusses, der anderthalb Stunden später im Theater abgefeuert wurde, hilft uns das kaum weiter.»

«Ihrer Ansicht nach handelte es sich also beim Geräusch, das wir für einen Feuerwerkskörper hielten, um den Schuß, der Migson tötete?»

Wie es seine Gewohnheit war, knetete er die Haut an seinen Schläfen und grub mit den Fingerspitzen tiefe Furchen in seine Stirn.

«Nichts deutet auf eine andere Ursache. Mr. Migson wurde von einer Pistolenkugel in den Rücken getroffen. Sie durchdrang sein Herz. Der erste Schutzmann am Tatort gab zu Protokoll, daß die Leiche noch warm war, als man sie fand. Wieviel Zeit war Ihrer Meinung nach seit dem schußartigen Geräusch vergangen?»

Ich versuchte, mir das Geschehene zu vergegenwärtigen. Nachdem der Vorhang sich wieder gehoben hatte, dauerte das Stück noch eine halbe Stunde.

«Meiner Meinung nach höchstens fünfzig Minuten. Aber Mr. Freeson mag eine genauere Einschätzung vornehmen können.»

«Mit ihm haben wir heute morgen ebenfalls schon gesprochen. Seine Angaben stimmen mit den Ihren überein.»

Er hatte die Ellbogen auf die Tischplatte gestützt, das Gesicht in die Hände gelegt. Er starrte mich mit seinen Froschaugen an, als ob er darauf wartete, daß ich ihm aus purem Mitgefühl irgendein Indiz präsentierte, das er wie eine fette Fliege hinunterschlucken könnte. Doch den Gefallen tat ich ihm nicht.

«Wurde Migson im Ballonkorb erschossen?»

«Auf dem Rand und an einer Innenwand befinden sich Blutspuren, die jedoch vielleicht erst entstanden, als die Schauspieler ihn heraushoben. Ein Jammer, daß sie ihn bewegten.»

«Aber ist es möglich, daß ihn jemand zuerst erschoß und danach in den Korb legte?»

«Man sagt, daß alles möglich sei.»

Erst nach einer lange Pause sprach er weiter:

«Miss Bray, Sie waren dabei, als Mr. Migson auf der Generalprobe erschien. Würden Sie mir bitte erzählen, woran Sie sich in diesem Zusammenhang erinnern?»

Eine interessante Frage. Sie beinhaltete, daß auch ihm irgend etwas an Migsons Anwesenheit im Theater spanisch vorkam. Ich faßte kurz zusammen, was mir zu Migsons erstem Auftritt einfiel.

«Mr. Migson behauptete also klar und deutlich, daß ihn der *Lord Chamberlain* instruiert hatte, sich permanent bei der Truppe aufzuhalten?»

«Soweit ich mich erinnern kann, ja. Mr. Shaw war de facto derjenige, der es uns mitteilte, aber Mr. Migson stand im fraglichen Moment direkt daneben und bestätigte Mr. Shaws Aussage.»

«Hat es die Schauspieler überrascht?»

«Wir alle waren höchst erstaunt. Wie Mr. Shaw sagte – es stellte ein absolutes Novum dar.»

«Ich verstehe.»

«Gehe ich recht in der Annahme», fragte ich, «daß Mr. Migson gar kein Vertreter des *Lord Chamberlain* war?»

«Im Gegenteil, Mr. Migson arbeitete ohne jeden Zweifel für

die Kanzlei des *Lord Chamberlain*, und zwar direkt unter dem Zensor für Theaterstücke.»

«Aber ...?»

«Aber er hatte lediglich die Anweisung, die Anmerkungen des *Lord Chamberlain* im Theater abzuliefern und danach in sein Büro zurückzukehren. Es war nie die Rede davon, daß er bei der Truppe bleiben sollte.»

Merit ließ mich beim Sprechen keine Sekunde lang aus den Augen.

«Überrascht Sie das gar nicht?»

«Hat ihn im Büro denn niemand vermißt?»

«Man glaubte, er sei krank, bis wir heute morgen mit seinen Kollegen Kontakt aufnahmen. Sie haben meine Frage noch nicht beantwortet.»

«War es eine Frage? Nein, es überrascht mich nicht sonderlich. Mr. Migson wirkte irgendwie seltsam.»

«Offen bleibt, was der Mann im *Crispin* zu suchen hatte. Anscheinend ist niemand in der Lage, mir das erklären zu können.»

Seine Stimme klang wehleidig. Mit Mühe widerstand ich der Versuchung, ihm einen Brocken zum Fraß vorzuwerfen. Wenn ich ihm meinen Verdacht erläuterte, daß Lord Penwardine Migson als Spion gegen Charles und Bella benutzt und außerdem dazu eingesetzt hatte, die Produktion zu stören, beförderte ich die beiden vermutlich auf die Liste der Verdachtspersonen. Bevor ich derlei äußerte, wollte ich mehr Einzelheiten erfahren. Außerdem ärgerte ich mich über Merit, weil er meiner Aussage bezüglich Penwardine keinen Glauben schenkte.

«Haben Sie Piggy Ditchbrake schon gefragt?»

«Warum?»

«Halten Sie es nicht auch für ein interessantes Zusammentreffen, daß sowohl Mr. Ditchbrake als auch Mr. Migson sich hinter der Bühne aufhielten, obwohl beide dort nichts zu suchen hatten?»

«Mr. Ditchbrake versicherte uns, Mr. Migson nie begegnet zu sein.»

«Verriet er Ihnen, was er hinter der Bühne zu schaffen hatte?»

Er seufzte. Vermutlich übte er sich mir gegenüber in Geduld, weil er auf seine Beutefliege hoffte, empfand es jedoch gleichzeitig als äußerst anstrengend.

«Strenggenommen geht Sie das nichts an, Miss Bray. Aber wahrscheinlich schmeckte ihm sein Hinauswurf nicht, und deswegen ergriff er die erstbeste Gelegenheit, wieder ins Theater zu gelangen.»

«Ließen Sie ihn laufen?»

«Es blieb uns kaum eine andere Wahl. Soweit ich mich erinnere, ruhte Ihre Hand auf seinem Arm, als Sie den Schuß hinter dem Vorhang vernahmen.»

«Ja.»

«Es bleibt selbstredend dem Theater vorbehalten, rechtliche Schritte gegen Mr. Ditchbrake einzuleiten, weil er sich unbefugt hinter der Bühne aufhielt.»

«Und natürlich besitzt er einflußreiche Freunde.»

«Ja?»

Er bedachte mich mit einem weiteren seiner stieren Blicke. Offenkundig war er darauf eingerichtet, den ganzen Tag hinter jenem Schreibtisch hocken zu bleiben und mich anzuglotzen, falls es nötig war. Für einen Mann, der die Untersuchung eines Mordfalls leitete, verhielt er sich ausgesprochen passiv, so, als ob sämtliche Informationen, die er brauchte, über kurz oder lang von selbst bei ihm eintrudeln würden. Das beunruhigte mich. Ich erkundigte mich, ob er noch Fragen an mich hätte.

«Im Augenblick nicht, Miss Bray. Im Augenblick nicht.»

Als ich hinausging, stellte der Pförtner kurz seine Teetasse ab und fragte, ob schon irgend jemand verhaftet worden sei.

Ich hätte nach wie vor zu gerne mit Bella gesprochen, rechnete mir aber keine Chancen bei einer Erstürmung der Penwardineschen Residenz aus. Meine Erfahrung mit Londoner Gerichten lieferte mir andererseits einen untrüglichen Hinweis darauf, wo Charles in diesem Augenblick zu finden sein würde. Ich nahm die Trambahn zur *Great Marlborough Street* und fand ohne große Mühe einen Sitzplatz auf der Publikumsgalerie. Rechts von mir saß eine dicke Frau mit einer schweren Erkältung, links ein alter Mann, der Hustenbonbons lutschte. Auf dem Podium fertigte ein verdrossener Polizeirichter die mürrische Prozession derer ab, welche die Nacht im Kerker zugebracht hatten. Es dauerte durchschnittlich drei Minuten, einen Inhaftierten aus der Zelle herbeizuschaffen, irgendeinen halbwegs passablen Richterspruch über sie oder ihn zu verhängen und den Delinquenten wieder hinunterzuschicken. Öffentliche Ruhestörung wegen Trunkenheit: vierzig Schillinge oder fünf Tage Arrest. Wiederholtes Betteln: vierzehn Tage, und zwar ohne die Möglichkeit, sich durch eine Geldstrafe freizukaufen. Die Angeklagten wirkten wegen der Kälte und Aussichtslosigkeit ihrer Situation deprimiert und erschöpft, die Gerichtsdiener und Polizisten sahen nicht wesentlich besser aus.

In einem Fall ging es darum, daß jemand ohne Straßenverkaufserlaubnis mechanische Papageien verhökert hatte. Gleich nach diesem Mann, einem zerlumpten Hausierer, nahm ein fast ebenso abgerissener Charles Courts auf der Anklagebank Platz. Er war unrasiert, an seinem Jackett fehlten mehrere Knöpfe, sein Hemd wurde nur noch durch eine Sicherheitsnadel zusammengehalten. Als der Büttel nach seinem Namen fragte, antwortete er, als sei er Sidney Carton im Angesicht der Guillotine, nur noch düsterer. Sein Glück, daß dieser Routinesitzung keine Zeitungsreporter beiwohnten. Als er meiner ansichtig wurde, runzelte er die Stirn.

Lautlos formten meine Lippen die Worte: «Bekennen Sie sich schuldig!»

Der Büttel warf mir einen scharfen Blick zu, aber es genügte bereits. Als Schauspieler hatte er gelernt, auf Zeichen zu achten. Die Klage wurde verlesen, und nach einem fragenden Blick in meine Richtung bekannte er sich schuldig. Ein Wachtmeister verlas ohne Punkt und Komma einen Bericht über den ungefähren Hergang der Ereignisse. Der Richter verkündete:

«Vierzig Schillinge oder fünf Tage.»

Seine Stimme klang derart matt, daß sie förmlich über seine Lippen zu schlurfen schienen.

Charles wurde von der Anklagebank geholt, um seine Strafe zu zahlen. Er wirkte vollkommen verdattert, so, als sei er ein Hamlet, dem man gerade bedeutet hatte, Monologe seien aus der Mode geraten.

Als er zehn Minuten später aus dem Gebäude trat, erwartete ich ihn an einer Seitentür. Er trug keinen Hut, hatte den Mantelkragen hochgeschlagen und war unverkennbar auf Streit aus.

«Ich war nicht betrunken. Warum rieten Sie mir, mich schuldig zu bekennen?»

«Weil Sie sonst hätten erklären müssen, wie sich der Vorfall aus Ihrer Sicht abspielte. Wenn Sie den Versuch unternommen hätten, dem Polizeirichter zu erzählen, daß Lady Penwardine Ihrer Meinung nach von ihrem Ehemann entführt wurde, wären Sie unausweichlich im Gefängnis und auf den Titelseiten sämtlicher Zeitungen gelandet.»

«Aber falls sie tatsächlich aus freien Stücken mit ihm gegangen sein sollte, warum verweigerte man mir dann, mit ihr zu sprechen? Ich werde auf der Stelle wieder hingehen.»

«Trinken Sie wengistens erst einen Kaffee.»

Ich wußte, er würde dieser Vorstellung nicht widerstehen können, denn mit dem Kaffee, der in Gefängniszellen ausgeschenkt wird, kannte ich mich aus. Widerstandslos ließ er sich von mir zu einem nahegelegenen Café führen. Seine Hände waren vor lauter Kälte rotblau angelaufen.

«Ich habe sowohl Hut als auch Handschuhe verloren. Da drinnen wimmelte es von Besoffenen und Dieben. Ich kam mir vor wie in einer Szene aus Dantes Inferno.»

Er trank zwei Tassen Kaffee und aß sein Kuchenstück beinahe auf. Ich ertappte mich dabei, daß mir der Mann in seinem leicht heruntergekommenen Zustand wesentlich stärker zusagte. Der zerknitterte Frack, das Fehlen seines sonstigen unendlich strahlenden Selbstbewußtseins, durch welches er stets eine Spur zu glatt wirkte, ließen mich seine vollendete Erscheinung im kalten Licht der Morgensonne ausnahmsweise als angenehm und nicht als ärgerlich empfinden. Die Alarmglocke läutete Sturm. In London mußte es wenigstens eine Frau geben, die nicht in Charles Courts verliebt war; ich hoffte sehr, daß ich in der Lage sein würde, dieser Pflicht Genüge zu tun.

Ich erzählte ihm von meinem Besuch im Theater.

«War sie da?»

«Nein.»

«Wußte irgend jemand irgend etwas über ihren Verbleib?»

«Ich hatte kaum Gelegenheit zu fragen. Inspektor Merit belegte mich wieder mit Beschlag.»

«Ich kann ihn nicht ausstehen. Was wollte er von Ihnen?»

«Er wollte herausfinden, was Migson im *Crispin* zu schaffen hatte.»

«Aber das wußte er doch.»

«Wir alle dachten, wir wüßten es, aber wir haben uns offensichtlich geirrt. Migson hatte nur Anweisung, die Textänderungen zu überbringen. Sich hingegen an unsere Fersen zu heften – damit beauftragten seine Vorgesetzten ihn nicht.»

«Was hatte er vor?»

«Ich hoffte, daß Ihnen zu diesem Thema etwas einfallen würde.»

Er zögerte lange, bevor er mit schwacher Stimme zurückfragte: «Wie meinen Sie das?»

«Wissen Sie, was Migson wirklich vorhatte?»

«Was soll das? Arbeiten Sie jetzt für die Polizei?»

Er versuchte, zornig zu wirken, doch ich spürte eher Furcht.

«Ich arbeite für niemanden, aber ich wehre mich dagegen, ungefragt als Figur in den Dramen anderer Leute eingesetzt zu werden. Migsons Anwesenheit erboste Sie sehr.»

«Wir alle waren erbost. Seine Anwesenheit war eine Beleidigung für uns als Künstler.»

Wenn Menschen so hochtrabend daherreden, haben sie meiner Erfahrung nach entweder etwas zu verbergen oder irgendwelche Probleme. Charles übertrieb sein Mienenspiel ziemlich, bei dem Versuch, seinem Gesicht einen indignierten und gleichzeitig verwirrten Ausdruck zu verleihen; aber schließlich war er auch nicht daran gewöhnt, seine Fähigkeiten über die ungünstig kurze Distanz eines Kaffeetischchens an die Frau bringen zu müssen.

«Ich unterstelle Ihnen, daß Sie von Anfang an den Verdacht hatten, Migson sei nicht der, für den er sich ausgab. Ich vermute, Sie errieten den wahren Grund seiner Anwesenheit.»

Wahrlich, er beherrschte die Kunst des Schweigens – ein weiteres schauspielerisches Talent. Zehn Herzschläge ließ er verstreichen – vielleicht sogar mehr –, bevor er die Pause beendete:

«Was Sie nicht sagen! Und der wäre?»

«Sie glaubten, daß er Sie und Bella Flanagan ausspionieren sollte.»

Er zuckte überrascht zusammen, hatte sich jedoch augenblicklich wieder in der Gewalt und nippte an seinem Kaffeesatz.

«Daraus ergeben sich zwei Fragen», fuhr ich fort. «Die erste lautet: Hatten Sie recht?»

«Und die zweite?»

«Haben Sie ihn erschossen?»

Er sah mich an und begann plötzlich zu lächeln. Sein Lächeln wirkte echt, als sei trotz allem etwas für ihn Erfreuliches geschehen.

«Nein, ich erschoß Migson nicht.»

«Wo waren Sie während der langen Unterbrechung durch die Störenfriede?»

«Ich blieb in meiner Garderobe. Es erschien mir wenig sinnvoll, hinauszugehen und zum allgemeinen Chaos beizutragen.»

Ich senkte meine Stimme, damit die Gäste an den anderen Tischen mich nicht hören konnten: «Mr. Courts, Sie sind ein Lügner, und nicht einmal ein guter.»

«Wie kommen Sie darauf?»

«Bedenken Sie doch die Umstände. Draußen tobte ein Aufruhr. Sie hatten gerade einige der schlimmsten Augenblicke hinter sich, die Sie jemals auf der Bühne erlebt haben ...»

«Das würde ich nicht sagen. In Cambridge mußten wir einmal ...»

«Lenken Sie nicht vom Thema ab. Es war auf jeden Fall mitnichten eine angenehme Erfahrung. Und wenn es für Sie schon schlimm war, wie verheerend muß es dann für Bella gewesen sein, die keinerlei Bühnenerfahrung besitzt.»

«Da sagen Sie in der Tat etwas Wahres.»

«Und Bella – um es gelinde auszudrücken – liegt Ihnen sehr am Herzen. Also, was taten Sie?»

«Wie meinen Sie das?»

«Sie blieben garantiert nicht in Ihrer Garderobe sitzen, während Sie Bella wenige Türen weiter wußten. Sie müssen zu ihr gegangen und ihr Mut zugesprochen haben. Das hätten Sie bei jeder Partnerin getan, schon aus Höflichkeit. Bella, vor allen anderen, hätten Sie diese Aufmerksamkeit doch mit Sicherheit erwiesen.»

Seine Standfestigkeit war erschüttert, und er vermochte es nicht länger zu verhehlen.

«Meiner Ansicht nach begaben Sie sich zumindest einmal in Ihre Garderobe, stimmt's?»

«Ja, ich glaube schon.»

«Sie glauben?»

«Ja doch!»

«Und?»

«Sie war nicht da.»

Er lehnte sich müde in seinem Stuhl zurück, als sei alle Erschöpfung der vergangenen Nacht wie eine Welle über ihm zusammengeschlagen.

«War sonst jemand in der Garderobe?»

«Mercy, die Garderobiere.»

«Wußte sie, wo Bella steckte?»

Er schüttelte den Kopf.

«Wollten Sie deshalb gestern nacht so dringend mit Bella reden?»

«Sie hat nichts mit der Sache zu tun», brach es aus ihm hervor. «Überhaupt nichts!»

«Aber Sie wollten das aus Bellas eigenem Munde hören.»

«Ich wollte wissen, was in ihr vorgeht. Aus freien Stücken wäre sie niemals zu ihrem Mann zurückgekehrt. Niemals!»

Das Café füllte sich. Einige Augenpaare wanderten zu uns herüber. Er erhob sich so abrupt, daß die Tassen auf dem Tisch klirrten.

«Ich gehe noch einmal dorthin, Miss Bray. Ich werde mit Bella reden, und wenn ich die *Park Lane* Stein für Stein abtragen muß, um zu ihr zu gelangen!»

12

Das war kein schlechter Satz, um abzugehen. Und schon schritt er von dannen. Ich bezahlte die Rechnung und holte ihn nach einigen hundert Metern wieder ein.

«Falls man Sie ein zweites Mal verhaftet, bekommen Sie vierzehn Tage, aber diesmal ohne die Möglichkeit, sich freizukaufen.»

Diese Auskunft verlangsamte sein Gehtempo merklich.

«Was schlagen Sie stattdessen vor?»

Ich wollte ebenfalls mit Bella sprechen. Zumindest in diesem Punkt waren wir Verbündete.

«Häuser haben Hintertüren. Vielleicht finden wir dort mehr heraus.»

«Ich weigere mich, an Hintereingängen herumzulungern und mit den Dienstboten zu klatschen.»

«Selbst wenn die Alternative darin besteht, von nämlichen Dienstboten die Vordertreppe hinuntergeworfen zu werden?»

Er sah ein, daß ich recht hatte. Wir nahmen eine Droschke zur *Park Lane*. Ich mußte zahlen, da er sein Bargeld im Polizeigericht hatte lassen müssen. Allmählich wuchs sich die Angelegenheit zu einer kostspieligen Unternehmung für mich aus.

In einiger Entfernung von Lord Penwardines Haus stiegen wir aus. Während wir auf das Gebäude zugingen, bemerkte ich einen schmalen Einfahrtsweg, der mit Stroh und Pferdemist verschmutzt war.

«Da hinten liegt der Stall – genau das, was wir brauchen.»

Ich schob Charles sanft in die betreffende Richtung. Er schien nach wie vor geneigt, schnurstracks zum Haupteingang zu marschieren; außerdem stand auf der anderen Straßenseite ein Polizist. Es handelte sich um einen Stall am Ende einer Sackgasse; ganz so, wie dies bei den meisten Londoner Herrschaftshäusern üblich ist. Hinter den Ställen verstecken sich in der Regel eine Reihe zweistöckiger Ziegelbauten, die überraschend ländlich wirken – und riechen, vor allem, wenn man bedenkt, daß wir uns mitten im nobelsten Viertel der Innenstadt befanden. Aus Luken in den oberen Stockwerken quollen Heu- und Strohballen. Zwei Kastanienbraune steckten einträchtig ihre Köpfe aus nebeneinandergelegenen Pferdeboxen. Der zuständige Pferdeknecht kippte gerade eimerweise Wasser über die Pflastersteine, um den Zufahrtsweg zu säubern.

«Sind das Lord Penwardines Ställe?»

«Rrrchch.»

Entweder er hatte keinen Gaumen oder er pflegte grundsätzlich, Fremde anzuknurren. Wie auch immer, die Antwort klang nicht sonderlich vielversprechend und wurde außerdem dadurch untermalt, daß er den nächsten Eimer mit Schwung in unsere Richtung ausgoß. Nur durch einen weiten Satz brachten wir uns in Sicherheit.

Das nächste Gebäude in der Reihe war zu einer Garage umgebaut worden. Ein Chauffeur in Jodhpurs und Reiterjacke – so, als habe er nach wie vor Pferde unter seiner Obhut – polierte liebevoll die Scheinwerfer eines glänzendroten Automobils. Charles' Miene erhellte sich auf der Stelle.

«Der sieht doch gleich besser aus.»

«Vielleicht gehört der Wagen gar nicht Lord Penwardine.»

«Mit Sicherheit nicht. Bella erzählte mir, daß er weiterhin ausschließlich Pferdegespanne benutzt. Aber ist Ihnen jemals aufgefallen, daß Pferdeknechte nie reden und Chauffeure nie damit aufhören?»

Zuversichtlich lief er zu dem Wagen hinüber und machte offenbar irgendeine kluge technische Bemerkung, denn der Chauffeur richtete sich prompt kerzengerade auf und grinste von einem Ohr zum anderen. Als ich mich zu den beiden gesellte, tauschten sie bereits Einzelheiten über Gangschaltungen und Übersetzungsverhältnisse aus, als seien sie uralte Freunde.

«Haben Sie mit dem Wagen schon längere Fahrten unternommen?»

«Längere als Sie, Sir. Was sagten Sie eben – neunundzwanzig Meilen, bevor Ihre Maschine zu Bruch ging?»

Charles lachte. Die Anwesenheit eines motorbetriebenen Objektes schien seine Laune gleich enorm zu verbessern.

«Ich würde es nicht als Bruch bezeichnen, eher als Notlandung.»

«Was auch immer – lieber Sie als ich, Sir. Ich dachte mir schon, daß Sie es sind, wegen der Photographie in der *Daily Mail*, die ich neulich sah. Also – Sie meinen, daß die Zukunft in der Luft liegt.»

«Mit Sicherheit. In zehn Jahren werden Automobile bereits veraltet sein. Wenn man zum Mittagessen von London nach Edinburgh will, setzt man sich einfach ins Flugzeug und fliegt.»

Eine wunderbare Konversation, aber als Tarnmaßnahme nicht eben geeignet. Ich hatte vergessen, daß einige Verrückte Charles als Vorreiter der Flugkunst besser kannten denn als Schauspieler.

«Sind das dort drüben Lord Penwardines Ställe?» fragte ich.

«Jawohl, Madam, und ein Dorn in jedermanns Auge dazu. Einer seiner Klepper hat heute morgen schon versucht, gegen unsere Kühlerhaube zu treten, als die Herrschaften von einer Ausfahrt zurückkehrten.»

«Sie waren demnach heute früh bereits unterwegs?»

«Dreimal. Überall Stroh und Schlamm. Pferde sind eine dreckige Angelegenheit.»

Er sprach betont laut, auf daß der Kerl, der das Kopfsteinpflaster überschwemmte, ihn keinesfalls überhören konnte. Die Bemerkung war unverkennbar Teil eines gnadenlosen Kampfes zwischen unerbittlichen Kontrahenten. Charles richtete seine Aufmerksamkeit nicht länger auf das Automobil, sondern beteiligte sich an der Befragung.

«Dreimal? Wo fuhren sie hin?»

Charles vergriff sich im Ton, seine Stimme klang übertrieben scharf. Glücklicherweise war der Chauffeur zu sehr von ihm eingenommen, als daß er es bemerkt hätte.

«*Paddington.* Von dort fahren sie ab, wenn sie auf ihren Landsitz in *Berkshire* umziehen. Im Morgengrauen brachen zuerst die Dienstboten mit dem Gepäck auf, seine Lordschaft und die beiden Damen folgten nach dem Frühstück.»

«Zwei Damen?»

Dieses Mal fiel sogar dem Chauffeur etwas auf. Ich warf Charles einen warnenden Blick zu.

«Lord Penwardine, seine Mutter, Lady Dorothea, und die junge Lady Penwardine. Die Amerikanerin, um die es soviel Wirbel gab, Sie wissen schon. Angeblich war sie fort, aber jetzt ist sie wieder da.»

Um zu verhindern, daß Charles sich endgültig zum Narren machte, beeilte ich mich zu fragen: «Wie sah sie aus?»

Er dachte nach.

«Sie ist nicht gerade die größte Schönheit der Welt, nicht mit dieser Haarfarbe, aber sie hat etwas Besonderes an sich. Als sie noch hier wohnte, hat sie oft mit mir geplaudert. Die anderen beiden nicht. Er trägt die Nase höher als der Zar von Rußland, und seine Mutter ist noch schlimmer.»

«Hat Lady Penwardine heute morgen irgend etwas zu Ihnen gesagt?»

Charles hatte sich vorgebeugt und versuchte förmlich, mich beiseite zu drängen.

«Ja. Wir sprachen ziemlich lange miteinander, während Lord Penwardine damit beschäftigt war, es Lady Dorothea in der Kutsche bequem zu machen. Lady Dorothea hatte arge Rückenschmerzen, und der Pferdeknecht mußte einen sauberen Teppich besorgen, mit dessen Hilfe ein Polster für sie hergerichtet wurde. In dieser Zeit kam Lady Penwardine zu mir, um einen Blick auf das Automobil zu werfen.»

«Worüber redete sie?»

«Über den einsetzenden Frost. Sie fragte, ob es schwieriger sei, Motoren bei kalter Witterung anzuwerfen. Sie habe nämlich daran gedacht, selbst einen Wagen zu erwerben.»

«Ja, das stimmt.»

Charles' leiser Zwischenruf klang wie ein Stöhnen.

«Und was geschah dann?»

«Die alte Dame saß endlich ohne unmittelbare Beschwerden in der Kutsche, Lord Penwardine half seiner Gattin ebenfalls hinein, und das war's.»

«Sah es so aus, als wollte sie nicht mitfahren?» fragte Charles.

Ich spürte, welche Überwindung es ihn kostete, ruhig zu bleiben.

«Nein, das würde ich nicht sagen. Sie verabschiedete sich von mir wie immer und stieg in die Kutsche.»

Ich spürte, wie Charles' Muskeln erschlafften und er in sich zusammensank.

«Wer fuhr beim dritten Mal?» fragte ich.

«Oh, das war das Paar, das durchbrannte.»

«Durchbrannte?»

Er lachte.

«Nicht wirklich. Ich nannte sie nur so, im stillen, während ich sie beobachtete. In jedem Fall wirkten sie ziemlich seltsam. Der Herr kam zuerst angeschlichen, in Abendkleidung, und das um zehn Uhr morgens, aber ohne Hut und Schal, nur im Mantel. Er erbettelte eine Zigarette von dem munteren Gesellen dort drüben, dem Pferdeknecht. Dann öffnete dieser den Schlag für ihn und kutschierte ihn davon, so selbstverständlich, als gehöre die Kutsche ihm.»

«Handelte es sich um einen jüngeren, dicklichen Mann mit braunem Haar und auffällig rotem Gesicht?»

«Ja, das ist er. Kennen Sie ihn, Madam?»

«Ich bin ihm einige Male begegnet. Und die Frau?»

«Sie wartete an der Ecke auf ihn. Er öffnete die Tür, und sie schlüpfte neben ihn in die Kutsche.»

«Wie sah sie aus?»

«Ich sah sie bloß von hinten. War kleiner als Sie und trug eine Pelzmütze.»

Ich behauptete, daß wir gehen müßten, obwohl Charles sich nur ungern von dem Ort losreißen konnte, an dem Bella noch vor kurzem gewesen war. Ehrerbietig bat der Chauffeur um ein Autogramm. Charles gab es ihm, als wäre er ein Schlafwandler. Ich führte ihn auf die *Park Lane* zurück.

Sobald wir außer Hörweite waren, fragte er mich ärgerlich:

«Was sollte das alles? Wer waren die beiden anderen?»

«Wer die Frau war, weiß ich nicht. Bei dem Mann handelte es sich gewiß um Piggy Ditchbrake, den die Polizei heute früh laufenließ. Wenn er so selbstverständlich über Lord Penwardines Kutsche verfügen darf, muß in der Tat eine enge Verbindung existieren.»

Ihn schien das nicht zu interessieren.

«Zumindest ist eines nun geklärt», fuhr ich fort. «Bella begleitete ihren Mann aus freien Stücken.»

«Ich glaube es nicht. Das würde sie einfach nicht tun.»

Troilus hätte nicht ungläubiger dreinblicken können, nachdem Cressida ihn verlassen hatte.

«Sie sprach lange genug mit dem Chauffeur, um sich darüber zu verbreiten, wie man ein Automobil bei kalter Witterung anläßt. Ganz offensichtlich findet er sie sympathisch,

Lord Penwardine hingegen nicht. Demnach wäre Bellas Unterredung mit dem Chauffeur die ideale Gelegenheit für sie gewesen, eine Botschaft zu übermitteln, falls sie gegen ihren Willen festgehalten wurde.»

Wir gingen auf den *Marble Arch* zu. Charles zog viele Blicke auf sich, was vermutlich von der eigenartigen Kombination seiner zerrissenen, verschmutzten Kleidung mit seinem blendenden Aussehen herrührte.

«Sie fuhren also auf ihren Landsitz», sagte ich. «Wo in *Berkshire* ist das?»

«Der Ort heißt *Ockton Hall*, im *Vale of the White Horse.* Nicht weit entfernt davon liegt ...»

Er hielt plötzlich inne.

«Liegt was?»

«Ach, nichts.»

Am *Marble Arch* trennten wir uns, nachdem er sich, äußerst verlegen, fünf Schillinge für die Droschkenfahrt nach Hause von mir geborgt hatte. Ich mußte zu einer Versammlung des «Sozialen und Politischen Frauenverbandes» im *Clement's Inn*, die ich nicht versäumen durfte, Mord hin oder her. Während ich an der Trambahnhaltestelle wartete, sah ich ihm nach, wie er mit großen Schritten die *Oxford Street* hinunterlief. Viele Köpfe drehten sich nach ihm um, doch er bemerkte nichts und niemanden.

13

Auf der Versammlung ging es dermassen heftig zu und her, daß die Ereignisse vom *Crispin Theatre* eine Weile aus meinem Bewußtsein verschwanden. Zwei Delegierte aus Newcastle berichteten über die Behandlung von Häftlingen im Hungerstreik, die dort im Gefängnis saßen. Dann diskutierten wir über die geplante Demonstration vor dem Parlament und verwickelten uns wegen einiger läppischer Meinungsverschiedenheiten in eine hitzige Auseinandersetzung über unser taktisches Vorgehen. Wie so oft, entzündete sich der Streit an Details und nicht an wirklich wichtigen Themen. Gegen Mittag legten wir eine Pause ein; bei wäßrigem Kaffee verlief unsere Debatte allmählich im Sande, die Atmosphäre entspannte sich. Außer für mich.

Zwei meiner Mitstreiterinnen waren am Vorabend im *Crispin Theatre* gewesen und wollten Näheres erfahren. Die eine zog eine Ausgabe der *Daily Mail* aus der Tasche, wobei sie hastig erklärte, daß sie das Blatt in der Regel nicht kaufte, doch hätte sie auf der Titelseite eine Schlagzeile über den «Tod im Theater» gelesen. Der eigentliche Bericht auf Seite zwei verschaffte mir eine gewisse Erleichterung. Es hieß darin lediglich, daß während einer Störung der Premiere von George Bernard Shaws neuestem Stück hinter der Bühne ein Mann durch einen Unfall ums Leben gekommen sei. Die Titelrolle habe Lady Penwardine gespielt. Die Identität des Opfers war nicht bekanntgegeben worden.

Mehr hatten die *Fleet Street*-Reporter der Polizei vergangene Nacht offensichtlich nicht entlocken können, aber es würde genügen, um die gesamte Pressemeute auf diese Fährte zu setzen. Meine Freundinnen allerdings interessierten sich nicht dafür, um wen es sich bei dem Opfer handelte. Sie wollten vielmehr wissen, ob Shaw unserer Sache wirklich aus heiterem Himmel untreu geworden war.

«Das Ende, Nell – so kann er es doch unmöglich konzipiert haben.»

«Nein, es ist alles in Ordnung. In Wahrheit kehrt sie nicht zu ihrem Mann zurück. Aber ...»

Ich unterbrach mich. Nun wurde es kompliziert, aber bald würden es ohnehin alle wissen.

«Aber was?»

«Ich fürchte, im wirklichen Leben hat sie genau das getan.»

Die Vorstellung, daß Bella zu ihrem gräßlichen Gemahl zurückgekehrt war, schockierte meine Genossinnen mehr, als wenn ich ihnen von dem Mord erzählt hätte. Wie sich herausstellte, hatten einige der Anwesenden bei diversen Versammlungen in der Vergangenheit Bella bereits kennengelernt und hielten sie für politisch naiv, aber grundsätzlich aufrichtig. Außerdem verlieh ihr die Tatsache, daß sie durch die englischen Scheidungsgesetze arg in Mitleidenschaft gezogen wurde, eine gewisse Berühmtheit.

«Schließlich ist es ein offenes Geheimnis, daß Penwardine ihr quasi von dem Moment an untreu war, da die beiden aus der *Westminster Abbey* herausspazierten. Ich habe gehört, daß er die andere Frau in einem Häuschen auf seinem Landgut wohnen läßt.»

«Und Bella kann nichts dagegen unternehmen. Wohingegen er sie verstoßen kann, wenn sie einen anderen Mann auch nur anschaut.»

«Nun, da müßte sie schon ein wenig mehr tun als nur gucken.»

Ein mißbilligendes Räuspern von Emmeline bedeutete uns mahnend, daß wir die Grenze zwischen gesellschaftlicher Relevanz und schlichtem Klatsch zu überschreiten drohten.

«Nell wird gewiß genau das tun, was nötig ist. Und nun – sind wir uns mittlerweile einig darüber, welche Botschaft wir den Gefährtinnen in Newcastle überbringen lassen wollen?»

Mir kam es vor, als habe man mir einen Auftrag erteilt, und zwar, daß ich mich um Bella kümmern sollte. Doch befand ich mich sicher nicht am richtigen Ort, noch war es der rechte Zeitpunkt, um meine sorgenvollen Fragen darüber loszuwerden, was sie in der vergangenen Nacht getan hatte.

Als die Versammlung am späteren Nachmittag vorüber war, kehrte ich zum *Crispin Theatre* zurück. Ein Mann klebte soeben breite Papierstreifen quer über die Plakate von *Cinderella Revisited*; auf ihnen stand: «Vorläufig keine weiteren Vorstellungen.» Vor dem Bühneneingang warteten etliche Reporter, die zum Teil Photoapparate bei sich trugen. Einige kannten mich von Kundgebungen und Demonstrationen.

«Miss Bray, stimmt es, daß Lady Penwardine zu ihrem Gatten zurückgekehrt ist?»

«Nell, hat die Polizei Sie bereits vernommen?»

«Stimmt es, daß Bernard Shaw den *Lord Chamberlain* erschossen hat?»

Ich empfahl ihnen, sich an Inspektor Merit zu wenden. Der Pförtner erfüllte seine Aufgabe endlich gewissenhafter und öffnete die Tür nur, um mich hereinzulassen. Ich schlüpfte hinein und erkundigte mich nach dem Stand der Dinge.

«Momentan ist nicht viel los, bis auf die verdammte Journaille. Als man heute morgen seine Kleider fand, herrschte zwar ein bißchen Aufregung, aber jetzt ist der Inspektor sowieso gegangen.»

«Wessen Kleider?»

«Die von dem Ermordeten. Migsons Kleider.»

«Wo waren sie?»

«In der Ballettgarderobe am anderen Ende des Korridors. Die Polizei ist gerade dort zugange, zusammen mit Mr. Freeson.»

Ich faßte dies als Aufforderung auf und lief eilig durch den Korridor. Laut hallten meine Schritte in dem leeren Raum wider. Im *Crispin* herrschte eine verlassene, verzweifelte Atmosphäre, die nicht nur damit zusammenhing, daß einem Menschenleben, sondern auch, daß einem Theaterstück ein jähes Ende bereitet worden war. Am anderen Ende des Korridors stand eine Tür offen. Ich sah Licht und hörte Stimmen. Im Türrahmen blieb ich stehen. Der Raum war groß und kahl. An den Wänden hingen Spiegel, unter ihnen war ein langes hölzernes Regal aus rohem Holz befestigt. Darüber hing eine Reihe elektrischer Lampen, und auf der anderen Seite waren Kleiderstangen befestigt. Wenn im *Crispin Theatre* Operetten aufgeführt wurden und die Tänzer sich zwischen ihren Auftritten in Windeseile umziehen mußten, war der Raum vom Lärm und den Gerüchen des *Corps de ballet* erfüllt. Jetzt befanden sich dort nur Freeson und ein Polizeiwachtmeister, der einen schwarzen Mantel in die Höhe hielt.

«Trug er den, als er ins Theater kam, Sir?»

«Ja, ich glaube. Aber ich habe doch dem Inspektor schon alles gesagt.»

Freeson klang noch kläglicher als sonst.

«Tut mir leid, Sir, aber wir müssen alles der Reihe nach durchgehen, wegen der Beweisaufnahme.»

Freeson entdeckte mich und wünschte mir einen guten Tag. Er schien meine Anwesenheit nicht nur für selbstverständlich zu halten, sondern wirkte sogar erleichtert.

Der Wachtmeister faltete den Mantel zusammen und legte ihn über den Rand einer offenen Truhe, die auf dem Boden stand. Auf dem Regalbrett lagen im Schein der elektrischen Glühbirne ein schwarzes Jackett, Nadelstreifenhosen, eine Uhr mit Uhrkette sowie ein Hemd. Der Wachtmeister erhob keinerlei Protest, als ich zu den Sachen trat. Ich nahm das schlichte weiße Baumwollhemd in die Hand. Mit einem Schlag spürte ich das Wesen des Menschen Migson; es rührte mich mehr an als zu seinen Lebzeiten.

«Er zog die Sachen offensichtlich in großer Eile aus.»

An den umgekrempelten Ärmeln hingen noch die Ärmelschoner aus Zelluloid, welche Büroangestellte zu benutzen pflegen, um ihre Hemden vor Tintenflecken zu schützen. Ein Mann, der soviel acht auf seine Garderobe gibt, daß er Ärmelschoner trägt, legt diese in der Regel auch ab, bevor er sein Hemd auszieht.

Freeson sagte: «Alles lag auf dem Fußboden verstreut, all seine Kleider, genau so, wie er sie hinwarf.»

Seine Stimme klang verängstigt und traurig, so, als bewege auch ihn Migsons tragisches Schicksal zutiefst.

«Demnach rannte er in diesen Raum, trug vermutlich Bellas Ersatzkostüm bei sich, zog sich hastig um und ließ seine Kleider liegen. Sind irgendwo Stiefel?»

Ohne seine Miene zu verziehen, antwortete der Wachtmeister: «Die hatte er an. Seine Socken auch.»

Das erschien logisch. Er war zierlich genug gewesen, um in Bellas Kostüm zu passen, aber nicht in ihre Silberstiefel. Die Hose, das Jackett und die Weste wanderten in die Truhe. Bedächtig wog der Wachtmeister die Uhr samt Uhrkette in der Hand.

«Eine schöne Uhr. Er muß es wirklich eilig gehabt haben, sonst hätte er das gute Stück nicht einfach liegengelassen.»

«Gibt es eine Inschrift?»

Er drehte die Uhr um und öffnete sie.

«Nein. Einige Pfandleihermarkierungen, sonst nichts.»

Migson war also knapp bei Kasse gewesen. Knapp genug, um eine Bestechung durch Lord Penwardine zu akzeptieren?

Der Wachtmeister hielt die Uhr noch in der Hand und sah sich suchend nach etwas um, worin er sie einwickeln könnte. Da er nichts Geeignetes fand, vergrub er sie in Migsons Manteltasche und entdeckte dabei ein zerknittertes, tintenbeschmiertes Taschentuch. Darin wickelte er die Uhr schließlich ein und legte sie ordnungsgemäß in die Truhe.

«Gehe ich recht in der Annahme, daß seine Habseligkeiten letztlich seinen engsten Angehörigen übergeben werden? War er verheiratet?»

Der Wachtmeister schüttelte den Kopf.

«Soweit wir wissen, nicht. Er wohnte zur Untermiete in *Holborn.*»

Er hakte einige Zeilen auf einer Liste ab, hob die Truhe hoch und trug sie durch den Korridor zum Hinterausgang. Ihr nächster Bestimmungsort war vermutlich irgendein Raum im eine halbe Meile entfernt gelegenen *Scotland Yard.* Der Inhalt der Truhe waren amtliche Beweisstücke für etwas bereits Bekanntes, nämlich daß zu irgendeinem Zeitpunkt am letzten Abend seines Lebens Migson seine Bürokleidung ausgezogen und dafür Bellas Flugkostüm – in dem er starb – angelegt hatte. Warum?

Freeson bückte sich und hob etwas vom Fußboden auf – ein Stück Papier mit der Farbe von Corned Beef.

«Was ist das?»

«Allem Anschein nach eine Eintrittskarte. Sie muß aus Migsons Manteltasche gefallen sein, als der Wachtmeister das Taschentuch herauszog.»

«Ein Billett dieses Theaters?»

«Nein.»

Er reichte es mir. In grober schwarzer Schrift war der Name *Marquesa's* aufgedruckt, dazu das Datum des letzten Donnerstag. Weiter nichts.

«Ich habe noch nie etwas von einem *Marquesa's* gehört. Ist das ein Theater?»

«Nein. Vielleicht eine Vaudeville-Bühne oder ein Laienspielhaus.»

Ich steckte die Karte in meine Tasche, mit der Absicht, sie auf meinem Weg hinaus dem Inspektor zu übergeben.

Freeson löschte das Licht und schloß die Tür. Im Korridor blieb er zögernd stehen. Ich spürte, daß er nicht weiterwußte, nun, da ihm Shaws Stück plötzlich aus der Hand gerissen worden war. Er lud mich auf eine Tasse Tee in sein Büro ein. Ein kleiner Herd stand dort, mit einem Wasserkessel. Das Wasser siedete bereits. Während der Tee zog, suchte er eine Weile nervös nach den richtigen Worten. Endlich rückte er mit der Sprache heraus und teilte mir mit, was ihn bekümmerte.

«Ich hoffe nicht, daß Mr. Shaw mir die Schuld an allem gibt.»

«Natürlich nicht. Wie sollte er?»

«Es war unsere erste gemeinsame Produktion. Ich hatte mir eine Zusammenarbeit mit ihm immer gewünscht, und nun das!»

Ich tröstete ihn, so gut ich es vermochte, und lenkte das Thema dann auf den Punkt, der mich eigentlich interessierte.

«Waren Sie Matthew Migson jemals zuvor begegnet?»

Freeson schüttelte den Kopf. Dann brach es unvermittelt aus ihm hervor: «Was wollte er hier? Was um alles in der Welt hatte er vor?»

Offenbar zürnte er Migson persönlich dafür, daß jener sich ermorden ließ und damit auch seiner Produktion ein vernichtendes Ende bereitet hatte.

«Was auch immer es war», antwortete ich, «wir wissen nun, das es nicht im Auftrag des *Lord Chamberlain* geschah.»

Er nickte. Der Inspektor hatte ihn darüber also bereits informiert.

«Wenn wir mehr über ihn wüßten, fänden wir auch heraus, was er beabsichtigte.»

Freeson biß an.

«Wie könnten wir das herausfinden?»

«Kennen Sie sonst irgend jemanden, der für den *Lord Chamberlain* arbeitet?»

Er dachte einen Augenblick lang nach.

«Einmal lernte ich jemanden kennen. Ich mochte ihn allerdings nicht besonders.»

«Abgesehen davon, daß Sie ihn nicht leiden konnten – würde er mit uns reden?»

«Er würde mit jedem reden, der ihm etwas zu trinken spendiert.»

Und deshalb fand ich mich an diesem Abend um zehn nach sechs im Schankraum eines Wirtshauses wieder, und zwar in Gesellschaft von Freeson und dem Mann, der Matthew Migson gekannt hatte. Er war weder auf den ersten noch auf den zweiten Blick ein Mensch, dem man zugetraut hätte, daß er mit der englischen Dramenzensur zu tun hatte. Es handelte sich um einen feisten, breitschultrigen jungen Mann, etwa in Migsons Alter, aber äußerlich von ihm so verschieden wie der Tag von der Nacht. Er trug zwar, wie Migson, die übliche Kleidung eines Büroangestellten, schwarzes Jackett und nadelgestreifte Hosen – wie ich sie zusammengefaltet in jener Truhe gesehen hatte –, schaffte es jedoch, im Gegensatz zu Migson, darin so ordinär auszusehen wie ein aufgeblasener, zwielichtiger Buchmacher. Als Freeson und ich ihn vor der Kanzlei des *Lord Chamberlain* abpaßten, reagierte er baß erstaunt, nahm die Einladung in die Gastwirtschaft jedoch ohne weitere Umschweife an. Die erste Hälfte seines Maßkruges verschwand in einem einzigen großen Zug, während Freeson an einem Glas Porterbier nippte und ich einen Sherry trank. Freeson hatte mir den Mann nur mit dessen Vornamen vorgestellt, Ted, und ihn wiederum wissen lassen, ich sei eine Bekannte von Mr. Shaw.

Als der erste Schwall Bier in seinem Magen landete, stieß Ted einen erleichterten Seufzer aus, wischte sich befriedigt mit der Hand über den Mund und sagte:

«So, wer hat den armen kleinen Migson erschossen?»

Freeson überließ es mir zu antworten. Ich sagte, noch wisse niemand Genaues.

«Ich nehme schon Wetten darauf an. Fünf zu eins, daß George Bernard Shaw der Täter war.»

«Täuscht der Eindruck, oder waren Sie wirklich kein naher Freund von Matthew Migson?»

«Ich glaube nicht, daß er mit irgend jemandem befreundet war.»

Ein zweites Mal sprach Ted begeistert dem Bier zu.

«Hatte Migson Familie?»

«Er hat nie jemanden erwähnt. Ich weiß, daß seine Eltern beide nicht mehr leben.»

«Enge Freunde?»

«Nein. Er lebte sehr zurückgezogen, unser guter kleiner Migson. Im Büro galt er nicht eben als beliebt. Vor allem, weil er die Arbeit ein wenig zu ernst nahm.»

«Sie nicht?»

«Meine Güte, nein. Wie soll man das denn anstellen? Man sitzt tagein, tagaus am Schreibtisch, wühlt sich durch ein langweiliges Theaterstück nach dem anderen, nur um herauszufinden, ob irgendwer sich am Busen irgendeines Mädchens vergreift oder auch nur darüber redet. Man könnte meinen ... Entschuldigung, ich vergaß, daß ich mit einer Dame spreche. Noch etwas zu trinken?»

Um die Form zu wahren, erhob er sich sogar von seinem Stuhl, achtete aber sorgfältig darauf, daß Freeson das Rennen an den Tresen gewann.

«Das dürfen Sie unbesorgt auch weiterhin vergessen.»

«Es ist wirklich keine Arbeit, die man sich freiwillig aussucht, wenn man es vermeiden kann, wirklich nicht. Ich arbeite bloß in dem Büro, weil ich in meinem zweiten Studienjahr aus Oxford flog, nachdem unsere Oberen herausgefunden hatten, daß ich mir ein Rennpferd hielt.»

Nachdem er den ersten Krug mit Schwung geleert hatte, krallte sich seine Hand sofort um den nächsten, wohlgefüllten, den Freeson soeben auf den Tisch gestellt hatte.

«Um ehrlich zu sein, es handelte sich um einen gemeinschaftlichen Besitz. Mir gehörten nur die beiden Vorderbeine. Und die waren zu allem Überfluß auch noch verflucht langsam.»

«Waren die Hinterbeine denn schneller?»

Er verschluckte sich fast vor Lachen und versprühte dabei Bier über den ganzen Tisch.

«Sie sagten, Migson nahm seine Aufgabe ernst.»

«Allerdings. Er saß mit leuchtenden Brillengläsern und bebenden Nasenflügeln an seinem Tisch, und wenn er etwas gefunden hatte, das eine neunzigjährige, engstirnige Nonne schockiert hätte, hüpfte er auf seinem Stuhl auf und ab wie der schlimmste Streber einer Schulklasse. ‹Sir, bitte hören Sie her, ich habe eine ganz schlimme Stelle gefunden.› Um ehrlich zu sein – ich konnte ihn nicht ausstehen.»

«Ich nehme an, gestern und am Nachmittag davor erschien er unabgemeldet nicht im Büro.»

«Ja, das war ungewöhnlich. Sonst war er immer anwesend, immer pünktlich, mit blitzblanken rosa Fingernägeln – das war unser kleiner Migson.»

«Hatte er Geldsorgen?»

«Nicht, daß ich wüßte. Er war so geizig wie ... wie was auch immer, jedenfalls war er nicht eben großzügig.»

«Damenbekanntschaften?»

«Er hat nie davon gesprochen. Außerdem, welches Mädchen würde schon mit jemandem wie Migson ausgehen?»

Er zog seine Uhr aus der Tasche und machte dem restlichen Bier in seinem Krug den Garaus.

«Ich muß los. Muß mit jemandem über ein Hottehü reden.»

Spontan fragte ich: «Erwähnte er jemals einen Ort namens *Marquesa's?*»

Ich spielte schon seit längerem mit der Eintrittskarte in meiner Tasche herum. Ich hatte nämlich keine Gelegenheit gehabt, sie dem Wachtmeister zu überreichen.

Ted war mittlerweile aufgestanden und steckte bereits seine Hand durch einen Mantelärmel. Er runzelte die Stirn.

«*Marquesa's?* Nein, ich glaube nicht, daß ich ihn je habe davon reden hören.»

«Aber Sie kennen es?»

«Irgendwie kommt mir der Name bekannt vor. Ich vermute, es ist eines der alten Vaudeville-Theater im *East End*, irgendwo Richtung *Mile End Road.*»

«Hätten Sie Migson zugetraut, daß er derartige Etablissements aufsuchte?»

«Wohl kaum.»

Er verabschiedete sich von Freeson mit der Bemerkung, man werde sich sicher bald einmal wiedersehen, und eilte hinaus. Die Tür pendelte hinter ihm hin und her und ließ kalte Luft in den Raum. Ich betrachtete Freeson, der immer noch zaghaft an seinem ersten Bier nippte.

«Was halten Sie von einem Ausflug ins Vaudeville?» fragte ich.

14

Wegen der zahlreichen politischen Kampagnen, die wir im Osten Londons bereits veranstaltet hatten, brauchte ich im Grunde keinen Führer für jenen Teil der Stadt. Dennoch war ein Mann eine nützliche Begleiterscheinung, wenn man dort in der Dunkelheit herumspazierte. Wir bestiegen eine der neuen Elektrischen Richtung *Mile End Road*; die Fahrt in ihr verlief, im Gegensatz zu dem ruppigen Geschaukel der pferdebetriebenen Trambahnen, angenehm glatt und ruhig. Dadurch erhielt der Übergang von West nach Ost zwar etwas Müheloses, gleichzeitig aber auch Traumartiges. Wenn man von der Londoner Innenstadt aus gen Osten fährt, überquert man eine unsichtbare Grenze, hinter der die elektrischen Glühbirnen in Schaufenstern und vor Gasthäusern plötzlich Gaslaternen weichen. Das Licht wechselt von weiß zu einem weichen Gelb, das – gleichgültig, welches Wetter woanders herrscht – seine ureigenen Nebelschleier auszubreiten scheint.

Auch die Menschen verhalten sich anders in jenem Teil Londons. Während sich die Farbe des Lichtes verändert, werden zunehmend mehr Leute in den Straßen sichtbar. Die Novemberkälte, welche die Bewohner des *West Ends* in ihre Häuser und Clubs treibt, verfehlt ihre Wirkung auf die im Osten Hausenden. Müßig lungern sie an Straßenecken oder im Lichtkegel der Wirtshauseingänge herum und beobachten das Geschehen auf der Straße. In den wohlhabenderen Bezirken werden Kinder bei Anbruch der Dunkelheit ordnungsgemäß von der Straße geholt, doch hier liefen sie noch ungehindert durch die Gassen, verrichteten Botengänge oder standen mit erwartungsvollen Gesichtern vor den Bäckereien.

Freeson starrte aus dem Trambahnfenster, als hätte er diese Szenerie nie zuvor gesehen. Ich war froh, daß er sich nicht nach dem Grund unseres Unternehmens erkundigte, da ich mir darüber selbst nicht im klaren war. Wenn Migson jedoch ein von Lord Penwardine gedungener Spion oder Saboteur gewesen war, mußte zwischen den beiden irgendeine Verbindung bestanden haben. Es erschien mir indessen vollkommen unmöglich, daß der distinguierte, distanzierte Aristokrat Penwardine höchstpersönlich irgendwelche hinterlistige Bestechungen vornahm. Wie Bella gesagt hatte – für die Schmutzarbeit gab es Handlanger. Aber falls er einen Vertrauten, beispielsweise Piggy Ditchbrake, zu Migson geschickt hatte, um jenen zu instruieren, hätte ein obskures Vaudeville-Theater einen durchaus geeigneten Treffpunkt abgegeben. Ich hoffte, wenn auch zugegebenermaßen nur halbherzig, jemanden zu finden, der Migson oder Piggy nach meiner Beschreibung wiedererkennen würde.

Als wir in *Whitechapel*, am westlichen Ende der *Mile End Road*, ausstiegen, bewegte sich Freeson so vorsichtig, als befände er sich in Feindesland.

«Und was tun wir jetzt?»

Ich ging zu einer Gruppe Männer hinüber, die sich um eine Bude drängten, an der Aal in Aspik verkauft wurde, und fragte, ob irgend jemand das *Marquesa's* kenne. Zur Antwort erhielt ich größtenteils verständnislose Blicke; nur einer der Jüngeren meinte, es handle sich möglicherweise um das Vaudeville hinter dem *Black Swan* – erste Straße rechts, die nächste links. Ich vermeinte einen sonderbaren Ausdruck in seinen Augen zu erkennen, während er mit mir sprach. Da ich nun einmal an der Bude stand, kaufte ich zwei Portionen Aal in Aspik mit Kartoffelbrei und reichte eine davon an Freeson weiter. Er scheute wie ein Pferd.

«Was machen wir damit?»

«Sie können mit Ihrer Portion machen, was Sie wollen. Ich habe vor, die meine zu essen.»

Wir stellten uns unter eine Straßenlaterne und verzehrten den Aal. Er schmeckte ausgezeichnet, sehr saftig, mit einem Hauch von Petersilie im Aspik; der Kartoffelbrei war heiß und seidenweich. Ich brachte die Teller zur Bude zurück, dann machten wir uns auf den Weg.

Der *Black Swan* erwies sich als eine für die Gegend typische Schankwirtschaft mit einer reichverzierten Ziegelfassade, inklusive eines schwarz bemalten Schwans, der sieben Meter über dem Straßenpflaster einsam in seinem Lichtkreis vor sich hin dümpelte. Nirgendwo ein Gebäude, das aussah, als beherberge es ein kleines Theater. Doch während wir uns noch suchend umschauten, bogen zwei Damen mit wippenden Federhüten und samtenen Umhängen in eine Seitengasse ein. Zwischen ihnen lief, wie ein Gefangener, der abgeführt wird, ein kleiner Mann. Wir verloren sie aus den Augen, aber plötzlich hörten wir für einen kurzen Augenblick laute Musik, so als sei eine Tür für die drei geöffnet und gleich wieder geschlossen worden.

«Kommen Sie», sagte ich.

Zögernd folgte mir Freeson die enge Gasse entlang.

«Ich dachte, Etablissements dieser Art seien bereits vor Jahren samt und sonders geschlossen worden.»

Das Vaudeville war ein rechteckiges Gebäude mit winzigen, hoch in die Mauern eingelassenen Fenstern. In meinen Augen glich es einer Art Sonntagsschule. Ich stemmte mich gegen die Tür und spürte, wie das Gewicht zahlreicher Körper von innen dagegen drängte. Kurz erhaschte ich einen Blick auf helle Gaslampen, auf Samt und Straußenfedern. Auf einer Bühne am anderen Ende des Saals stand ein Mann im Frack und sang. Doch nun versperrte uns ein großer, muskulöser Mann im Tweedjackett mit entsprechender Mütze den Weg.

«Wie viele?»

«Zwei.»

«Zwei Pfund.»

Ein stolzer Preis, selbst für den vornehmsten Club im *West End*, von dieser Gegend ganz zu schweigen. Doch natürlich hatte Diskutieren keinen Sinn, und ich konnte nicht von Freeson erwarten, daß er zahlte. Als ich dem Türwächter das Geld reichte, hatte ich das Gefühl, er mustere Freeson und mich so gründlich, daß er uns jederzeit würde wiedererkennen können. Ungeachtet der Musik und Wärme, die uns von innen entgegenflutete, herrschte im Saal eine irgendwie angespannte Atmosphäre. Die Frage, was ein steifer kleiner Büroangestellter wie Migson hier zu suchen gehabt hatte, gewann an Brisanz.

Vor der Bühne standen zwar einige Stuhlreihen, doch die meisten Zuschauer bevorzugten es offenbar zu stehen, entweder an den Wänden oder im hinteren Teil des Raumes an der Bar, die ein gutes Geschäft machte. Mottenzerfressene Vorhänge aus königsblauem Samt waren zu beiden Seiten der Bühne drapiert, in deren hinterem Teil eine Art Conferencier an einem Tisch saß, auf dem vor allem ein großes Glas Gin stand. Über seinem Kopf hing eine Tafel mit der Nummer desjenigen, der soeben auf der Bühne seinen Akt vorführte.

«Champagner-Charly nennt man mich, Champagner trinke gerne ich ...»

Eine gequetschte hohe Tenorstimme, ein Spazierstock mit Silberknauf, dessen Jonglieren Verwegenheit signalisieren sollte – doch wirkte der Sänger nervös und befangen und konnte den Stock nur durch einen abrupten, heftigen Griff vor dem Hinunterfallen bewahren.

«Ich bin der Schwarm aller Barmädchen ...»

Zwei lange Schritte quer über die Bühne, und dann flog zu den hohen Tönen des Wortes «Barmädchen» ein Bein in die Luft. Das war kein Mann, sondern eine Frau in Männerkleidern. Seit Vesta Tillys Debüt eine beliebte Nummer, aber mittlerweile leicht überholt. In Anbetracht der geringen Aufmerksamkeit, welche das Publikum der Dame zollte, schien es ähnlich zu denken. Andererseits haftete der Atmosphäre in diesem Raum insgesamt etwas Altbackenes an, etwas Verstaubtes und Heruntergekommenes. Anscheinend hatte den Betreibern des *Marquesa's* bislang niemand verraten, daß Varietés heutzutage sehr schick geworden waren und dort gekrönte Häupter in vergoldeten Logen saßen. Warum also konnte *Marquesa's* es sich leisten, ein Pfund pro Person zu kassieren? Und wieso hatte Migson die Reise quer durch London auf sich genommen, um dieses Etablissement aufzusuchen?

Champagner-Charly beendete seine Vorführung und schritt zu den Klängen der fünfköpfigen Kapelle, die vor dem Podest hockte, von der Bühne. Spärlicher Applaus folgte, er klang, als raschelten ein paar Mäuse im Stroh. Nun trat ein Komiker im Markthändlerkostüm auf, dessen erster Witz – über einen Fischer, eine junge Frau und ein Mißverständnis bezüglich der Molenlänge in *Southend* – Freeson zu einem schüchternen kleinen Glucksen veranlaßte, gefolgt von einem verlegenen Blick in meine Richtung.

«Keine Bange. Ich habe den Witz schon vorher einmal gehört, nur lag die Mole in jenem Fall in *Blackpool*.»

Ich kannte auch die meisten anderen, im Gegensatz zu Freeson, was den Schluß nahelegt, daß die Produzenten fortschrittlicher Theaterstücke ein behütetes Leben führen. Während der Komiker seine Witze abspulte, schaute ich mich um und rätselte, wer womöglich einige Fragen beantworten würde – falls überhaupt.

Ich sah mich einem äußerst gemischten Publikum gegenüber. Die Frauen waren generell besser gekleidet als die Männer, wobei man ihre Garderobe schwerlich als modisch hätte bezeichnen können. Korsett und Wespentaille führten im *Marquesa's* noch ein erbarmungsloses Regiment, gemeinsam mit wogenden Samtbusen, gerafften Röcken über zahlreichen gerüschten Unterröcken sowie Phantasiehutgebilden mit Straußenfederbüscheln. Ein nüchterner Modereformer wäre hier verzweifelt. Anderswo war derlei glücklicherweise auch längst nicht mehr *en vogue*. Etliche Frauen waren ungefähr so groß wie ich, für mich eine ungewohnte Erfahrung, da ich ansonsten fast immer die Größte in einem Raum war. Im Vergleich hierzu wirkten die Männer eher zusammengeschrumpft und fast beiseite gedrängt. Einige Herren mittleren Alters trugen Fräcke und behielten auch innerhalb des Gebäudes ihre Zylinder auf dem Kopf. Die jüngeren bevorzugten samtene Smokingjacketts und brillantineglänzendes, glatt zurückgekämmtes Haar. Fast alle der Letztgenannten rauchten Zigarren oder Zigarillos; ein nach Makassaröl duftender Baldachin aus blauem Rauch schwebte dicht über den Gaslampen. Einmal stieß ich unabsichtlich mit einem jener Herren zusammen; als ich mich entschuldigte, bedachte er mich mit einem scheelen Blick, erwiderte aber nichts. Mich überkam das prickelnde Gefühl, etwas Falsches getan zu haben, ohne zu wissen, was es war.

Auf den Komiker folgten einige in meinen Augen eher plumpe Tänzerinnen; das Publikum indessen, das rasch auftaute, bedachte sie mit begeisterten Rufen und gellenden Pfiffen. Freeson arbeitete sich zur Bar vor und kehrte mit einem Halben Bier und einem Glas moussierenden, pflaumenfarbenen Inhalts zurück.

«Man sagte mir, Damen tränken hier Port mit Zitronenlimonade.»

Unter normalen Umständen wäre die Zitronenlimonade für den Portwein eine Beleidigung gewesen; diesen Port allerdings konnte man nicht beleidigen, dazu war er zu miserabel.

Ich nahm einen vorsichtigen Schluck und sah mich nach einer Abstellgelegenheit für mein Glas um.

Freeson setzte an: «Diese Mädchen ...»

«Ja?»

«Ach, nichts.»

Der Komikerauftritt hatte ihn sichtlich aufgeheitert, doch nun war ihm offenkundig erneut sehr unbehaglich zu Mute.

«Ein seltsamer Ort.»

«Äußerst seltsam. Haben Sie irgendeine Idee, wieso Migson sich hierherbemüht haben könnte?»

Er schüttelte den Kopf. Die Tanzmädchen torkelten mit hocherhobenen Beinen von der Bühne, ihre Cancan-Versuche scheiterten aber an ziemlich krummen Knien.

«Sehr verehrte Damen und Herren ...»

Der Conferencier hatte sich erhoben. Offensichtlich galt es nun, eine Hauptattraktion anzukündigen. Das Fragen mußte wohl auf später verschoben werden.

«Meine Damen und Herren, ich habe die enorme Ehre, Ihnen eine große Sängerin zu präsentieren ...»

Pfiffe aus dem Publikum.

«... die ultimative Verkörperung weiblichen Charmes ...»

Noch lauteres Gepfeife und Fußgetrappel. Darauf hatten sie also gewartet.

«Meine Damen und Herren – die unvergleichliche Mirabella Marquesa!»

Ich zischte Freeson zu: «Je von ihr gehört?»

Er schüttelte den Kopf.

Sie kam mit zierlichen kleinen Schritten auf die Bühne gerannt, trug hochhackige, bis unter die Knie geschnürte Stiefeletten sowie schwarze und pinkfarbene Röcke, die vorne zusammengerafft waren, um die Sicht auf pinkfarbene Petticoats und eine Ahnung von schwarzen Seidenstrümpfen freizugeben. Ein koketter Schwung der Beine ließ die Petticoats noch weiter in die Höhe fliegen, so daß wir einen Blick auf ihre Strumpfhalter und molligen weißen Oberschenkel erhaschten.

Ich schaute mich um. Der junge Mann in Smokingjacke zu meiner Linken starrte sie mit leicht geöffnetem Mund an wie ein frommer Pilger eine Marienstatue. Zu meiner Rechten wogte der enggeschnürte Samtbusen einer Dame auf und nieder; Seufzer entfuhren ihren Lippen, die ich als Ausdruck von Neid deutete. Viel umständlicher als nötig glättete Marquesa jetzt ihre Röcke.

«Schande über mich, da ist es mir doch glatt schon wieder passiert. Sagt mir bitte, daß ihr nichts gesehen habt, was ihr nicht sehen durftet.»

Ein Chor glückseliger Stimmen ließ ein kräftiges «Aber klar!» ertönen; auf dem Klang segelte eine Bier- und Portweinwolke in den Baldachin aus Tabakrauch hinauf. Mirabella Marquesa bedachte ihr Publikum mit gespielter Strenge und zupfte geziert ihre Turmfrisur zurecht – hochtoupierte schwarze Haare und jede Menge mit rosa Seidenrosen geschmückte Haarnadeln. Einer derartigen Haartracht war ich das letzte Mal ansichtig geworden, als ich hinter einem Pferd herlief.

«Ich singe euch jetzt ein Liedlein vor von einer armen jungen Frau, die ein sehr schweres Leben hatte ...»

Gellende Entzückensschreie!

«... und deshalb hoffe ich, daß ihr nicht lachen werdet. Maestro – bitte stimmt an.»

Während die Kapelle das Vorspiel intonierte, spazierte sie mit wiegenden Hüften über die Bühne und warf ihrem Publikum vielsagende Seitenblicke zu. Ein Herr mit Zylinder leerte sein Whiskyglas in einem Zug und verschluckte sich fast daran. Mit einer kehligen Altstimme begann sie zu singen:

Gertie war ein braves Mädchen,
aus Southwork stammte sie.

Bis sie eines Tages diesen Schnösel traf,
als sie spazierte blind.
Dabei hatte ihre Mutter sie gewarnt,
bleib von den Männern weg …

Ein Schaudern bei dem Wort «Männer», ein Beben der weißen Schultern über dem knospenden Brustansatz. Ziemlich breite weiße Schultern. Allmählich fiel bei mir der Groschen.

Ich wandte mich an Freeson: «Glauben Sie nicht auch …»

Doch er starrte mit offenem Mund ebenso unverwandt nach vorne wie alle anderen.

Er nahm sie mit in seinem Wagen –
Ihr wißt, was dann geschah …

Wissendes Gelächter. Mit einer gekonnten Geste der rechten Hand bedeutete sie dem Publikum zu warten. Eine große Hand in einem schwarzen Netzhandschuh.

«Ich glaube, sie ist ein …»

Der junge Mann zu meiner Linken warf mir einen giftigen Blick zu. Der Rhythmus der Musik veränderte sich. Mirabellas Hüften wogten wie Türflügel im Wind.

Er ging zu weit,
er mußte so weit gehn.
Sie dacht' an Mutters Worte
und wollte widerstehn.
Rief: Halt!
Doch war's zu spät –
ein kleines bißchen nur.

Aus voller Kehle und wie im Delirium brüllten die Zuschauer den Refrain mit. Die unvergleichliche Mirabella Marquesa –

ein Wirbelwind raschelnder Rüschenunterröcke und aufblitzender Strumpfgürtel – feuerte sie von der Bühne her an.

«Mr. Freeson, sie ist ein Mann!»

Der junge Mann in Smokingjacke schaukelte mit geschlossenen Augen wie in Trance hin und her. Ich warf einen Blick auf die Frau zu meiner Rechten, doch ich hätte mich gar nicht weiter zu überzeugen brauchen. Sie schmetterte den Refrain in einem kräftigen Bariton mit. Das war es, was Freeson die letztendliche Gewißheit gab, nicht meine Bemerkung. Erschrocken blickte er zuerst die Baritondame, dann Mirabella und schließlich mich an.

«Keine Sorge, es ist nicht ansteckend.»

Er hatte anscheinend einen Anfall von Maulsperre.

«Möchten Sie gehen?» fragte ich.

Ich hatte alles Notwendige herausgefunden, und wenn ich Freeson nicht möglichst bald an die frische Luft brachte, würde er wahrscheinlich in Ohnmacht fallen.

Wir drängten uns durch die Menge und gelangten glücklich zur Tür, während Mirabella die zweite Strophe sang. Der Muskelmensch, der uns eingelassen hatte, ließ uns auch wieder hinaus, wobei er Freeson neugierig musterte. Vermutlich fragte er sich, was ich dem armen Kerl angetan hatte. Als wir auf der Gasse standen, rang Freeson erst einmal heftig nach Luft.

«Die ... die Dame, die neben Ihnen stand ... beinahe hätte ich ... es gab einen Moment, da stieß ich zufällig ganz leicht gegen sie und ...»

«Keine Angst, wahrscheinlich fand er es ziemlich aufregend.»

Was ihn nicht eben zu trösten schien, im Gegenteil. Während wir die Gasse hinunterliefen, ertönte hinter der geschlossenen Tür erneut der Refrain, voller Begeisterung vorgetragen von einem vielstimmigen Chor, in dem jedes Register gezogen wurde.

Rief: Halt!
Doch war's zu spät –
ein kleines bißchen nur …

15

Auf dem Rückweg schwieg Freeson fast die ganze Zeit über; dafür blickte er mich mehrfach schräg von der Seite an. Am *Trafalgar Square* stiegen wir aus. Es gelang ihm, ein halbwegs höfliches «Gute Nacht» hervorzustottern, bevor er in einem – wie ich vermutete – ihm vertrauten und daher sicheren Gasthaus verschwand. Ich lief in Richtung *Strand* und *Crispin Theatre.* Während wir die *Mile End Road* entlangfuhren, war mir unaufhörlich Mirabella Marquesas Melodie im Kopf herumgegangen. Ich wußte, daß ich sie erst vor kurzem schon einmal gehört hatte, obwohl es sich gewiß nicht um einen dieser Gassenhauer handelte, die die Botenjungen in den Straßen pfeifen.

Als wir *Aldgate* erreichten, war ich mir bereits sicher, daß ich sie irgendwann während der vergangenen zwei Tage gehört hatte, und zwar – es konnte gar nicht anders sein – von jemandem im *Crispin Theatre.* Der erste Name, der mir in diesem Zusammenhang einfiel, lautete Silvester Bonnet, da er gelegentlich in den Vaudevilles und Varietés der Stadt auftrat. Dennoch brachte ich das Lied nicht mit ihm in Verbindung. Um wen es sich in Wahrheit handelte, wurde mir schlagartig klar, während unsere Elektrische über die *Cheapside* auf *St. Paul's* zufuhr. Es war eine so unerwartete Erkenntnis, daß ich mir auf die Zunge beißen mußte, um nicht einfach vor Freeson, der neben mir hockte, mit dem Namen herauszuplatzen.

Der Haupteingang des *Crispin Theatre* wirkte trostlos. Um diese abendliche Stunde hätte an und für sich das Publikum herausströmen sollen, doch waren die Türen verrammelt und die Lichter erloschen. Ich lief die Seitengasse zum Bühneneingang hinunter, wo zumindest eine Lampe über der Tür brannte und der Pförtner seinen Dienst versah.

«Niemand da», bedeutete er mir, als er meiner ansichtig wurde. Seine Stimme klang so, als freue er sich darüber. «Auf den Plakaten steht ‹Bis auf weiteres verschoben›, aber in Wahrheit wurde das Stück schon abgesetzt. Morgen findet ein Vorsprechen und Vorsingen für ein neues musikalisches Lustspiel statt.»

Er gab sich nicht einmal Mühe, seine Erleichterung zu verhehlen. In seinen Augen bedeuteten fortschrittliche Theaterstücke nichts als Ärger.

«Und die Polizei?»

«Die ist zum Glück auch weg.»

«Kennen Sie die Adressen der Schauspieler? Um ihnen ihre Post nachzusenden, zum Beispiel?»

Im ersten Augenblick dachte er, ich gehörte zu denen, die Charles Courts in ihre lüsternen Finger bekommen wollten, und verhielt sich äußerst zurückhaltend. Doch als ich ihm den von mir gewünschten Namen nannte, gab er mir die Adresse ohne viel Federlesen.

Die Wohnung lag in *Bloomsbury*. Ich bestieg einen Omnibus und eine halbe Stunde später lief ich eine jener Straßen mit Flachdachhäusern entlang, die sich um das Britische Museum drängen und arme Gelehrte sowie noch ärmere Schriftsteller beherbergen. Sofern in London überhaupt so etwas wie eine Boheme lebte, war sie wohl hier in *Bloomsbury* versammelt; doch in diesem Moment, um elf Uhr in einer Novembernacht, sah das Viertel mit seiner spärlichen Straßenbeleuchtung und seinen kahlen Platanen ungefähr so malerisch und nonchalant aus wie ein steifgefrorenes Küchenhandtuch.

An der abgeblätterten Tür des Hauses, in welchem Vincent Colvin wohnte, klebte ein halbes Dutzend verblaßter Visitenkarten. Zögerliche Gitarrenklänge ertönten hinter einer Gardine im Erdgeschoß, und durch einen Spalt drang von dort her Licht. Ich klopfte an die Haustür, doch nichts geschah. Nach dem zweiten Klopfen wurde das bewußte Erdgeschoßfenster hochgeschoben; ein junger Mann mit Stupsnase und Wuschelkopf blickte heraus. Ich erkundigte mich nach Vincent Colvin. Der Mann verzog sein Gesicht zu einem breiten Grinsen und wies mit dem Daumen nach oben. Dann schloß er das Fenster, und prompt nahm die Gitarre wieder ihre beschwerliche Arbeit auf. Ich entdeckte, daß ein kräftiger Stoß genügte, um die Haustür zu öffnen. Ich stand nun in einem leeren Eingangsflur, von dem aus eine kahle Holztreppe in die oberen Stockwerke führte. An der Wand lehnte ein Fahrrad.

Im trüben Schein einer Gaslampe stieg ich zur ersten Etage empor. Auf mein Klopfen an die erstbeste Tür hin erschien eine ängstliche junge Frau im Morgenmantel, die mich immerhin darüber aufklärte, daß Vincent Colvin ganz oben wohne. Ich erklomm weitere Stufen und fand mich schließlich auf einem dreieckigen Treppenabsatz wieder, der so eng war, daß man dort nur stehen konnte, wenn man die Füße dicht nebeneinander stellte und sich die Ellbogen in die eigenen Rippen rammte. Wegen der niedrigen Deckenschräge empfahl sich mein Hut und segelte auf den Fußboden. Ich entdeckte, daß er unverhofft eine Zierleiste aus abgeblätterter Ölfarbe erhalten hatte.

Im ersten Augenblick glaubte ich, Colvin sei nicht zu Hause, denn in dem Zimmer rührte sich nichts. Doch dann entdeckte ich die Zeitung in der Türritze, und während ich mich noch zu ihr hinunterbeugte und mich fragte, ob er an diesem Tag überhaupt heimgekommen war, roch ich es plötzlich. Laut rief ich seinen Namen, hämmerte an die Tür und da ich keine Antwort erhielt, warf ich mich schließlich dagegen. Die Tür war dünn und so schlecht in den Rahmen eingepaßt, daß die Scharniere schepperten, doch der Riegel gab nicht nach. Wieder rief ich seinen Namen und vernahm von innen endlich ein Geräusch, eine Mischung aus schmerzlichem Stöhnen und betrunkenem Lallen. Möglicherweise versuchte er zu fragen, wer vor der Tür stehe.

Der Treppenabsatz war nicht breit genug, um Anlauf zu nehmen. Ich drehte mich zur Seite und warf mich mit aller Kraft mit der Schulter gegen die Tür, wobei ich spürte, wie sich sowohl die Tür als auch mein Nacken verrenkten. Ein zweiter Versuch folgte. Endlich zersplitterte das Holz, in welches der Riegel eingelassen war. Ich taumelte in eine nach Gas riechende Finsternis und fiel dabei fast über die Stoff- und Zeitungsfetzen, mit denen er die Tür abgedichtet hatte. Kein Licht, nicht der geringste Schimmer.

Ich lief, vielmehr stolperte durch den kleinen Raum und fand mit mehr Glück als Verstand endlich das Fenster. Die schweren rauhen Vorhänge waren fest zugezogen. Da sie meinem Bemühungen, sie beiseite zu schieben, widerstanden, riß ich sie schließlich von der Gardinenstange herunter. Es war ein Schiebefenster, das sich keinen Millimeter rührte. Fluchend wollte ich die Scheibe mit der Faust einschlagen, da fand ich endlich den Riegel. Rasch den Hebel umlegen, das Fenster hochschieben – endlich strömte Luft herein. Kalte, rauchige Londoner Nachtluft zwar, die jedoch in diesem Moment kostbarer war als jedes Alpenklima. Außerdem schien von einer Straßenlaterne unter dem Fenster her ein wenig Licht herein, so daß ich Colvins liegende Gestalt auf dem Sofa ausmachen konnte. Ich packte ihn unter den Achseln und schleppte ihn ans Fenster. Abgesehen von einigen schwachen Stöhnlauten, die wohl Protest bedeuten sollten, wehrte er sich nicht.

Ein leises Rauschen, das knapp über dem Fußboden ins Zimmer drang, kündete von dem nach wie vor ausströmenden Gas. Ich setzte Colvin aufrecht gegen die Wand unter dem Fenster und entdeckte einen unangezündeten Gasbrenner, bei dem der Hahn aufgedreht war. Ich drehte ihn zu, und das Rauschen verstummte fast völlig, doch in Kopfhöhe zischte es nach wie vor. Und unter meinen Füßen knirschte etwas. Was da knirschte, waren die Scherben des Lampenschirms, und das Zischen wurde von der Leitung verursacht, welche die Lampe mit Gas speiste. Die Fassung des Rohres war abgeschraubt worden. Er hatte zweifellos ganze Arbeit geleistet. Ich fand auch jenen Schalter, legte ihn um und das Zischen brach ab. Ich hörte Schritte auf der Straße unter dem offenen Fenster, hörte, wie sich die ängstliche junge Frau in dem Zimmer unter uns bewegte und wie Vincent Colvin würgte, während seine halbvergifteten Lungen reflexartig Luft einsogen, ob es ihm nun paßte oder nicht.

Ich setzte mich neben ihn auf den Fußboden.

«Es ist alles in Ordnung», meinte ich. «Alles wird gut.»

Ich überlegte, ob ich einen Arzt verständigen sollte. Er brauchte einen, doch ein Arzt hätte die Vorschriften befolgen und Vincent Colvins Fall melden müssen – und versuchter Selbstmord galt als Verbrechen. Er wandte mir sein Gesicht zu, doch seine Augen konnten die Umgebung nicht wahrnehmen. Das Würgen nahm an Stärke zu, es klang, als habe er Schmerzen. Plötzlich fiel er nach vorne und übergab sich, unmittelbar auf meine Schuhe. Ich umfaßte seine Schultern mit den Armen und drückte seinen Kopf nach unten.

«Sehr gut. Lassen Sie alles raus!»

Das hatte unser Kindermädchen immer gesagt, wenn nach ausgelassenen Kinderfesten das unvermeidliche Ergebnis zuvieler Leckereien folgte. Seltsam, was einem unwillkürlich manchmal einfällt. Der Geruch nach Erbrochenem und Brandy vermischte sich mit den Gasschwaden. Es gelang mir, Colvin umzudrehen, so daß er nun mit ausgestrecktem Hals vor dem Fenster kniete und nach Luft schnappte. Sein Atem rasselte und ging schwer, klang aber bereits viel kräftiger und besser.

Jetzt, da ich davon ausgehen durfte, daß er es überstehen würde, registrierte ich mit Erleichterung, daß niemand zu uns stieß. Colvin machte keinerlei Anstalten, sich aus dem Fenster zu werfen, deshalb wagte ich, ihn kurz allein zu lassen, um das Sofa quer durch den Raum zu ihm herüberzuziehen.

«Können Sie sich auf das Sofa legen?»

«Entschuldigung, die Sauerei ...»

«Kümmern Sie sich nicht um die Sauerei.»

Dieses Mal half er sogar schon ein wenig mit. Schließlich lag er mit einem Polster unter dem Kopf am geöffneten Fenster auf dem Sofa.

«Ich hätte bitte gerne ein wenig Wasser.»

Ich schaute mich im Zimmer um, sah aber keines.

«Die Wasserleitung ... auf dem unteren Treppenabsatz.»

«Und Sie rühren sich nicht vom Fleck?»

«Keine Bange. Ich ... ich habe Höhenangst.»

Er brachte tatsächlich eine verqueres Lächeln zustande. Sein glattes schwarzes Haar klebte schweißüberströmt an seinem Schädel. Auf einem Tischchen, das ursprünglich neben dem Sofa gestanden hatte, entdeckte ich ein fast leeres Brandyglas. Ich nahm es mit mir die Treppe hinunter, fand in einer Nische Wasserhahn und Waschbecken, spülte das Glas aus und füllte es mit Wasser. Die ängstliche junge Frau steckte den Kopf aus ihrer Tür und erkundigte sich, ob irgend etwas passiert sei. Nichts Schlimmes, antwortete ich, Mr. Colvin habe unvermittelt eine Gallenkolik erlitten, doch es gehe ihm bereits besser. Sie schlüpfte erleichtert in ihr Zimmer zurück.

Colvin hatte sich inzwischen halb aufgerichtet und stützte sich auf seine Ellbogen, als ich mit dem Wasserglas den Raum betrat.

«Wurden Sie von jemandem aus dem Theater hergeschickt?»

«Niemand hat mich geschickt.»

Ich hielt das Glas, während er trank.

«Ihre nächste Gasrechnung wird ziemlich hoch, fürchte ich.»

Er blickte mich mit einem zittrigen Lächeln an.

«Was mag es kosten, sich umzubringen?»

«Als Ausführender erfährt man das wohl nie. Möchten Sie noch mehr Wasser?»

Er schüttelte den Kopf.

«Haben Sie unten jemandem davon erzählt?»

«Nein. Können Sie versuchen, ein wenig zu schlafen?»

Er konnte. Ich blieb neben dem Sofa auf dem Fußboden sitzen, bis er halbwegs regelmäßig atmete. Dann begann ich, das Zimmer zu säubern, wobei ich zunächst das Zeitungspapier benutzte, mit dem er die Türritzen verstopft hatte. Sie trug das heutige Datum. Man kauft also eine Zeitung, selbst wenn man sich umzubringen gedenkt. In der Nische auf dem unteren Treppenabsatz entdeckte ich ein Scheuertuch und einen Eimer. Ich wischte den Fußboden naß auf und trug die besudelten Stoff- und Zeitungsfetzen auf die Straße hinunter. Der Mann im Erdgeschoß verhandelte immer noch mehr oder minder gütlich mit seiner Gitarre. Im Takt dazu marschierte ein Polizist vorbei. Ich kehrte in Vincents Zimmer zurück und schraubte die Fassung wieder auf das Gasrohr, entschied mich aber, das Licht noch nicht anzuzünden. Die frische Luft von draußen hatte die Schlacht zwar schon beinahe gewonnen, doch ein Streichholz zu entzünden, empfahl sich immer noch nicht.

Ich stöberte eine Decke auf und breitete sie über Vincent. Dann ließ ich mich, mit Handschuhen und Mantel gegen die

Kälte gewappnet, die durch das geöffnete Fenster in den Raum drang, auf dem einzigen Sessel im Zimmer nieder und bewachte seinen Schlaf.

Migson hatte ein Ticket für das *Marquesa's* gehabt. Vincent Colvin summte am Tag unserer ersten Begegnung Mirabella Marquesas Melodie. Migson war tot. Colvin hatte versucht, sich umzubringen. So besehen, mußte ich mich fragen, ob ich Colvin letztlich einen Gefallen getan hatte.

Gegen halb sechs Uhr morgens begann er sich zu rühren, gerade als der Milchwagen auf seiner Runde die düstere Straße unter uns passierte. Auf dem Straßenpflaster hatte sich mittlerweile weißer Frost gebildet, und im Zimmer herrschte eine Eiseskälte, da ich es nicht gewagt hatte, das Fenster zu schließen. Ich mußte ebenfalls eingenickt sein, denn plötzlich merkte ich, daß er sich offenbar erholt hatte und mich jetzt beobachtete. Sein Gesicht hatte wieder jenen zynischen Ausdruck angenommen, den ich bereits am ersten Tag im Theater bemerkt hatte – so, als sei alles Vorgefallene ein Witz, aber ein uralter.

«Darf ich Ihnen etwas Kaffee anbieten, Miss Bray?»

«Sehr gerne, danke.»

Er erhob sich schwerfällig und drapierte die Decke um seine Schultern wie einen Umhang. Es sah beinahe elegant aus. Bis auf das Licht der Straßenlaterne war es im Zimmer noch ziemlich finster. Colvins Augen erfaßten den kleinen Gasbrenner und das Gasrohr mit Fassung, den fehlenden Lampenschirm. Dann wanderten sie zu den Streichhölzern auf dem Tisch. Er nahm sie langsam in die Hand, als probe er eine Szene, die ihm noch nicht völlig vertraut war, drehte mit fast unmerklichem Zögern den Gashahn auf und entzündete den Brenner. Gut gemacht. Ich schloß das Fenster.

Er bewegte sich zwar schleppend, aber zunehmend sicherer. Einem Schrank in der Zimmerecke entnahm er einen Spirituskocher, eine Dose mit Kaffeebohnen und eine Kaffeemühle. Als er die Kurbel der Kaffeemühle zu drehen begann, fuhr ich vom Sessel hoch. Das Geräusch war das lauteste, seit ich die Tür eingerammt hatte.

«Tut mir leid. Habe ich Sie erschreckt?»

Ein Hauch von Ironie, als er lächelte. Guter Kaffee, heiß und schwarz. Wir tranken, ohne zu reden. Ich saß im Sessel, während er steifbeinig durch den Raum lief. Ich stellte meine leere Tasse ab.

«Mehr?»

«Nein danke.»

«Also dann ...»

Er lief zum Sofa hinüber, wobei er immer noch wirkte, als gehorche er einer inneren Regieanweisung, setzte sich ans Fenster und schlug ein Bein über das andere.

«... möge die Schlacht beginnen.»

Noch war er schwach, doch Ritterlichkeit meinerseits wäre zum jetzigen Zeitpunkt fehl am Platze gewesen.

«Ist Ihnen Migson je im *Marquesa's* über den Weg gelaufen?»

Er hatte die Frage erwartet.

«Ja. Nur aus Interesse – woher wissen Sie das? Von der Polizei?»

«Ich denke nicht, daß die Polizei darüber Bescheid weiß. Aus Migsons Kleidern fiel eine Eintrittskarte. Ich war gestern abend dort und erkannte eine Melodie wieder, die Sie im Theater einmal gepfiffen haben.»

«Haben Sie sich amüsiert?»

«Ich war ziemlich überrascht.»

«Sie sind also nie zuvor mit Transvestiten in Berührung gekommen?»

Im Kopf ging ich meine lateinischen Vokabeln der Reihe nach durch und gelangte schließlich ans Ziel.

«Heißen sie so? Nein, ich glaube nicht.»

Im stillen dachte ich allerdings an einige Freunde meiner Tante – von nun an würde ich zumindest meine Zweifel haben.

«Falls es Sie interessiert – ich bin keiner. Doch existieren … Kreise, die sich überschneiden. Einer der Orte, an denen sie sich überschneiden, ist das *Marquesa's.*»

«Sie sind keiner, aber Migson war einer?»

«Ja, Migson war einer.»

«Waren Sie mit ihm befreundet?»

«Absolut nicht. Ich konnte den Mann nicht leiden. Ich war ihm erst zweimal begegnet, beide Male im *Marquesa's* und in Begleitung anderer Leute, bevor er vor drei Tagen auf der Probe erschien.»

«Wußten Sie, daß er für den *Lord Chamberlain* arbeitete?»

«Nein, doch vielleicht hätte ich es erraten müssen.»

«Wann haben Sie ihn im *Marquesa's* zum letzten Mal getroffen?»

«Ungefähr vor zwei Wochen, unmittelbar nach dem Probenbeginn für das *Cinderella*-Stück.»

«Sprachen Sie über das Thema?»

«Es war allgemein Thema unseres Gesprächs, da ich mich unter lauter Theaterleuten befand. Migson erwies sich bei der Unterhaltung als ausgesprochen neugierig.»

«Fanden Sie das merkwürdig?»

Er schüttelte den Kopf.

«Nein, denn in London wimmelt es von Typen wie ihn, simple Burschen, die süchtig nach den Brettern sind, die die Welt bedeuten, und sich wie die Kletten jedem auf die Spur heften, der auch nur im entferntesten nach Bühnenschminke riecht.»

«Sie waren demnach baß erstaunt, als er im *Crispin Theatre* auftauchte und behauptete, ein Repräsentant des *Lord Chamberlain* zu sein.»

«Ja.»

Colvin begab sich an den Tisch und schenkte sich eine zweite Tasse Kaffee ein, welcher allerdings mittlerweile ziemlich kalt geworden sein mußte. Seine Hände zitterten leicht.

«Sie sagten, er ‹behauptete›. Heißt das, er war gar keiner?»

Ich erzählte ihm von den Ungereimtheiten, was Migsons tatsächliche Aufgabe betraf. Er lauschte aufmerksam und nickte dann vielsagend.

«Das erklärt einiges.»

«Was denn?»

«Es war seine große Chance, sich einige Tage lang in einem Theater aufzuhalten, hinter der Bühne, mit den Schauspielern.»

«Und das ist alles?»

Er antwortete nicht. Ich ließ ihn einige kräftige Schlucke Kaffee nehmen, bevor ich meine nächste Frage stellte.

«Hat Migson Sie erpreßt?»

Er blickte mir direkt ins Gesicht und schüttelte langsam den Kopf.

«Nein.»

«Haben Sie ihn ermordet?»

«Nein.»

«Warum versuchten Sie dann, sich umzubringen?»

Ein Achselzucken und eine lange Pause vor der nächsten Antwort.

«Wenn etwas Derartiges passiert, sickern eine ganze Menge Dinge durch, gleichgültig, ob sie mit dem tatsächlichen Ereignis zu tun haben oder nicht. Als jener Polizeiinspektor mich vernahm, spürte ich, daß er etwas über mich wußte oder zumindest ahnte.»

«Aber sofern Ihr Privatleben mit dem Mord und den Mordmotiven nichts zu tun hätte, würde das doch gar keine Rolle spielen.»

«Vor dem Gesetz haben wir kein Privatleben. Sie wissen doch, wie man mit Oscar Wilde umgesprungen ist.»

«Das war finsterstes Mittelalter.»

Erneutes Achselzucken.

«Aber Realität.»

«Und weil Sie sich davor fürchteten, was bei der Morduntersuchung möglicherweise über Sie ans Licht kommen würde, versuchten Sie, sich umzubringen?»

Die leere Tasse baumelte von seinen Fingern herab.

«Manchmal fühlt man sich so … so erschöpft, daß man sich fragt, ob es die ganze Mühe lohnt. In dieser Stimmung muß nur noch eine Kleinigkeit dazwischenkommen, und dann …»

Seine Stimme versagte. Mit einem ärgerlichen Ruck dehnte er seine Schultern.

«Sie sagten doch, daß Migson Sie nicht erpreßte.»

«Tat er auch nicht. Ich bezweifle außerdem, daß er genug über mich gewußt hätte. Außerdem war nicht ich der Fisch, den er fangen wollte.»

«Wer dann?»

Er hatte zu Boden gestarrt, doch nach dieser Frage blickte er mir wieder ins Gesicht.

«Was schert Sie das alles? Werden Sie dem Inspektor davon berichten?»

«Mich interessiert nur, wer Migson umgebracht hat. Ich werde dem Inspektor nichts erzählen, nein. Außer ich sehe mich dazu gezwungen.»

«Was kümmert Sie der Unglücksrabe?»

«Nehmen wir einmal an, der oder die Falsche werden beschuldigt.»

«Wir alle werden wegen der falschen Dinge beschuldigt, und für die richtigen wird uns niemals verziehen … – Ich brauche mehr Kaffee.»

Ich sah ihm zu, während er ihn brühte. Draußen war es immer noch dunkel, aber auf der Straße herrschte bereits reger Verkehr; man hörte Hufgetrappel und Räderknarren. Auch das Haus erwachte allmählich zu neuem Leben. Die Menschen unter uns begannen sich zu rühren. Im Zimmer hätte man erfrieren können. Colvin setzte sich und wartete darauf, daß der Kaffee dies ebenfalls tat.

«Sprachen Sie mit Migson, nachdem er im Theater aufgetaucht war?»

«Nein, ich hielt mich bewußt von ihm fern.»

«Waren Sie je mit ihm allein?»

«Nur einmal, und völlig allein waren wir in dem Moment auch nicht.»

«Erzählen Sie mir davon.»

Er wartete, bis er sich Kaffee eingegossen hatte.

«Erinnern Sie sich an die Szene, bei der das Publikum uns störte? Silvester Bonnet und ich waren die letzten beiden auf der Bühne.»

Ich vergegenwärtigte mir die Situation. Er hatte recht. Erst verließ Cinderella die Bühne, danach der Märchenprinz, so daß Dandini einige Worte mit Buttons wechseln konnte.

«Ich ging ab und mußte dringend zur Toilette, daher war mir in dieser Sekunde vollkommen egal, was sich im Zuschauerraum abspielte.»

Ich erinnerte mich, daß sich sowohl die Damen- als auch die Herrentoiletten auf einem kleinen Flur zwischen der Bühne und dem Garderobenkorridor befanden.

«Ich beeilte mich sehr. Währenddessen bemerkte ich, daß ich in der Toilette nicht alleine war. In der Ecke befinden sich zwei Kabinen, und aus jener Richtung vernahm ich Stimmen. Zwei Männer, die miteinander sprachen. Die eine Stimme gehörte Migson. Als er an mir vorüberrannte, stand ich immer noch am selben Fleck.»

Ich wagte kaum zu atmen. Wenn das stimmte, hatte Migson zu diesem Zeitpunkt noch knapp zehn Minuten zu leben. Ich wartete darauf, daß Vincent Colvin weitersprach, mußte ihn jedoch letztlich dazu auffordern.

«Was trug Migson?»

«Bella Flanagans Kostüm. Das aus Pelz und blauem Leder, mitsamt dem Hut.»

«Hat er irgend etwas zu Ihnen gesagt?»

«Nein. Er starrte mich bloß an und lief hinaus. Er war in einer verheerenden Stimmung, weinte beinahe.»

«Er redete also mit jemandem in der Kabine. Erkannten Sie die Stimme?»

«Ja.»

«Wessen Stimme war es?»

Sekundenlanges Zögern.

«Die von Charles Courts.»

Er sah mich nicht an, während er den Namen ohne jede Betonung, die eine Bewertung hätte ausdrücken können, aussprach.

«Worüber sprachen die beiden?»

«Charles forderte ihn auf, aus dem Theater zu verschwinden. Migson wiederholte ein ums andere Mal, daß er keinen Schaden anrichten würde.»

«War Charles wütend?»

«Ja.»

«Haben Sie mit ihm geredet?»

«Nein. Als ich hinausging, befand er sich noch in der Kabine. Er wußte mit Sicherheit nichts von meiner Anwesenheit.»

«Und Migson?»

«Als ich mich wieder korrekt angekleidet hatte und hinausging, war er nirgendwo mehr zu sehen.»

«Was taten Sie dann?»

«Ich begab mich in meine Garderobe und blieb dort, bis der nächste Auftritt ausgerufen wurde.»

«Sind Sie sicher, daß es Charles' Stimme war, die Sie im Toilettenraum hörten?»

«Ganz sicher. Wir hatten – wie Sie wissen – gerade zwei Wochen miteinander geprobt.»

«Was halten Sie von Charles?»

«In bezug auf seinen Charakter oder auf sein Talent?»

«Beides.»

«Er ist ein fähiger Schauspieler. Ich habe weder viel für ihn übrig noch viel gegen ihn. Angenehmer Zeitgenosse, unkomplizierter Kollege – aber wir leben in völlig unterschiedlichen Welten.»

Unten im Haus fiel krachend eine Tür ins Schloß. Ein Bäkkerwagen fuhr vorbei; der Duft von warmem, frischem Brot zog von der eisigen Straße herauf.

«Was gedenken Sie nun zu tun, Miss Bray?»

«Wenn ich das nur selber wüßte.»

Viel Farbe hatte er nie im Gesicht gehabt, doch jetzt wirkte er zumindest halbwegs lebendig. Meiner Ansicht nach bedeutete es kein Risiko, ihn alleine zu lassen.

«Sie versuchen es hoffentlich nicht noch einmal.»

Er bedachte mich mit einem schiefen Lächeln.

«Nein, dieses Mal nicht mehr. Ich füge mich dem Urteil der Götter, auch wenn die Aktionäre des Gaswerks deswegen weniger Rendite erzielen.»

Er geleitete mich die Treppe hinunter und hielt die Eingangstür für mich auf. Der Morgen dämmerte. Als ich die Stufen zur Straße hinunterstieg, stand er im Türrahmen und hob grüßend eine Hand.

«Ich wünsche Ihnen eine gute Jagd ...»

Und setzte nach einer gezielten Kunstpause hinzu: «... das glaube ich jedenfalls.»

16

Mir war vor lauter Erschöpfung beinahe übel gewesen, doch die frostige Morgenluft weckte meine Lebensgeister zumindest so weit, daß ich über Vincent Colvins Frage nachdenken konnte, was ich nun tun sollte. Heim und Bett lockten, doch als ebenso dringend erwies sich das Bedürfnis herauszufinden, wie weit die Polizei mit ihren Nachforschungen gekommen war. Zum *Crispin* zu gehen, hatte zu dieser frühen Stunde keinen Sinn. Weil aber Shaw, wie ich wußte, Frühaufsteher war, lief ich durch *High Holborn* und schlängelte mich zwischen den Gemüsekarren am *Covent Garden* hindurch, bis ich seine Wohnung in *Adelphi Terrace* erreichte. Judy, seine Sekretärin, öffnete mir die Tür. Sie wirkte angespannt.

«Er hat gerade Besuch von einem Polizeiinspektor.»

Sie bemühte sich nach Kräften, die Ruhe zu bewahren.

«Sieht er aus wie ein Frosch?»

«Ja, das ist er.»

«Wann traf er hier ein?»

«Vor zehn Minuten. Er hatte dringend etwas mit Mr. Shaw zu bereden.»

Ich hielt es für ratsam, mich sofort zu den beiden zu gesellen. Judy geleitete mich in Shaws Arbeitszimmer. Er saß hinter seinem Schreibtisch und hatte wahre Berge von Briefen vor sich. Inspektor Merit hockte ein wenig unbeholfen in einem Lehnstuhl und balancierte Hut nebst Handschuhen auf seinen Knien. Shaw schien über meinen Anblick hocherfreut.

«Guten Morgen, Nell. Ich gestand dem Herrn Inspektor soeben, daß ich Migson aus Vergeltung für all das ermordete, was der *Lord Chamberlain* in der Vergangenheit mit meinen Theaterstücken angestellt hat.»

Der Inspektor lächelte unsicher.

«Mr. Shaw beliebt zu scherzen.»

«Aber mitnichten. Und da Migson im Dienst der königlichen Krone stand, handelt es sich nicht um bloßen Mord, sondern um Hochverrat. Werden Sie meiner Exekution auf dem *Tower Hill* beiwohnen, Nell?»

Ich erwiderte, daß ich nach Kräften versuchen würde, mich durch die jubelnden Massen zu zwängen. Shaws Bedrücktheit war unverkennbar.

Der Inspektor warf mir einen flehentlichen Blick zu.

«Ich erkundigte mich gerade bei Mr. Shaw, ob er Charles Courts' derzeitigen Aufenthaltsort kennt.»

«Und ich erklärte dem Herrn Inspektor im Gegenzug, daß Charles Courts' Aufenthaltsort nur ihn etwas angeht.»

In Anbetracht dessen, was ich soeben von Vincent Colvin erfahren hatte, empfand ich die Frage des Inspektors als äußerst besorgniserregend.

«Im Ernst, Mr. Shaw – falls Sie wissen, wo Mr. Courts sich momentan befindet, ist es Ihre Pflicht, mir darüber Auskunft zu erteilen.»

«Selbst wenn ich es wüßte, bezweifle ich, daß mir eine derartige Pflicht obliegen würde. Doch ich stecke zum Glück nicht in dieser Zwickmühle, da ich es nicht weiß.»

Der Inspektor richtete seine müden Äuglein auf meine Wenigkeit.

«Und Sie, Mis Bray?»

«Keine Ahnung. Ich traf ihn zuletzt gestern morgen, kurz nachdem er seine Strafe im Polizeigericht an der *Marlborough Street* gezahlt hatte.»

«Und wo genau sahen Sie ihn zum letzten Mal?»

«Am *Marble Arch.*»

«Wissen Sie, wohin er von dort aus ging?»

«Nein.»

Shaw wirkte mehr als beunruhigt. Wie auch hätte er von Charles' spektakulärem Auftritt vor Lord Penwardines Haus erfahren sollen? Der Inspektor hingegen wußte vermutlich längst Bescheid.

«Begab Mr. Courts sich zu seiner Wohnung?»

«Das weiß ich nicht. Ich weiß nicht einmal, wo er wohnt.»

«In *Maida Vale.* Einer meiner Männer war heute früh dort, doch keine Spur von Courts. Seine Haushälterin gab an, er sei letzte Nacht nicht nach Hause gekommen.»

Kummervoll blickte er von Shaw zu mir und wieder zurück, als könnten wir Charles herbeizaubern, wenn wir es nur wirklich versuchten.

«Warum wollen Sie das überhaupt wissen?», fragte Shaw schließlich. «Sie haben ihn doch bereits vernommen, als sie auch uns verhörten.»

«Seitdem haben sich ... gewisse Entwicklungen ergeben.»

Er erwartete offensichtlich, daß wir nachfragten. Shaw überließ es mir.

«Welche Art von Entwicklungen?»

Der Inspektor veränderte seine Sitzhaltung.

«Hatten Sie beide eine Ahnung davon, daß Mr. Courts und Mr. Migson sich kannten?»

«Ich interessierte mich ausschließlich für seine schauspielerischen Fähigkeiten, Herr Inspektor, nicht für seinen Bekanntenkreis.»

«Die Antwort lautet also nein?»

«Meine Antwort lautet nein.»

Er wandte sich an mich. Ich wich aus.

«Sie meinen, bevor Mr. Migson auf der Generalprobe erschien?»

Ein kurzes Kopfnicken. Ich wählte meine Formulierung sehr sorgfältig.

«Soweit ich wußte, begegneten sie einander in diesem Augenblick zum ersten Mal.»

Er schüttelte den Kopf.

«Im Lichte dessen, was wir mittlerweile herausgefunden haben, erscheint dies höchst unwahrscheinlich.»

Ich dachte, er halte meine Antwort für unwahrscheinlich, hielt aber glücklicherweise meinen Mund und ließ ihn fortfahren.

«Die Colleges in Cambridge sind, soviel ich weiß, nicht besonders groß. Es ist wenig wahrscheinlich, daß zwei junge Herren während zweier Jahre zur selben Zeit dasselbe College besuchen, ohne einander je zu begegnen.»

Das war eine echte Überraschung, und zwar aus einer unerwarteten Richtung.

«Haben Charles Courts und Matthew Migson dasselbe College besucht?»

Er nickte.

«Bis jetzt konnten wir über Mr. Migsons Vorleben erstaunlich wenig in Erfahrung bringen. Doch natürlich besitzt die Kanzlei des *Lord Chamberlain* noch den Brief, mit dem er sich ursprünglich um eine Anstellung bewarb. Darin wird ein bestimmtes College erwähnt. Wir forschten weiter und erfuhren, daß Mr. Migson in der Tat drei Jahre lang dort studierte. Mr. Courts war einen Jahrgang über ihm, was – sofern ich mich jetzt nicht völlig dumm anstelle – den Schluß nahelegt, daß sie während zweier Jahre gemeinsam an diesem College gewesen sein müssen.»

Wir schwiegen.

«Überrascht Sie das, Miss Bray?»

Warum richtete er seine Aufmerksamkeit so gezielt auf mich? Ich bemühte mich um einen möglichst stoischen Gesichtsausdruck und antwortete wahrheitsgemäß mit Ja, wobei ich mich insgeheim fragte, ob er schon vom *Marquesa's* oder von der Auseinandersetzung in der Herrentoilette wußte. Vermutlich nicht, sonst hätte er sich gewiß gleich danach erkundigt.

«Verstehen Sie nun, warum wir uns dringend ein zweites Mal mit Mr. Courts unterhalten möchten? Unter anderem wüßten wir gerne, weshalb er diesen Umstand unerwähnt ließ.»

Ich auch, dachte ich. Genauso wie Shaw war ich froh, daß ich wirklich nicht wußte, wo Charles sich derzeit befand.

Der Inspektor fuchtelte mit seinem Hut und seinen Handschuhen herum; dabei glotzte er Shaw und mich mit seinen traurigen Froschaugen an. Nach einer langen Pause, in der kein einziges Wort fiel, erhob er sich schließlich und entschuldigte sich bei Shaw für die Störung.

«Falls irgendeinem der Herrschaften etwas einfällt, das mir weiterhelfen könnte – sie finden mich bei *Scotland Yard*, gleich um die Ecke.»

Wir hörten, wie Judy ihn zur Haustür führte. Shaw und ich wechselten stumme Blicke.

«Was werden Sie wegen Bella unternehmen, Nell?»

«Wieso ich?»

«Weil Sie auf sie aufpassen sollten.»

«Ich dachte, die Aufgabe hätte inzwischen ihr Gatte übernommen.»

Die Neuigkeit versetzte ihm einen Schock. Ich hatte fälschlicherweise angenommen, daß er – wie offenbar der Rest der Welt – über Bellas Rückkehr ins eheliche Heim schon Bescheid wußte. Später erfuhr ich von Judy, daß Shaw sich am Vortag fieberhaft in die Arbeit gestürzt hatte, um den Mord an Migson zu vergessen. Doch nun wurde ihm allmählich klar, daß die Ereignisse sich nicht einfach in Luft auflösen würden.

«Warum hat sie das getan?»
«Ich weiß es nicht.»
«Irgend jemand muß sie warnen.»
«Weil die Polizei mit Charles reden will?»
Ich hatte wohl bemerkt, daß er das Wort «warnen» benutzte.
«Hat Charles Courts den Mann umgebracht?»
Ich blieb ihm eine Antwort schuldig und grübelte darüber nach, ob ich ihm vom *Marquesa's* und Vincent Colvins Selbstmordversuch erzählen sollte. Am Ende entschied ich mich dagegen. Ich kannte kaum jemanden mit einem so scharfen, hellsichtigen Verstand wie Shaw, doch auch in seinem Hirn gab es einige blinde Flecken. Die Geschichte vom *Marquesa's* würde ihn beunruhigen und verwirren, da er sie nicht begreifen würde, und was Vincent betraf: Ihm hatte ich, zumindest halbwegs, Stillschweigen versprochen.
«Ach, zum Teufel mit ihnen allen! Ich habe zu arbeiten. Wir alle haben zu arbeiten. Selbst wenn man herausfindet, wer den jämmerlichen kleinen Kerl ermordet hat – davon wird er nicht wieder lebendig. Ganz im Gegenteil, es würde jemand anderen töten.»
Wir starrten einander an. Er bereute es, diese beängstigende, aber reale Vorstellung durch seine Worte heraufbeschworen zu haben, und versuchte deshalb, sie durch eine kecke, lässige Bemerkung wieder zu verscheuchen, wobei er mit der Hand wedelte, als befände er sich auf Fliegenjagd.
«Sie können Charles unmöglich hängen. Er ist wirklich kein schlechter Schauspieler, selbst wenn man wegen seines Aussehens Abstriche machen muß. Ich gebe denen mit Kußhand eine Liste mit einem halben Dutzend Schauspieler, die es viel eher verdienten, gehängt zu werden.»
«Steht Vincent Colvin auf der Liste?»
«Mit Sicherheit nicht. Er ist wesentlich gewandter und talentierter als Charles.»

«Kennen Sie ihn gut?»

«Er hat in drei von meinen Stücken mitgespielt. Einer der intelligentesten Schauspieler, mit denen ich es je zu tun hatte.»

Nein, ich würde Shaw nicht erzählen, was sich in der vergangenen Nacht zugetragen hatte.

Ich stand auf. Als er mich nach meinen Plänen für den Tag fragte, antwortete ich, daß ich vermutlich erst einmal nach Hause gehen würde.

«Kommen Sie am *Crispin Theatre* vorbei? Ich möchte dort etwas für Sylvia Bonnet hinterlegen.»

Ich bot an, es mitzunehmen. Er reichte mir einen Umschlag, der sich anfühlte, als steckten Geldscheine darin.

«Sagen Sie dem Pförtner bitte, daß der Umschlag nur an Sylvia ausgehändigt werden darf, nicht an Silvester. Sie ist eine anständige, fleißige Frau und kann nichts dafür, daß sie ihren Mann nicht vom Trinken abzuhalten vermag.»

Es war typisch für Shaw, großzügig zu sein, sich allerdings gleichzeitig dafür zu schämen. Als Judy mich hinausgeleitete, spürte ich deutlich, wic erleichtert sie war, daß man bisher keinen von uns verhaftet hatte.

Das *Crispin Theatre* hatte über Nacht eine Wandlung durchgemacht. Während Shaws Truppe sich dort tummelte, herrschte in dem Theater eine geradezu intellektuelle, bedeutsame Atmosphäre. Nun hingegen waren die Vorbereitungen zu einem Opus namens *Minnesota Minny* in vollem Gang; das *Crispin* glich daher auf einmal einer Mischung aus Zirkus und Flüchtlingslager. Vor dem Bühneneingang standen jede Menge Terrier mit ihren Herrchen Schlange; später erfuhr ich, daß sie es alle auf die Schlüsselrolle des Hundes für den Protagonisten des Stückes abgesehen hatten. Als ich eintrat, versicherte der Pförtner soeben einem hochgewachsenen Kerl in Lederhosen, daß die Lassowerfer erst nach der Mittagspause vorgelassen werden würden. Gleichzeitig schickte er einige

Terrier, die versucht hatten, sich vorzudrängen, zurück in Reih und Glied. Er wirkte wesentlich heiterer als bei unserem letzten Zusammentreffen. Als ich ihm den Umschlag für Sylvia übergeben wollte, teilte er mir mit, daß ich sie auf der Bühne finden würde.

«Sie spricht für die Rolle von Minnys Mutter vor.»

Wieder einmal lief ich durch den mir mittlerweile sattsam bekannten Korridor zur Hinterbühne. Da die *Cinderella*-Kulissen und der Ballon verschwunden waren, wirkte das Häuflein Frauen, welches in dem nunmehr riesenhaften Bühnenraum stand, wie eine Gruppe von Zwergen. Eine von ihnen war Sylvia. Als sie mich erspähte, winkte sie mir zu, legte aber warnend einen Finger auf die Lippen. Ich begriff, daß ich mich ruhig verhalten und auf sie warten sollte. So blieb ich, wo ich war, während drei Schauspielerinnen zur Begleitung eines gelangweilten Pianisten ihre Lieder vortrugen, mit denen sie sich um eine Rolle bewarben. Sylvia folgte als vierte und war meiner Meinung nach weitaus die beste, erntete jedoch lediglich ein brüskes: «Danke, Sie hören von uns.» Der Sprecher war nichts weiter als ein Schatten im Parkett. Jetzt kam sie auf mich zugelaufen; im Gehen knöpfte sie ihren Mantel zu und rollte ihre Noten zusammen.

«Das wäre geschafft. Wollten Sie zu mir?»

«Mr. Shaw bat mich, Ihnen dies zu übergeben.»

Als sie die Banknoten in dem Umschlag ertastete, nahm ihr Gesicht einen eigenartigen, halb erleichterten, halb beschämten Ausdruck an.

«Das hätte er nicht zu tun brauchen. Wir sind für die ganze Woche bezahlt worden.»

«Keine Sorge, er kann es sich leisten.»

«Sie sehen genauso abgekämpft aus, wie ich mich fühle. Möchten Sie auf eine Tasse Kaffee mit zu uns kommen? Wir wohnen gleich am Ende der *St. Martin's Lane*.»

Ihre bescheidene Heimstatt befand sich über einer Bühnenkostümschneiderei in einem der vielen Gäßchen zwischen der *St. Martin's Lane* und *Charing Cross Road.* Die Wohnküche war sauber und ordentlich, aber sehr schmucklos eingerichtet und kaum wärmer als die Luft draußen. Sylvia kniete nieder, um im Ofen ein Feuer zu entfachen.

«Heute morgen, bevor ich das Haus verließ, machte ich mir nicht die Mühe zu heizen, und Silvester wird vermutlich erst spät zurückkommen.»

Sie servierte mir heißen Milchkaffee, verschwand kurz und kehrte nach wenigen Minuten mit einer Tüte warmer klebriger Korinthenbrötchen frisch aus der Bäckerei zurück.

«Glauben Sie, daß Sie die Rolle bekommen?»

«Ach, mich stecken sie in den Chor; außerdem läßt man mich die Rolle vermutlich einstudieren, damit ich notfalls einspringen kann. Silvester könnte den Part des Barkeepers in einem Komikerclub ergattern, sofern er nüchtern bleibt.»

Wir saßen einträchtig vor dem Feuer, tranken Kaffee und verspeisten Korinthenbrötchen.

Versuchsweise erkundigte ich mich: «Ich habe mich kürzlich ausführlich mit Vincent Colvin unterhalten.»

«Tatsächlich? Wie geht es ihm?»

Ihre Stimme klang vollkommen neutral.

«Ihn bekümmert das Vorgefallene ziemlich. Wir sprachen darüber, was während der langen Unterbrechung der Vorstellung geschah. Er sagte, er sei während der ganzen Zeit in seiner Garderobe geblieben.»

Sie erwiderte prompt: «Wir auch, und zwar zusammen in Silvesters Garderobe. Sobald er von der Bühne abgegangen war, wußte ich, daß es eine Weile dauern würde, bis es weitergehen würde, falls überhaupt. Ich wollte ihm keine Gelegenheit geben, zu entscheiden, es sei genügend Zeit dafür, sich schnell in ein Wirtshaus zu verdrücken. Deshalb erwartete ich ihn in seiner Garderobe, schloß die Tür hinter ihm ab und steckte den Schlüssel in meine Tasche.»

«War er darüber verärgert?»

«Zunächst tat er so.»

«Und blieben Sie beide die ganze Zeit über in seiner Garderobe?»

«Ja. Wir hielten es für völlig ungewiß, ob das Stück fortgesetzt werden würde oder nicht. Deshalb beschlossen wir, es uns zumindest gemütlich zu machen, während man draußen versuchte, Ordnung zu schaffen. Das heißt, wir machten es uns gemütlich, nachdem Silvester damit fertig war, den Empörten zu spielen.»

Sie lächelte in sich hinein, so als bereite ihr die Erinnerung daran, mit ihrem Mann in eine Garderobe eingesperrt gewesen zu sein, durchaus Vergnügen.

«Dem Inspektor erzählten wir, daß wir Karten gespielt hatten. Unser eigentliches Spiel sah zwar ein wenig anders aus, war aber doch ganz ähnlich.»

Auf der Treppe waren schwere Schritte zu vernehmen. Sylvia erhob sich eilends von ihrem Stuhl. Die Tür flog auf; im Türrahmen stand Silvester Bonnet, mit Hut, Schal und Mantel. Hinter ihm drang ein kalter Luftschwall ins Zimmer.

«Sylvia, mein Liebes, wir brauchen uns keine Sorgen mehr zu machen. Sie ließen ihn gestern laufen, zumindest das wäre also in Ordnung.»

17

Als er mich bemerkte, veränderte sich sein Auftreten schlagartig.

«Verehrte Dame, entschuldigen Sie bitte. Ich habe Sie im ersten Moment nicht bemerkt.»

Mit dramatischer Geste beugte er sich über meine Hand und küßte sie formvollendet. Sylvia kicherte und meinte: «Du alter Narr!»

Aber ihr Kichern klang nervös, und sie beobachtete mich verstohlen von der Seite, um herauszufinden, wie Silvesters Auftritt auf mich wirkte.

«Korinthenbrötchen! Wolltest du die etwa ganz allein verspeisen, du gieriges Geschöpf?»

Er stürzte sich auf die restlichen zwei, nahm in jede Hand eines und biß abwechselnd davon ab. Mit kugelrunden, rollenden Augen mimte er auf vollendet komische Weise den Unersättlichen. Sylvia stellte sich unmittelbar vor ihn und versetzte ihm einen leichten Stoß gegen die Brust. Sie boten ein Bild des perfekten Eheglücks; es war mir allerdings nicht entgangen, wie sie blitzschnell und heimlich den Umschlag mit den Geldscheinen verschwinden ließ, als er den Raum betrat.

Sie kicherte erneut. «Du hast getrunken.»

«Nur ein halbes Gläschen, Liebes. Falsche Freunde versuchten gar, mich zu einer zweiten Runde zu überreden, aber ich weigerte mich standhaft. Ich ließ sie wissen, daß sie ihrer verruchten Trunkenheit ohne das Vergnügen meiner Gegenwart zu frönen hätten, weil zu Hause die süßeste kleine Frau im ganzen weiten Erdenrund auf mich warten würde.»

Ich unterbrach die rührende Szene: «Wen ließ man gestern laufen?»

Er versuchte, meine Frage zu ignorieren, indem er seine Stirn in übertriebene Dackelfalten legte und so tat, als habe er nicht den geringsten Schimmer, wovon ich redete. Sylvia indessen gab ihre falsche Ausgelassenheit sofort auf und setzte sich mit einem schweren Seufzer am Feuer nieder.

«Silvester, sag es ihr. Miss Bray kennt sich mit diesen Dingen besser aus als wir. Sie wird uns sicherlich einen guten Rat geben können.»

«Es gibt nichts, weswegen sie uns beraten müßte. Ich sagte doch bereits, daß sie ihn gestern laufenließen. Das hätten sie gewiß nicht getan, wenn er den armen Wurm ermordet hätte.»

«Ich vermute, Sie sprechen von Piggy Ditchbrake», warf ich ein.

Dabei blickte ich unverwandt zu Sylvia hinüber. Sie nickte, während Silvester schwieg. Er stand immer noch in Hut und Mantel da.

«Es wäre wirklich gut, wenn Sie mir alles erzählen würden.»

«Da gibt es nicht viel zu erzählen.»

Doch sein Ton hatte sich verändert; er wirkte auf einmal still und betrübt. Silvester zog einen hölzernen Schemel unter dem Tisch hervor, setzte sich und holte tief Luft.

«Was wissen Sie über diesen Piggy Ditchbrake?»

«Er ist eng mit Lord Penwardine befreundet, also mit Bellas Ehemann», erwiderte ich. «Außerdem war er bei der Premiere der größte Störenfried von allen. Und nach dem Mord an Migson entdeckten wir ihn hinter der Bühne.»

«Sie verstehen doch sicher, Miss Bray, daß ich all das nicht wissen konnte. Zumindest nicht, als ich ihn kennenlernte.»

«Wann und wo lernten Sie ihn kennen?»

Sylvia antwortete verdrießlich: «In einer Schankwirtschaft, wo sonst?»

Silvester blickte sie vorwurfsvoll an.

«Ich traf ihn, wie meine Frau bereits sagte, zum ersten Mal in einem Gasthaus gegenüber des *Crispin Theatre*, und zwar wenige Tage nach Probenbeginn, also vor zwei Wochen.»

«Und weiter?»

«Eigentlich passierte weiter gar nichts, bis auf ...»

Sylvia unterbrach ihn leise, aber bestimmt.

«Jetzt erzähl Miss Bray endlich, was du getan hast.»

Silvester verfiel in einen weinerlichen Tonfall.

«Was ich getan habe? Wenn man dich reden hört, könnte man meinen, ich hätte die halbe Königliche Marine an den deutschen Kaiser verscherbelt. Dabei wollte er nichts weiter, als für eine Weile mein Textbuch ausleihen.»

«Vor zwei Wochen bat Piggy Ditchbrake Sie also darum, daß Sie ihm ihr *Cinderella*-Exemplar ausleihen würden. Woher wußte er, daß Sie eines besaßen?»

Silvester bedachte seine Frau mit einem hilfesuchenden Blick, doch er biß auf Granit.

«Die Zeitungen waren wegen Lady Penwardine doch voll davon. Zufällig kamen wir in der Kneipe ins Gespräch. Er wußte, daß ich mitspielte, weil der Wirt eine entsprechende Bemerkung gemacht hatte. Er sagte mir, wie sehr er das Werk George Bernard Shaws bewundere ...»

«Ein Kerl wie Piggy Ditchbrake! Ließ Sie das nicht stutzig werden?»

«Wieso? Ganz unterschiedliche Leute mögen Shaws Stücke. Mich juckte es nicht weiter, daß er sich das Textbuch übers Wochenende ausleihen wollte, um darin zu schmökern.»

«Hat er Sie dafür bezahlt?»

«Schon möglich, daß einige Pfundnoten den Besitzer wechselten. Die kann man nämlich manchmal gut gebrauchen. Sie wissen schon, zum Beispiel als Trinkgeld für Lakaien und andere Dienstboten.»

Er machte eine großspurige Geste mit der Hand, so als sei er ein Lord, der Geld unter die Leute verteilte. Sylvia schlug die Augen nieder und starrte auf ihre Handtasche auf dem Tisch.

«Sie glaubten vermutlich, daß er den Text ohne Urheberrecht ins Ausland verhökern wollte», meinte ich.

Aus den Augenwinkeln bemerkte ich, wie Sylvia nickte. Silvester blieb stumm, doch aus seinem Schweigen schloß ich, daß ich recht gehabt hatte. Dank meinen Übersetzungstätigkeiten wußte ich über derlei literarische Raubzüge Bescheid.

«Wann dämmerte Ihnen, daß er im Grunde etwas ganz anderes plante?»

Silvester antwortete äußerst kleinlaut: «Erst als die Zwischenrufe im Zuschauerraum losgingen.»

«Hatte Piggy Ihnen das Manuskript zurückgegeben?»

«Ja, gleich am Montag morgen, in derselben Gastwirtschaft. Genau, wie wir es vereinbart hatten. Ich sah ihn nicht mehr wieder, bis ich Sie am Premierenabend vor dem Theater vor seinen ungebetenen Liebenswürdigkeiten retten mußte.»

«Es kam mir tatsächlich so vor, als wären Sie beide einander nicht unbekannt.»

«Ich ließ nichts durchblicken, weil ich befürchtete, einen Fehler begangen zu haben. Doch zu dem Zeitpunkt hatte es bereits keinen Sinn mehr, über verschüttete Milch zu weinen.»

«Vermutlich haben Sie dem Inspektor kein Wort davon erzählt.»

«Nein.»

Eine Zeitlang sprach keiner von uns dreien. Dann fragte Sylvia mit ruhiger Stimme:

«Müssen Sie Mr. Shaw hiervon in Kenntnis setzen? Er hat uns stets sehr gut behandelt.»

«Nicht, wenn es sich vermeiden läßt. Dennoch erklärt diese Geschichte mir noch nicht, warum Silvester so erleichtert war, als er von Piggys Freilassung aus der Haft erfuhr.»

«Wenn die Polizei ihn nicht hätte laufen lassen, hätte ich denen womöglich erzählen müssen, daß ich ihn kurz nach Migsons Ermordung hinter der Bühne sah. In diesem Fall hätte man wissen wollen, woher ich ihn kannte, und dann wäre alles ans Licht gekommen.»

«Wann genau sahen Sie ihn hinter der Bühne?»

«Unmittelbar bevor das Stück weiterging, nach dem Tohuwabohu im Zuschauerraum. Man hatte uns bereits zu unserem Auftritt aufgerufen, deswegen mußte diese Dame hier endlich meine Garderobe aufsperren und mich hinauslassen. Ich lief den Korridor entlang; in dem Moment kam er aus einer leeren Garderobe und rannte mich beinahe über den Haufen. ‹Sie haben hier nichts verloren, Piggy›, sagte ich zu ihm. Er murmelte bloß ausweichend, er würde jemanden suchen. Ich war nicht sonderlich erfreut über seine Anwesenheit im Theater, konnte mich aber nicht länger mit ihm herumstreiten, weil man mich auf der Bühne erwartete. Deshalb ließ ich ihn einfach stehen. Das war das letzte Mal, daß ich ihn sah, bis die Polizei ihn aufstöberte.»

Und zu jenem Zeitpunkt war Migson wahrscheinlich schon seit einer Viertelstunde tot gewesen.

«Was hatte Piggy an?»

«Er trug einen Mantel; an einen Hut kann ich mich nicht erinnern.»

«Fragten Sie ihn, wen er suchte?»

«Dazu blieb keine Zeit. Außerdem glaubte ich, es erraten zu können.»

«Wen?»

«Die Person, um derentwillen der Ärger überhaupt anfing.»

Mit müder Stimme hub Sylvia an: «Du kannst ihr nicht an allem die Schuld geben …»

«Doch, das kann ich. Die feinen adeligen Leute haben genügend Platz in ihren Häusern, um ihre Probleme dort auszufechten; dafür brauchen sie sich nicht auch noch in unseren Theatern breitzumachen.»

«Sie vermuteten demnach, daß Piggy nach Bella Flanagan Ausschau hielt?»

«Ja, so heißt die Dame.»

«Er muß in einem unbeobachteten Moment durch den Bühneneingang ins Theater eingedrungen sein. Wußten Sie, daß wir ihn zuvor an die Luft befördert hatten?»

«Inzwischen weiß ich das, aber zum damaligen Zeitpunkt wußte ich es nicht.»

Plötzlich kauerte er sich breitbeinig auf den Flickenteppich vor dem Kamin. Sein Kopf befand sich nun auf der gleichen Höhe wie Sylvias Knie.

«Verstehen Sie jetzt, Miss Bray, daß es vollkommen unnötig gewesen wäre, dem Inspektor all das zu erzählen und mich selbst dadurch in Schwierigkeiten zu bringen? Schließlich hatte Ditchbrake mit dem Mord nichts zu tun.»

So, als ziehe er einen Schlußstrich unter das Gesagte, blickte er nun zu Sylvia empor, nahm ihre Hand und lächelte.

«Und jetzt verzeih deinem dummen Gemahl, und erzähle mir, wie es dir beim Vorsingen ergangen ist.»

«Ganz gut. Trotzdem wird wie jedesmal Brummie, die blöde Kuh, die Rolle bekommen. Das habe ich dir doch gleich prophezeit, als wir erfuhren, wer der Produzent ist, und …»

Ich überließ die beiden ihrem Theaterklatsch, verabschiedete mich und schloß leise die Tür. Mit ihrer Vermutung, daß es einen Spion gab, hatte Bella also recht behalten. Sie hat lediglich – zumindest in diesem Zusammenhang – auf den Falschen getippt, nämlich auf Migson. Mittlerweile war ich so müde, daß ich mich kaum mehr auf den Beinen halten konnte. Ich wollte nur noch nach Hause in mein Bett. Um zu der Untergrundstation am *Charing Cross* zu gelangen, mußte ich die Stelle passieren, an der die Straße Richtung *Crispin Theatre* abzweigte. An der Ecke erspähte ich ein vertrautes Gesicht mit hervorquellenden Augen unter einer pechschwarzen Hutkrempe. Ich ging sofort in Deckung, doch unglücklicherweise hatte er mich bereits entdeckt.

«Hallo, Miss Bray. Ich war soeben im Theater, um nachzusehen, ob nicht Mr. Courts zufällig heute dort vorbeigekommen ist. Aber ich hatte kein Glück.»

«Das wundert mich nicht, Herr Inspektor. Man probt dort nämlich ein neues Stück.»

«Das stimmt. Doch die Bühnenarbeiter sind dieselben geblieben.»

Der unerbittliche Ausdruck seiner Augen verlieh seinen Worten eine gewisse Schärfe. Sein Verhalten mir gegenüber war wesentlich kühler als vorhin in Shaws Studierzimmer.

«Ein Bühnenarbeiter setzte uns gerade über einen Vorfall in Kenntnis, über den man uns bereits vor sechsunddreißig Stunden hätte informieren sollen. Etwas, das sowohl Sie als auch der Rest der Truppe auf der Generalprobe miterlebt hatten, Miss Bray.»

«Ach wirklich? Um was handelt es sich denn?»

Doch ich wußte bereits, was er meinte.

«Gehe ich recht in der Annahme, daß Sie während Mr. Courts' Attacke auf Mr. Migson zugegen waren?»

«Ich würde es schwerlich eine Attacke nennen. Es geschah auf der Generalprobe. Die Nerven aller waren bis zum Zerreißen gespannt, was in dieser Situation völlig normal ist.»

«Ich kenne mich am Theater nicht sonderlich gut aus, Miss Bray. Kommt es bei Generalproben tatsächlich regelmäßig vor, daß Vertreter der Obrigkeit von Schauspielern geohrfeigt werden?»

Ich schwieg. Er wartete.

«Wissen Sie bestimmt nicht, wo Mr. Courts sich derzeit aufhält?»

«Das sagte ich Ihnen doch bereits.»

«Ich wiederhole meine Frage. Denn falls Sie es wüßten und mir nicht sagten, würde das ein schweres Vergehen darstellen.»

«Ach wirklich?»

«Jawohl. Gegen Mr. Courts wurde ein Haftbefehl erlassen. Er wird beschuldigt, Mr. Matthew Migson ermordet zu haben.»

Sein stierer Blick verweilte weitere fünf Sekunden auf meinem Gesicht. Dann drehte er sich um und ging unendlich gemessenen Schrittes davon. Kein Schauspieler hätte es geschickter anstellen können.

18

Ich fuhr nach Hause, denn ich wußte nicht, was ich sonst hätte unternehmen sollen. Ich fühlte mich elend und hundemüde, wollte nur noch schlafen und erst wieder aufwachen, wenn der Alptraum vorüber sein würde. In der Untergrundbahn nach *Hampstead* nickte ich wiederholt ein, wachte aber immer wieder dadurch auf, daß ich gegen die Schulter meiner Sitznachbarin sackte. Jedesmal galten meine ersten Gedanken beim Hochschrecken Bella und Charles.

Obwohl ich nur während drei Postzustellungen abwesend gewesen war, türmten sich wahre Briefberge auf der Fußmatte. Die Katzen veranstalteten eine Protestkundgebung auf dem Küchentisch. Ich legte die Post, ohne sie genauer durchzusehen, auf den Schreibtisch, trieb etwas gekochten Fisch für die Katzen auf und brühte mir selbst eine Tasse Tee, während die Tiere eifrig schmausten. Danach begehrten sie – wie es ihre Gewohnheit war – auf dem Weg vor dem Haus spazierenzugehen. Ich öffnete die Hintertür, um sie hinauszulassen, und lief mit ihnen zum anderen Ende des Gartenwegs und wieder zurück. Dabei versuchte ich, nicht zu denken. Das Beweismaterial gegen Charles verdichtete sich zusehends, auch wenn noch lange nicht alles logisch zueinanderpaßte. Bellas Verschwinden wirkte auf mich immer mysteriöser und beängstigender. Ich fragte mich, ob der Inspektor wußte, daß sie sich während der langen Unterbrechung der Vorstellung zeitweise nicht in ihrer Garderobe aufgehalten hatte.

Mittag war gerade vorüber, eine fahle Sonne versuchte vergeblich, den Frost zu vertreiben. Ich überließ sie ihrer Aufgabe und kehrte ins Haus zurück. Die Tür ließ ich einen Spalt offenstehen, damit die Katzen wieder hineinschlüpfen konnten. Ich entkleidete mich bis auf meine Unterwäsche, kroch unter die Bettdecke und schlief auf der Stelle ein, schlief wie eine Tote. Als ich erwachte, war es draußen bereits ziemlich finster, doch um jene Jahreszeit wird es früh dunkel. Außerdem verriet mir der Verkehrslärm auf der *Heath Street*, daß es nicht besonders spät sein konnte. Es war mir zu umständlich, die Gaslampe in meinem Schlafzimmer in Betrieb zu setzen, stattdessen entzündete ich die Kerze auf dem Nachttisch und sah, daß die Uhr kurz nach fünf zeigte. Fünf Uhr nachmittags, nicht morgens, den Geräuschen von draußen nach zu urteilen.

Mit jenem schuldbewußten Gefühl, das einen stets überkommt, wenn man den Tag verschlafen hat, ging ich mit der brennenden Kerze die Treppe hinunter. All meine Gedanken waren auf Tee, Brot und große Stücke Käse gerichtet. Am Fuß der Treppe strich eine Katze um meine Beine. Ich bedeutete ihr, vorsichtig zu sein, da ich mich nach wie vor recht wackelig fühlte. Es wäre mir lieber gewesen, wenn ich im nachhinein hätte behaupten können, ich hätte mit meinem sechsten Sinn gespürt, daß sich eine weitere Person im Haus befand. Doch ich merkte nichts, überhaupt nichts, bis ich das dunkle Wohnzimmer durchquert, die Kerze auf den Tisch gestellt und mich nach den Streichhölzern umgeschaut hatte, weil ich die Lampe anzünden wollte.

«Bitte. Ich muß dringend mit Ihnen sprechen, bitte!»

Eine atemlose Piepsstimme. Eine mir bekannte. Vor Schreck hätte ich beinahe aufgeschrien, aber ich biß mir rechtzeitig auf die Lippen. In dem Moment, da sie anfing zu sprechen, hatte ich die Schachtel mit den Streichhölzern in die Hand genommen. Jetzt spürte ich, wie das Holz in meiner Hand zersplitterte, so fest hielt ich die Schachtel umklammert. Ich blieb wie angewurzelt stehen und zwang mich zur Ruhe. Sie stand irgendwo in der Nähe der Hintertür, doch ich vermochte nichts weiter zu erkennen als einen hellen Fleck, ein bleiches Gesichtchen. Sie trug einen dunklen Mantel, deswegen sah ich nur ihr Gesicht. Ich öffnete den Gashahn, hielt ein Streichholz ans Rohr und drehte mich erst zu ihr um, als sich der Schein der Lampe im ganzen Zimmer ausbreitete. Der Mund, der mich an einen Finkenschnabel erinnerte, stand leicht offen, denn sie hatte ihn nach ihrer Frage noch nicht wieder geschlossen. Ihre riesigen grauen Augen blickten ein wenig irr. Unter ihrer Pelzkappe schauten einige dünne blonde Strähnen hervor, wie rauhreifbedecktes Gras.

«Wie sind Sie hereingekommen?»

«Sie … Sie ließen die Hintertür offen. Ich … ich bin Ihnen heute morgen vom Theater her gefolgt.»

Während sie redete, schnappte sie immer wieder keuchend nach Luft, als habe sie gerade einen raschen Lauf hinter sich. Doch da sie völlig verfroren wirkte, mußte sie bereits geraume Zeit still in jenem Winkel gestanden und gewartet haben.

«Waren Sie die ganze Zeit über hier, während ich schlief?»

Sie nickte.

«Ich … ich wollte Sie nicht stören.»

«Und deshalb standen Sie hier, in der Küche?»

«Nein, ich ... ich war ... ich saß die meiste Zeit auf dem Stuhl dort.»

Die Situation wurde allmählich absurd. Sie vermittelte mir beinahe das Gefühl, mich bei ihr entschuldigen zu müssen, weil ich sie nicht willkommen geheißen hatte. Keine Ahnung, wie sie das schaffte. Vielleicht lag es an ihrem leichten Lispeln, oder an dem quälend dringlichen Zug um ihren Mund.

«Wir gehen jetzt besser in das andere Zimmer.»

Ich bedeutete ihr, sich in einen Sessel zu setzen; sie beobachtete mich, während ich im Kamin ein Feuer entfachte. Vor weniger als siebzig Stunden hatte Bella in demselben Sessel gesessen und mir beim Feuermachen zugesehen. Wahrscheinlich war es nur gut, daß diese junge Frau hiervon nichts ahnte. Ich wußte mit absoluter Sicherheit, warum sie zu mir gekommen war. Dieses Vorgehen gehörte zu ihrer wahnwitzigen Jagd nach Charles Courts, genauso wie das andere Mal, als ich sie gesehen hatte, nämlich als sie mühsam ihre Angst zu bezähmen suchte, um dem Pförtner des *Crispin Theatre* Charles' Adresse zu entlocken. Wahrscheinlich hatte sie sich heute morgen erneut in der Nähe des Theaters herumgedrückt und mich wiedererkannt. Vermutlich war sie mir sogar bis zur Wohnung der Bonnets gefolgt und hatte draußen auf mich gewartet. Wenn ich mich nicht so müde und niedergeschlagen gefühlt hätte, wäre sie meinen Adleraugen gewiß nicht entgangen. Sie hatte, wie ich mir insgeheim eingestehen mußte, enorme Geduld und Entschlossenheit bewiesen. Ich wünschte mir nur, daß sie diese Eigenschaften für ein lohnenderes Ziel einsetzen würde, als einem Schauspieler nachzustellen, der wahrscheinlich nie im Leben Notiz von ihr nehmen würde.

Als das Feuer brannte, setzte ich mich in den Sessel ihr gegenüber.

«Ich weiß nicht einmal, wie Sie heißen.»

Wieder dieses Luftschnappen.

«Penelope. Penelope Brown.»

Die getreue Penelope. Ich glaubte ihr keine Sekunde, doch das spielte keine Rolle, denn ich beabsichtigte ohnehin nichts weiter, als sie mit einem guten Rat so rasch wie möglich wieder fortzuschicken.

«Nun, Penelope Brown, was soll das alles?»

Sie holte zweimal tief Luft. Die braun behandschuhten Hände waren fest ineinandergekrallt.

«Ich möchte mit Ihnen reden, weil Sie mit Lady Penwardine befreundet sind. Ich beobachtete, wie Sie sich mit ihr unterhielten.»

«Und?»

Ich schuldete ihr keine Aufklärung darüber, daß meine Bekanntschaft mit Bella bisher von äußerst kurzer Dauer war.

«Ich dachte ... ich dachte, Sie könnten ...»

Offenbar bemerkte sie den ungeduldigen Ausdruck in meinem Gesicht, denn sie riß sich endlich zusammen und begann, flüssiger und verständlicher zu sprechen.

«Ich hoffte, Sie könnten vielleicht mit ihr reden und sie davon überzeugen, daß sie ihn freigeben muß. Sie liebt ihn nicht, nicht so, wie ich ihn liebe. Sie braucht ihn nicht, sie hat einen anderen Mann, vielleicht sogar mehrere Männer. Die Wahrheit wird noch ans Licht kommen. Sie sollte ihn verlassen, um meinetwillen. Ich liebe ihn, hören Sie! Ich werde ihn bis in alle Ewigkeit lieben, gleichgültig, was geschieht.»

Ich ertappte mich dabei, wie ich mit meinen Fingerspitzen meine Stirn massierte. Es war dieselbe Geste, die ich bei Inspektor Merit wahrgenommen hatte, aber es nützte nichts. Der Impuls, die Frau bei ihrem schmächtigen Genick zu packen, sie über die Straße zum *Whitestone Pond* zu zerren und ihr ein wenig Vernunft einzuflößen, ließ dadurch nicht nach. Falls Charles Courts tatsächlich diese Art Wirkung auf Frauen ausübte, war der Kerker vielleicht wirklich der angemessene Aufenthaltsort für ihn. Ob die Flausen aus ihrem Schädel wohl verschwinden würden, wenn ich ihr unter die Nase rieb, daß ihr Angebeteter und Held von der Polizei als Mörder gejagt wurde? Doch vermutlich würde diese Neuigkeit ihren Zustand noch verschlimmern. Wahrscheinlich würde sie die Todeszelle mit ihm teilen wollen.

«Ist Ihnen jemals in den Sinn gekommen», fragte ich, «daß Ihr Verhalten jeglicher Würde entbehrt?»

«Ich habe versucht, Würde und Stolz zu bewahren. Es hat nichts genützt, nicht im geringsten. Es nützt nichts, solange sie bleibt.»

«Selbst wenn ich in der Lage wäre, Einfluß auf Lady Penwardine auszuüben – und ich versichere Ihnen, das steht nicht in meiner Macht –, selbst dann würde ich niemals in Ihrem Sinne handeln. Falls es irgend etwas gibt, das ein Mensch frei wählen dürfen sollte, dann mit Sicherheit seinen oder ihren Lebensgefährten.»

«Er hatte keine Wahl. Sie stürzte sich regelrecht auf ihn.»

«Auf der Erde wimmelt es von Männern. Wenn Sie Ihre Kraft dafür aufwenden, sich gründlich umzuschauen, werden Sie sicher den richtigen finden.»

Ihre Augen füllten sich plötzlich mit Tränen, was mir entsetzlich unangenehm war.

«Sie verstehen mich nicht. Ich will seinen Sohn. Er will, daß ich ihm einen Sohn schenke.»

«Penelope – oder wie auch immer Sie heißen! Bitte hören Sie auf damit. Sie sind hysterisch.»

Doch bei ihr waren sämtliche Dämme gebrochen. Tränen strömten über ihre Wangen. Sie heulte förmlich auf.

«Sogar seine Mutter möchte, daß ich ihm einen Sohn schenke.»

Das war wirklich der Gipfel. Ich hegte berechtigte Zweifel

daran, daß sie Charles jemals persönlich begegnet war, von seiner Mutter ganz zu schweigen. Die Kleine schluchzte noch eine Weile und betupfte ihre Augen mit einem Spitzentaschentuch. Als sie jedoch merkte, daß ich mich nicht im geringsten geneigt zeigte, sie zu trösten, hörte sie schließlich auf. Wenn ich sie berührt hätte, hätte ich sie vermutlich geschüttelt, bis ihr die Zähne herausfielen. Nachdem sie ein letztes Mal mit dem Tuch über ihr Gesicht gewischt hatte, hob sie den Kopf und bedachte mich aus ihren feuchten grauen Augen mit einem unvermutet harten Blick.

«Werden Sie mir helfen oder nicht?»

«Ich helfe Ihnen, indem ich Ihnen dringend rate, sich diesen Mann aus dem Kopf zu schlagen und Ihr Leben sinnvoll zu gestalten.»

«Aber das kann ich nicht. Er ist mein Leben. Wir sind füreinander bestimmt. Das war schon immer so, seit ich denken kann.»

Ich tat einen langen, tiefen Atemzug. Sie starrte mich an, als hoffte sie, daß ich meine Meinung ändern würde.

«In diesem Fall vermag ich Ihnen wirklich nicht zu helfen. Wenn Sie jetzt bitte gehen würden – auf mich wartet eine Menge Arbeit.»

Ihre Augen verengten sich zu Schlitzen. Ihr gesamter Körper versteifte sich. Ich wußte, daß ich mir eine Feindin gemacht hatte, aber das bekümmerte mich in diesem Augenblick herzlich wenig. Ich ging davon aus, daß ich sie nie wiedersehen würde.

«Ich verstehe», bemerkte sie. «Ich hätte wissen sollen, daß Sie auf ihrer Seite stehen.»

Ich öffnete die Hintertür. In dem unvermittelten, kalten Luftzug flackerte das Feuer plötzlich auf.

«Sie sind auf diesem Weg hereingekommen, deswegen gehen Sie am besten auf diesem Weg auch wieder hinaus. Guten Abend.»

Sie verschwand. Ich wartete im Türrahmen, bis das Gartentor hinter ihr ins Schloß fiel. Dann lauschte ich ihren Schritten auf der festgestampften Erde, draußen auf der Straße. Als die Schritte in der Ferne verklungen waren, schloß ich die Tür und begab mich zurück ins Wohnzimmer.

«Alle gutaussehenden Männer sollen verflucht sein», teilte ich den Katzen mit.

Sie schnurrten.

«Und alle dummen Frauen gleich doppelt!»

Um mich zu beruhigen, wandte ich mich den Briefen auf meinem Schreibtisch zu. Ich sortierte sie in drei Stapel – dringend, weniger dringend und überflüssig, weil reine Zeitverschwendung. Die Karte war winzig, und ich bemerkte sie erst, als ich den Stapel der weniger wichtigen Briefe auf ein Tablett legen wollte. Doch bei dieser Bewegung glitt sie auf einmal in meine Hand. Dieses Mal stammte die Karte nicht von George Bernard Shaw. Die Adresse war handgeschrieben. Ich kannte die Schrift nicht, doch sie wirkte wie die eines gebildeten Menschen. Dem Poststempel zufolge war sie am vergangenen Abend in Reading aufgegeben worden.

Die Botschaft auf der anderen Seite lautete schlicht:

Miss Bray, wären Sie so freundlich, sich am Samstag morgen um acht Uhr vor der Bahnstation in Reading mit mir zu treffen. Bitte behalten Sie diese Nachricht für sich.

Samstag – das war der kommende Tag. Auf der Karte stand kein Absender. Die Unterschrift lautete: Charles Courts.

19

Ich mußte mich für eine von drei Möglichkeiten entscheiden. Entweder ich übergab die Karte auf der Stelle dem Inspektor. Oder ich verbrannte sie und vergaß, daß ich sie jemals erhalten hatte. Oder ich entsprach Charles Courts' Bitte. Die erste Möglichkeit kam für mich aus demselben Grund nicht in Frage, aus dem ich auch niemals einem Jäger verraten hätte, in welche Richtung der Fuchs gerannt war. Vielleicht hätte ich meinen instinktiven Widerwillen gegen den Inspektor zu überwinden vermocht, wenn ich ihm stärker vertraut hätte. Doch er hatte meiner Aussage, daß ich Lord Penwardine in der Mordnacht vor dem Theater begegnet war, keinen Glauben geschenkt und außerdem Piggy Ditchbrake viel zu rasch wieder freigelassen. Demnach blieben zwei Alternativen übrig. Ich warf auf meine ganz eigene Weise eine abstrakte Münze, indem ich beschloß, daß ich mich mit Charles treffen würde, sofern ich am nächsten Morgen um sechs Uhr aufwachte. Das würde mir genügend Zeit lassen, um pünktlich um acht in Reading aufzukreuzen. Falls nicht, landete die Karte im Feuer.

Die Münze war natürlich nicht neutral. Ich hatte den Tag schlummernd im Bett verbracht, deswegen bestand kaum eine Chance, daß ich die Nacht durchschlafen würde. Als ich erwachte, war es draußen noch ruhig und finster, so wie stets am frühen Morgen, wenn Stille und Dunkelheit sich über die Welt breiten. Im Schein einer Kerze kleidete ich mich an. Ich wählte meinen Tweedrock, die dazu passende Jacke und die Stiefel, die ich immer trug, wenn mir lange Märsche bevorstanden.

Schließlich hatte ich keine Ahnung, was der Tag mir bringen mochte. Ich fütterte die Katzen, verzehrte ein rasches Frühstück, welches aus Kaffee sowie Brot mit Stachelbeermarmelade bestand, und spazierte dann in der eisigen Morgenkälte quer durch das dunkle, verschlafene *Hampstead*, um am *Haverstock Hill* die Straßenbahn zu besteigen. Ich fühlte mich seltsam leer und flau im Magen, was sicherlich am frühen Aufstehen lag. Bestimmt hatte es nichts damit zu tun, daß ich mich soeben auf den Weg zu einer Verabredung mit einem gesuchten mutmaßlichen Mörder machte.

Es blieb die gesamte Zugfahrt über dunkel, von Paddington bis Reading. Nur auf den Bahnsteigen der vorbeigleitenden Stationen brannten einige wenige Lampen, und in den Städtchen und Dörfern, die wir passierten, zeugten vereinzelt Lichter davon, daß die Menschen allmählich erwachten. Sogar im Eisenbahncoupé herrschte eine Grabeskälte. Als wir uns Reading näherten, dämmerte eben der Morgen, so daß ich in seinem schwachen Schein die Themse erkennen konnte, grau wie fahles Zinn und kalt wie ein Fischbauch. Um fünf Minuten vor acht stand ich wartend vor der Bahnstation, umgeben von Bauernkarren, welche kistenweise Gemüse und bündelweise tote Fasane und Kaninchen anlieferten, die in die Zugwaggons geladen wurden. Einen Augenblick später bewegten sich aus der hintersten Ecke des Bahnhofvorplatzes zwei Scheinwerfer auf mich zu und langsam schlängelte sich ein Automobil durch die Masse der Pferdewagen. Die Gestalt am Steuer trug Mütze und Schutzbrille; der Kragen des dicken Mantels war hochgeschlagen.

«Danke, daß Sie sich herbemüht haben, Miss Bray. Verzeihen Sie mir die Unhöflichkeit, aber könnten Sie bitte ohne meine Hilfe einsteigen? Ich möchte ungern den Motor abstellen.»

Er mußte wegen des Lärms, den der Motor verursachte,

brüllen, damit ich ihn verstand. Ich öffnete die Wagentür und stieg ein.

«Unter dem Sitz liegt eine Schutzbrille für Sie bereit.»

«Wissen Sie, daß Sie per Haftbefehl gesucht werden?»

Ich wußte, daß der Motor zuviel Radau machte, als daß die Männer mit den Gemüsekarren mich hätten hören können.

«Weshalb?»

«Wegen des Mordes an Migson.»

«Was Sie nicht sagen!»

Das war alles. Er bugsierte uns vorsichtig um den Bahnhofsvorplatz herum und dann hinaus. Am Himmel zeichneten sich nun einige lichte Streifen ab, die vom nahen Sonnenaufgang kündeten. Die Farbe erinnerte an rohen Schinkenspeck. Ich brauchte Charles gar nicht erst zu fragen, was er in dieser Gegend zu suchen hatte. Lord Penwardines Landgut im *Vale of the White Horse* lag vermutlich weniger als zwei Stunden Fahrzeit von Reading entfernt. Als wir uns weit genug von der Stadtgrenze entfernt waren, hielt er das Automobil vor kahlen Rüsterhecken an, die das Gittertor einer Weidewiese umsäumten. Inzwischen tagte es mit Macht. Jeder einzelne Zweig war mit Rauhreif bedeckt. Auf der anderen Seite des Tores hörte man, wie sich die Kühe bewegten; sie traten auf der hartgefrorenen Erde von einem Huf auf den anderen. Nachdem der Motor abgestellt worden war, herrschte Stille, unterbrochen nur vom Gezeter einer Amsel, die laut ihren Protest gegen uns Eindringlinge bekundete.

«Weiß die Polizei, wo ich bin?»

«Gestern wußte sie es noch nicht, und von Ihrer Karte habe ich ihnen nichts erzählt. Aber halten Sie es nicht auch für das Beste, Sie … Sie würden ein Zusammentreffen arrangieren?»

«Meinen Sie damit, ich soll mich stellen?»

«Ja.»

«Erst, wenn ich mit Bella gesprochen habe.»

Seine behandschuhten Hände schlossen sich fester um das Steuerrad.

«Sind Sie deshalb hergekommen? Um sie aufzusuchen?»

«Ja.»

«Es wird mitnichten leichter sein als in London.»

«Doch – mit meiner Methode schon.»

Sein Gesicht wirkte blaß und verkrampft; er sah aus, als habe er seit Tagen nicht geschlafen. Er hatte sich zwar umgezogen, doch abgesehen davon wirkte er noch elender als vor dem Polizeirichter.

«Gut, daß Sie gekommen sind. Selbst wenn sie mit mir nicht reden will – vielleicht spricht sie dann mit Ihnen.»

«Erst einmal müssen wir in ihre Nähe gelangen.»

«Würden Sie das für mich tun? Würden Sie zumindest einen Versuch wagen und sie davon überzeugen, daß sie mit mir reden soll?»

«Ich kann sie nicht an den Haaren aus dem Haus zerren, wenn sie nicht freiwillig mitkommen möchte.»

Eine Zeitlang saßen wir schweigend nebeneinander. Ich lauschte der Amsel. Charles bemühte sich offenbar, meine Neuigkeit zu verdauen.

«Warum glaubt die Polizei, ich hätte ihn umgebracht?»

«Sie haben mittlerweile von dem Zwischenfall während der Generalprobe erfahren, in den Sie und Migson verwickelt waren. Außerdem fanden Sie heraus, daß Sie beide einst in Cambridge dasselbe College besuchten. Inspektor Merit hält es für verdächtig, daß Sie ihm nichts davon erzählt haben.»

«Es war mir wohl zu unangenehm.»

Er schien sich über seine eigene Schwäche zu wundern.

«Meinen Sie wegen *Marquesa's?*»

«*Marquesa's?* Wer oder was ist das?»

Seine Stimme klang völlig verwirrt. Doch wie hätte sie auch sonst klingen sollen?

«Das *Marquesa's* ist ein altmodisches Vaudeville im *East End.* Bei Transvestiten äußerst beliebt.»

«Trans ...?»

Ich merkte, daß er dieselben lateinischen Wortstämme in seinem Kopf abspulte, wie ich beim ersten Mal. Als der Groschen fiel, lief sein Gesicht so fleischig rosafarben an wie der Sonnenaufgang.

«Ach du meine Güte ... gehörte er zu denen, die ... wollen Sie damit andeuten, daß es noch mehr von der Sorte gibt?»

«Recht viele sogar. Wußten Sie das wirklich nicht?»

«Ich wußte, daß er ... in der Beziehung war er ein echter Sonderling. Seit eh und je. Deshalb verwunderte es mich nicht, daß er Bellas Kostüm entwendete.»

Er stockte. Ohne Souffleuse ging ihm der Text aus.

«Verwundert waren Sie vielleicht nicht, aber dennoch sehr verärgert. Wartete er bereits auf Sie, als Sie die Herrentoilette betraten?»

Er beugte sich so unvermittelt zu mir herüber, daß ich von meinem Sitz auffuhr und bereit war, falls nötig, im nächsten Augenblick über die Wagentür zu hechten und die Beine in die Hand zu nehmen.

«Woher wissen Sie das?»

«Das spielt jetzt keine Rolle. Tatsache ist, daß Sie von der Bühne schnurstracks in die Herrentoilette marschierten, wo Migson in Bellas Kostüm auf Sie wartete.»

«Weiß das auch die Polizei?»

«Ja.»

Das war fast hundertprozentig eine Lüge. Als ich den Inspektor zuletzt sprach, erwähnte er nichts dergleichen, und Vincent Colvin hatte ihm mit Sicherheit nichts verraten. Doch wenn man sich in Gegenwart eines wegen Mordes gesuchten Mannes allein auf einer einsamen Landstraße befindet, sind gelegentliche Notlügen durchaus angebracht. Charles stöhnte auf und murmelte etwas Unverständliches. Ich bat ihn, seine letzten Worte zu wiederholen.

«Diese verdammten Laienschauspieler!»

Er begann endlich zu erzählen, zunächst noch stockend, allmählich jedoch redete er sich in Rage: Aller Ärger habe vor acht Jahren begonnen, als beschlossen wurde, zum Ende des Sommersemesters «Verbotene Liebesmüh» im Park des Colleges aufzuführen. Ich hatte in Oxford studiert, nicht in Cambridge, doch ich kannte Veranstaltungen dieser Art aus eigener leidvoller Erfahrung: Ernsthaft bemühte Studenten rezitierten Shakespeare, während die Zuschauer bei lebendigem Leib von Mücken aufgefressen wurden und während der Pause Obstsalat verzehrten. Und weil die keuschen Leiber und Seelen zwanzigjähriger Jünglinge mitnichten durch die schnöde Berührung mit einem Frauenkörper geschändet werden durften, wurden alle Frauenrollen, wie zu Shakespeares Zeiten, durch männliche Studenten besetzt. Auf diese Weise spielte Migson die Rosalinde, als «Partnerin» von Charles Courts, der den Berowne gab.

Damit war der Keim für ein Problem gesät, das sich als wesentlich langlebiger und ärgerlicher erwies denn der heimtückischste Mückenstich.

«Kennen Sie den Part?»

«Die bleiche Buhle mit dem sammetweichen Antlitz?»

«Ja. Auf eine unheimliche Weise spielte Migson die Rolle perfekt. Im nachhinein wird mir bewußt, daß es ihn aufs höchste gereizt und erregt haben muß, sich als Frau zu verkleiden, sich wie eine Frau zu bewegen. Und was unsere Liebesszenen betraf ... nun, die Grenzen des Schicklichen wurden auf der Bühne niemals überschritten ...»

Schließlich sah halb Cambridge durch Operngläser zu.

«... doch die ganze Zeit über vermittelte er mir dieses seltsame Gefühl ...»

Die Worte blieben ihm im Hals stecken, doch plötzlich rief er, schrie fast:

«Ich fand es grauenhaft. Vollkommen unerträglich. Ich war überglücklich, als das Stück vorüber war. Ich ließ jeden wissen, daß ich nie wieder eine Bühne betreten würde, bis meine Partnerinnen echte Frauen sein durften, und ich habe mich an diesen Vorsatz gehalten.»

«Aber Migson verschwand nicht aus Ihrem Leben.»

«Doch, ich ekelte ihn hinaus. Ich machte ihm unmißverständlich klar, daß ich nichts weiter mit ihm zu tun haben wollte.»

«Hat er das akzeptiert?»

«Ich glaubte es. Am College ist es vermutlich leichter, sich zu distanzieren. Man ist von Freunden umgeben, und wenn man sich von jemandem fernhalten will, wird man durch sie beschützt.»

Das konnte ich mir lebhaft vorstellen, und auf einmal tat mir Migson leid. Der talentierte, gutaussehende Charles stand schon damals gewiß im Mittelpunkt einer hochrangigen Clique, die eine Mauer um ihn bildete, welche ebenso abweisend und unüberwindlich war wie die Hecke, vor der wir hielten.

«In London erwarb ich mir am Theater einen gewissen Bekanntheitsgrad. Wahrscheinlich hörte er davon und schrieb mir deshalb Briefe, daß wir uns wiedertreffen sollten. Er sandte mir sogar ein Zigarettenetui mit einer völlig absurden Gravierung, das ich ihm selbstverständlich umgehend zurückschickte.»

«Haben Sie sich nie mit ihm verabredet?»

«Nein. Ich ließ seine Briefe unbeantwortet.»

«Wußten Sie, daß er für die Kanzlei des *Lord Chamberlain* arbeitete?»

«Nein. Das hätte er einem Schauspieler gegenüber schwerlich zugegeben. Außerdem ist es nicht gerade das, was man eine prestigereiche Stellung nennen würde.»

Armer Migson.

«Und als er neulich bei der Generalprobe auftauchte ...»

Charles wandte mir jetzt seinen ganzen Körper zu, wobei er mit einer Hand noch das Steuerrad umklammerte, als sei es ein Rettungsring in rauher See.

«Eine größere Überraschung habe ich selten erlebt. Ich war so wütend, ich dachte, jeder könne es mir ansehen.»

«Wir erhielten den Eindruck, Sie ärgerten sich über die Zensur.»

«Offenbar konnte ich mich wohl besser verstellen, als ich mir selbst zutraute. Ich zweifelte jedenfalls keine Sekunde daran, daß er sich auf hinterlistige Weise eingeschlichen hatte, um in meine Nähe zu gelangen.»

«Warum sagten Sie nichts?»

«Hätten Sie etwas gesagt? Wie hätte ich erklären sollen, daß dieser widerliche kleine Kerl für mich ... wie soll ich mich ausdrücken ... daß er irgendwie, auf eine gräßliche Weise von mir besessen war?»

«Und das in Bellas Anwesenheit.»

Er wandte sich wieder von mir ab, das Gesicht starr geradeaus gerichtet, und schwieg.

«Haben Sie nach der Generalprobe mit Migson gesprochen?»

Er schüttelte den Kopf.

«Ich achtete sorgsam darauf, mich von ihm fernzuhalten. Ich hoffte, er würde verschwinden, wenn er merkte, daß ich keinerlei Notiz von ihm nahm.»

«Doch er ließ Sie nicht in Ruhe. Stattdessen lauerte er Ihnen am nächsten Tag in der Herrentoilette auf.»

«Ja. Zuerst bemerkte ich ihn nicht. Ich kam soeben von der Bühne. Sie wissen, was ich hinter mir hatte – den Tumult, die Zwischenrufe, die wir brüllend übertönen mußten. Meine Nerven waren also bereits aufs äußerste angespannt, als ich eine Kabine betrat. Er muß sich in der daneben verborgen gehalten haben, denn … ach, es war grauenhaft …»

Noch die Erinnerung ließ ihn schaudern. Mit behandschuhten Händen rieb er sich über sein Gesicht.

«Was geschah?»

«Sein Arm … glitt unter der Tür her. Am Ärmel konnte ich erkennen, daß er sich Bellas Kostüm übergezogen hatte. Und dann seine Stimme, diese scheußliche, weinerliche, kriecherische Stimme.»

«Was sagte er zu Ihnen?»

«Ich weiß es nicht mehr. Ich glaube, er bat mich um ein Treffen nach der Vorstellung. Aber ich trat auf seine Hand. Er jaulte auf. Ich dachte, damit hätte ich ihn in die Flucht geschlagen, doch er schlüpfte einfach zurück in die andere Kabine und redete von dort flehentlich auf mich ein. Ich schrie ihn an, er solle verschwinden. Glücklicherweise kam jemand herein. Ich weiß nicht wer, aber er vertrieb Migson. Ich blieb in der Kabine, bis der Unbekannte den Raum verlassen hatte. Dann eilte ich in meine Garderobe.»

«Was geschah bei der nächsten Begegnung zwischen Migson und Ihnen?»

«Ich sah ihn erst wieder, als wir ihn aus jenem verfluchten Ballonkorb hoben. Er trug immer noch Bellas Kostüm. Und falls Sie jetzt von mir wissen möchten, wie er in den Korb hineinkam, muß ich Sie leider enttäuschen. Ich habe keine Ahnung, wahrscheinlich noch weniger als Sie.»

«Haben Sie ihn getötet?»

«Nein. Vielleicht hätte ich es getan, wenn ich ihn in die Finger bekommen hätte. Doch ich habe ihn nicht ermordet, und das ist die reine Wahrheit.»

«Warum gehen Sie nicht zur Polizei und sagen denen, was Sie gerade mir erzählt haben?»

Seine einzige Antwort bestand darin, daß er entschlossen

sein Kinn vorreckte und seine Wangenknochen in Positur brachte. Es gab Frauen, die fünf Guineen investierten, nur um von einem Sitz im Parkett auf diese Wangenknochen schauen zu dürfen. Ich hatte das Vergnügen aus unmittelbarer Nähe, verspürte allerdings nicht die geringste Dankbarkeit. Entweder hatte er Migson ermordet, oder er war zu eitel, um öffentlich einzugestehen, daß er in einer Toilettenkabine gehockt hatte, während ihm ein Mann in Frauenkleidern durch die Tür unanständige Anträge machte. Ich hätte ihm allerdings vermutlich mehr Anteilnahme entgegengebracht, wenn ich mich nicht um Migsons willen über ihn geärgert hätte.

«Was also gedenken Sie zu tun? Wollen Sie sich einen Bart wachsen lassen und nach Südamerika fliehen?»

«Ich sagte Ihnen bereits, was ich beabsichtige. Ich werde Bella aufsuchen. Begleiten Sie mich oder nicht?»

Mir war ebenfalls an einer Zusammenkuft mit Bella gelegen, daher blieb ich im Wagen sitzen und sah ihm zu, während er sich der mühseligen Aufgabe unterzog, den Motor wieder anzulassen.

Ich hatte angenommen, daß wir Richtung Wantage fahren würden, wo das *Vale of the White Horse* lag, doch er fuhr am entsprechenden Wegweiser vorbei, ohne abzubiegen, und hielt sich weiter geradeaus, quer durch das bewirtschaftete Farmland um Reading. Endlos erstreckte sich die Straße über Äcker und Felder, welche der erste Frost dieses Winters mit seiner unerbittlichen Hand bedeckte. Das einzige Gefährt, dem wir unterwegs begegneten, war ein mit Rosenkohl beladener Bauernkarren. Zentimeter für Zentimeter kroch eine blutrote Sonne über den Horizont. Charles blickte stur geradeaus; sein Gesicht unter der Schirmmütze hatte einen grimmig entschlossenen Ausdruck angenommen. Allmählich fragte ich mich ernstlich, welchem Ziel wir entgegenfuhren und was er aushecken mochte. Falls ich mich dafür entscheiden sollte, die

Wagentür zu öffnen und hinauszuspringen, wie hoch waren meine Chancen zu entkommen? Unsere Geschwindigkeit betrug zwanzig Meilen pro Stunde. Ein Sprung würde also im günstigsten Fall in einem gebrochenen Arm resultieren, gefolgt von einer wilden Hatz über die Felder, wobei nicht mit Gewißheit einzuschätzen war, wer gewinnen würde. Über das Geräusch des Motors hinweg fragte ich ihn mit erhobener Stimme nach unserem Fahrtziel, doch er gab vor, mich nicht zu hören.

Nach zwei Meilen bog Charles in einen schmalen Feldweg ein. Unsere Fahrt verlangsamte sich. Offenbar kannte er den Weg und wußte genau wohin. Falls ich springen wollte, hätte jetzt die beste Gelegenheit dazu bestanden, wobei die Situation allerdings im Laufe der letzten halben Meile eine leichte Veränderung erfahren hatte. Zufällig hatten meine Finger neben meinem Sitz einen schweren Schraubenschlüssel ertastet, den ich mittlerweile fest umklammert hielt. Derart bewaffnet, konnte ich es mir leisten, in bezug auf Charles' Absichten noch ein klein wenig länger im dunkeln zu tappen.

Der Feldweg schlängelte sich durch ein offenes Tor und mündete in einen langgezogenen, mit Grasstoppeln bedeckten Wiesenstreifen, offensichtlich eine Weide, kein Feld. In einem Kilometer Entfernung stieg der Boden leicht an; dort befand sich unter Bäumen ein Bauernhof. Näher bei uns erblickte ich eine gigantische Scheune mit einem schiefen, halb eingefallenen Dach; etliche Bretter und frisch geteerte Segeltuchplanen am Fuß der Außenwand kündeten allerdings von einem erst kürzlich unternommenen Versuch, das Dach zu flicken. Neben der Scheune stand ein unverkennbar neuerbauter Holzturm, von ungefähr fünf Metern Höhe. Er wirkte wie die moderne Version eines Galgens. Charles steuerte mit Schwung auf die Scheune zu. In dem reifbedeckten Gras vor uns entdeckte ich eine einzelne Radspur, welche in dieselbe

Richtung führte. Von einem Fahrrad stammte sie allerdings nicht, dazu war sie zu breit. Also war an diesem Morgen schon vor uns jemand zu der Scheune gefahren, jemand auf einem Motorrad, und bisher nicht wieder zurückgekommen. Neben der Scheune bremste Charles, brachte das Automobil zum Stehen und schaltete den Motor aus. Mein Griff um den Schraubenschlüssel verstärkte sich.

Er stieg aus und öffnete den Schlag des Wagens auf meiner Seite. Ich stieg ebenfalls aus, wobei ich den Schraubenschlüssel in einer Rockfalte verbarg. Während wir an der Scheunenwand entlang zum anderen Ende des Gebäudes gingen, achtete ich sorgsam darauf, stets einige Schritte hinter ihm zu bleiben. Aus dem Inneren des Gebäudes drang das Klopfen eines Hammers, und irgend jemand pfiff ein Liedchen. Pflegten Mordgehilfen bei der Arbeit immer vor sich hinzupfeifen? Wenn ich es recht bedenke, fielen mir just in diesem Augenblick diverse Opern ein, in denen diese Kerle sogar singen. Das Scheunentor war breit genug, daß zwei Heuwagen nebeneinander hätten hindurchfahren können, doch nirgends roch es nach Heu. Vielmehr roch es aus der Scheune nach Benzin, wie in Charles' Automobil. Ich blieb in dem kläglichen Sonnenlicht am Eingang stehen und schnupperte, während Charles die Scheune betrat. Außer nach Benzin roch es nach etwas durchdringend Süßem, das beinahe Übelkeit verursachte und ich nicht einordnen konnte. Von meinem Standort aus herrschte in der Scheune Finsternis, doch vermochte ich immerhin zu erkennen, daß drinnen ein gigantisches Ding stand, eine brütende Riesenheuschrecke in tausendfacher Vergrößerung. Womit auch immer ich gerechnet hatte – was ich vorfand, entsprach nicht meinen Erwartungen.

«Arthur!»

Charles' Stimme hallte in der Scheune wider. Das Hämmern und Pfeifen brach ab. Charles verschwand im Halbdunkel. Vorsichtig folgte ich ihm, den Schraubenschlüssel nach wie vor fest im Griff. Nach wenigen Augenblicken begannen meine Augen, sich auf die Lichtverhältnisse einzustellen. Allmählich zeichneten sich die Umrisse in meiner Umgebung deutlicher ab, ich erkannte einzelne Gegenstände: eine Werkbank, einen Stapel Brennstoffbehälter sowie – alles andere weit überragend und in dem düsteren Raum nur verschwommen erkennbar – die Riesenheuschrecke. Charles war meinen Blikken entschwunden, doch plötzlich vernahm ich seine Stimme wieder. Sie schien aus dem Inneren des Insektes zu dringen.

«Hast du alles repariert, Arthur?»

«Fast. In fünf Minuten ist sie startklar.»

Der Mann sprach in einem schwerfälligen *Berkshire*-Akzent, der unwillkürlich beruhigend auf mich wirkte.

«Hoffentlich. Wir möchten starten, solange der Himmel klar ist.»

Ich legte meinen Schraubenschlüssel neben das andere Werkzeug auf der Werkbank und tappte behutsam über die groben Steinfliesen auf der Erde, um näher an jenes seltsame Gebilde zu gelangen. Der übelkeiterregende süße Geruch entströmte den Flügeln – Flügeln wie aus einem Märchen, mit mindestens vierzehn Metern Spannbreite. Neben dem Ding standen Charles und ein zierlicher Mann, der wie ein Jockey aussah und eine Tweedmütze trug. Das Flämmchen einer Öllampe warf einen schwachen Schein auf ihre Gesichter.

Charles lächelte mir zu. Er wirkte mittlerweile wesentlich ruhiger und gelassener, als habe das Ding diese spezifische Wirkung auf ihn.

«Da wären wir, Miss Bray. Haben Sie je zuvor ein Flugzeug gesehen?»

20

Hoch ragte die Maschine über uns empor. Ihre Doppelflügel bildeten ein Käfiggeflecht aus Draht und Verstrebungen; der Geruch nach Kraftstoff erstickte einen schier. Das Gebilde wirkte gleichzeitig monströs und zerbrechlich.

«Und was gedenken Sie, mit diesem Ding anzufangen?»

«Ich fliege es zu Bella.»

«Einfach so?»

«Seine Tore kann Penwardine vor mir verriegeln, den Himmel nicht.»

«Wollen Sie damit andeuten, daß Sie mit dieser Maschine durch seine Haustür fliegen wollen?»

«Das wird gar nicht nötig sein. Flugzeuge haben unter anderem die Eigenschaft, daß Menschen nicht anders können, als aus ihren Häusern zu laufen, um sie anzuschauen.»

«Nehmen wir einmal an, Bella kommt tatsächlich heraus – was tun Sie dann?»

«Mit ihr sprechen. Nur einige Worte, mehr verlange ich nicht.»

«Und wenn Sie ihren Gatten ebenfalls herauslocken?»

«Aus diesem Grund brauche ich Ihre Hilfe. Sie kennen sich mit solchen Situationen aus. Ich bin der festen Zuversicht, daß Sie sich etwas einfallen lassen werden, womit Sie ihn ablenken können, während ich mit Bella rede.»

Falls Charles glaubte, daß man als Sufragette bei Demonstrationen lernte, wie man sich empörter Ehemänner erwehrte, stand ihm eine herbe Enttäuschung bevor.

«Heißt das, ich soll mit Ihnen fliegen?»

«Ja. Es klappt wunderbar. Arthur ist schon dreimal mit oben gewesen. Nicht wahr, Arthur?» Bei diesen Worten warf Charles Arthur einen auffordernden Blick zu.

«Ja, und jedesmal sogar wieder heruntergekommen», erwiderte Arthur prompt.

Charles warf Arthur einen gestrengen Blick zu, woraufhin jener sein Liedchen weiterpfiff und sich trollte.

«Bella hat mich bereits ein Dutzend Male angebettelt, sie mit hinaufzunehmen. Ist Ihnen klar, daß Sie vermutlich erst die dritte Britin wären, die in einem Flugzeug durch die Lüfte fliegt?»

Und die erste – dachte ich im stillen – in einem Flugzeug, das von einem unter Mordverdacht stehenden Mann gesteuert wurde.

«Wenn Sie sich natürlich fürchten …»

«Ich habe keine Angst.» Was nicht ganz der Wahrheit entsprach. «Ich frage mich vielmehr, was wir nach unserer Ankunft dort tun werden. Beabsichtigen Sie, in seinem Vorgarten zu landen?»

«Wenn er groß und flach genug ist. Falls nicht, gibt es auf dem Gut mit Sicherheit eine Koppel.»

«Und dann? Planen Sie, Bella zu entführen?»

Vor meinem inneren Auge entstand unweigerlich ein lebhaftes Bild: Pfeilschnell würde das Ding hinabstürzen und dann gleich wieder mit Bella fortfliegen, die seitlich von der Flugkabine herabhängen würde, einem Kaninchen im Schnabel eines Raubvogels nicht unähnlich.

«Das ist unmöglich, selbst wenn ich es wollte. Sobald wir vor dem Haus gelandet sind, können wir nicht wieder abheben.»

Ich muß äußerst verwirrt dreingeblickt haben, denn Arthur hörte auf zu pfeifen und meinte, als werde dadurch alles klar:

«Sie wurde Wrights Modell nachkonstruiert, Miss. Deshalb braucht sie zum Starten Gleise und einen Abschußturm.»

Charles fuhr fort: «Den Turm draußen sahen Sie bereits. Die Wright-Maschinen benötigen zum Abheben ein Gleis und eine Art Katapult. Ohne diese Hilfsmittel könnten wir nicht losfliegen.»

Aufgrund von Charles' früheren Bemerkungen wußte ich, daß ihm dieser seltsame Flugapparat sehr viel bedeutete. Und ihn vermutlich mindestens ebensoviel kostete.

«Wie bekommen Sie die Maschine dann zurück?»

«Auf einem Wagen», antwortete Arthur. Auch er wirkte plötzlich skeptisch.

«Aber angenommen, Lord Penwardine gibt sie Ihnen nicht zurück?»

Charles bemühte sich um einen unbesorgten Tonfall: «In dem Fall werde ich mein Flugzeug verloren haben.»

Arthurs entsetzter, beinahe trauervoller Miene vermochte ich zu entnehmen, daß die beiden diese Möglichkeit bisher nicht erörtert hatten.

«Mr. Courts ...»

«Nicht jetzt, Arthur. Nun, Miss Bray, sind Sie bereit, mich zu begleiten?»

Die einzig vernünftige Antwort lautete nein.

«Ja», erwiderte ich.

Ich half den beiden, die Flugmaschine hinauszurollen. Am vorderen, oder auch am hinteren Ende – ich vermochte nicht genau zu erkennen, wo vorne und wo hinten war – bestand sie aus einem langen Abschnitt mit kleineren Flügeln. Die beiden Männer baten mich, diesen Teil abzustützen, während sie je einen der großen Flügel ergriffen und schoben. Irgendwann während dieses komplizierten, viel Geduld erfordernden Unterfangens, die Flugmaschine aus der Scheune hinaus und ins Sonnenlicht hinein zu befördern, hörte ich auf, «Miss Bray» zu sein; Charles nannte mich von da an schlicht und einfach «Nell».

«Achtung, Nell, Vorsicht! Halten Sie bitte einen Augenblick an!»

Nun, da er seinen Willen durchgesetzt hatte, wirkte Charles ausgesprochen glücklich. Die Mordanklage schien er in den hintersten Winkel seines Gehirns verbannt zu haben. Wie dringend sein Wunsch und Bedürfnis nach einer Aussprache mit Bella – und sei sie noch so kurz – waren, ließ sich nicht übersehen. Doch zu welchem Zweck? Um zärtlich Abschied zu nehmen, bevor er sich der Polizei stellte? Um sie zu bitten, etwas nicht zu verraten, das nur sie wußte? Aber vielleicht war die Sache sogar noch verwickelter. Charles wußte, daß Bella sich während der langen Unterbrechung des Stückes aus ihrer Garderobe entfernt hatte, wußte um ihren Verdacht gegen Migson. Angenommen, Charles hatte Migson nicht umgebracht, nahm jedoch an, daß Bella die Mörderin war? Schnallte Sidney Carton sich in diesem Augenblick Flügel an, um zu seiner Angebeteten zu fliegen und sie zum Schweigen aufzufordern, auf daß er die Schuld auf sich nehmen möge?

«Ein wenig nach links, Nell. Und jetzt halten Sie die Gute bitte so, damit wir sie herumdrehen können.»

Auf dem Gras war ein hölzernes Gleis mit einer durchgehenden Metallschiene in der Mitte verlegt worden. Das kleine Rad des Flugzeugs mußte in diese Metallschiene eingepaßt werden. Im Verlauf dieser Prozedur berührte ich einen Flügel, weswegen meine Hand plötzlich klebte und nach dem widerlich süßen Zeug roch, das mir bereits in der Scheune aufgefallen war.

«Achtung, Miss», meinte Arthur, ein wenig verspätet. «Ich habe ein geflicktes Stück mit Firnis überzogen. Er ist noch nicht getrocknet.»

«Firnis?»

«Den benötigen wir, um das Baumwolltuch der Flügel zu versteifen.»

«Flügel aus Baumwolle?»

«Ja, wie für Hemden, und der Firnis besteht aus gekochtem Grieß.»

Demnach schwangen wir uns mittels einer Konstruktion aus Herrenoberbekleidung, kombiniert mit einer Kinderspeise, in die Lüfte. Ich erkundigte mich bei Charles, in welcher Entfernung das Landgut der Penwardines lag.

«Etwas über dreißig Meilen. Keine Angst, diese Maschine hat inklusive Passagier bereits fünfzig bewältigt.»

Dennoch fiel mir leider wieder ein, daß Charles' persönlicher Rekord neunundzwanzig Meilen betrug.

Zwischen den Flügeln befanden sich zwei Sitze, vielmehr halbrunde Holzbretter mit nur zentimeterhohen Metallehnen, die als niedrige Rückenstützen dienten. An dem linken, für den Piloten bestimmten Sitz war an beiden Seiten jeweils ein Hebel befestigt. Der Passagiersitz lag unmittelbar neben dem Motor, über dem der Kraftstoffbehälter angebracht war. Zwei lange Ketten, ähnlich gigantischen Fahrradketten, führten vom Motor zu den Doppelpropellern hinter den Flügeln. Dahinter entdeckte ich eine längliche Konstruktion, die einem Spielzeugdrachen ähnelte; Arthur ließ mich fachmännisch wissen, daß es sich hierbei um das Seitenruder handelte. Nun spannten Charles und Arthur ein Seil von dem Flugzeug zu einem schweren Gewicht an der Spitze des Abschußturms; während ich wartete, wurden allmählich auch meine Nerven bis zum Zerreißen gespannt. Sobald wir auf unseren Sitzen hockten und der Motor lief, würde Arthur das Gewicht losbinden, so daß es hinunterfiel – wodurch wir gen Himmel gerissen werden würden. Die Sonne war mittlerweile höhergestiegen, der frostige Überzug des Grases taute. Die beiden Männer kehrten jetzt zu mir zurück. Arthur wartete auf einen Moment, in dem

Charles nicht hinsah, dann tätschelte er ermutigend einen Flügel des Flugzeugs, ähnlich einem Araber, der sich von seinem Pferd verabschiedet. Ich wünschte, ich hätte die Geste nicht bemerkt.

«Fertig zum Abflug?»

«Und die Bekleidung der Dame, Mr. Courts?»

Charles schickte Arthur los, um die Schutzbrille aus dem Automobil herbeizuschaffen. Ich las einen ölverschmierten Stoffetzen auf, um meinen Hut festzubinden. Da ich mit einer windigen Fahrt rechnete, verwandelte ich meinen Rock provisorisch in eine Hose, indem ich in der Mitte mit einem Schraubenzieher Löcher hineinstach und festes Segelgarn hindurchfädelte. Sehnsüchtig wünschte ich mir Bellas blaues Flugkostüm aus Leder herbei, bis mir plötzlich in den Sinn kam, was der Person zugestoßen war, die es zuletzt ausgeliehen hatte. Ich ließ mich auf dem Passagiersitz nieder und stemmte meine Füße gegen eine horizontale Verstrebung. Meine rechte Hand umklammerte eine der Flügelleisten zwischen mir und dem Motor. Nachdem er einige letzte Worte mit Arthur gewechselt hatte, kletterte Charles zu mir auf den anderen Sitz. Er trug einen Lederhelm, dessen Riemen unter seinem Kinn zusammengeschnallt war. Der Motor erwachte hustend und spuckend zum Leben.

«Alles klar, Arthur!»

Ich spähte über meine Schulter. Arthur hatte sich neben dem Holzturm in Positur gestellt und war bereit, das Gewicht freizugeben. Charles hob einen Arm und senkte ihn wieder. Während wir losrollten, verstärkte ich meinen Griff um die Verstrebung.

Viele Leute fragten mich später, was das für ein Gefühl sei, sich in einem Flugzeug in die Lüfte zu schwingen: Ich weiß es bis heute nicht. Damals vernahm ich großen Lärm, spürte einen starken Luftzug und einen heftigen Ruck – vermutlich der Moment, da das Flugzeug vom Startgleis abhob. Mir war gar nicht bewußt, daß wir flogen, bis ich einen seltsam geformten Schatten auf dem Gras bemerkte, der sich neben uns entlangbewegte, und auf einmal merkte, daß dies unser eigener Schatten war und wir uns unmittelbar darüber befanden. Zu diesem Zeitpunkt verließen wir bereits die Startwiese, knapp über die Hecke hinwegfliegend. Charles hantierte an einem der hölzernen Hebel, und während wir in der Luft eine Kurve beschrieben, entdeckte ich unter uns auf einmal Scheune, Abschußturm und den winkenden Arthur. Geschmeidig und flink wie ein Wiesel glitt unser Schatten in mittlerweile ungefähr zwanzig Metern Höhe über die flachen Felder von *Berkshire.* Die enormen Flügel seitlich von uns – man bedenke, mit Grießbrei bekleisterte Oberhemden – bebten im Rhythmus des Motors. Die kleineren Flügel am Höhenruder vor uns schnitten durch den blauen Himmel. In dem eifrigen Bemühen, meinen Hut mitzureißen, zerrte der Wind an meinem behelfsmäßigen Schal. Ich verspürte ungeachtet aller Umstände das Bedürfnis, vor lauter Aufregung und Begeisterung einen Schrei auszustoßen. Charles machte ein sehr ernstes Gesicht.

Wir stiegen stetig. Den verstreuten Bauernhöfen nach zu urteilen, die so winzig wirkten wie die Dächer von Bergdörfern, wenn man beim Wandern von den Gipfeln der Alpen hinunterspäht, befanden wir uns jetzt etwa siebzig Meter über dem Erdboden. Kurze Zeit darauf kam die Themse in unser Blickfeld. Wir folgten ihrem Verlauf in der Luft und schlängelten uns mit ihr den *Chiltern Hills* zu unserer Rechten entlang. Linker Hand tauchten später die *Berkshire Downs* auf. Charles sagte etwas, das ich wegen des Motorengeräuschs nicht zu verstehen vermochte, und deutete mit dem Kinn nach vorne. Ich blickte in die angegebene Richtung und entdeckte eine Eisenbahnbrücke über dem Fluß. Sie war für Charles offenkundig eine Art Markierung in der Landschaft, denn wir flogen erst darauf zu und bogen dahinter links ab, fort vom Flußlauf und nun der Eisenbahnstrecke folgend. Zu unserer Rechten tauchte ein Dorf auf. Ich sah, wie Menschen aus ihren Häusern rannten und gegen den Himmel wiesen. Zumindest bestätigte dies Charles' These, daß der Anblick eines Flugzeugs unweigerlich jeden hinter dem Ofen hervorlocken würde. Ich blickte auf meine Uhr: Seit fünfundzwanzig Minuten schwebten wir durch die Luft.

Die Eisenbahngleise der Hauptstrecke nach Swindon und Bristol glitzerten in der Sonne und bildeten eine ausgezeichnete Wegmarkierung. Wir passierten ein Städtchen, vermutlich Didcot, darauf folgte erneut flaches Ackerland, und als wir in das *Vale of the White Horse* hineinflogen, erhoben sich zu unserer Linken die *Downs.* Der Motor brummte beruhigend gleichmäßig, unser Schatten übersprang Gräben und Hecken wie eine Meute in rasender Hatz. Ich begann, Bellas Meinung zu teilen – dies war das Transportmittel der Zukunft. Die *Downs* wuchsen immer höher vor uns auf und rückten näher; nun wurden auch die gigantischen Torfumrisse des weißen Pferdes auf seinem länglichen Kreidefelsen erkennbar. Schon vor den Römern hatte es dort gestanden, aber vermutlich noch nie zuvor als Wegweiser für ein Flugzeug gedient. Charles warf einen Blick hinüber und wandte sich gen Norden, so daß wir die Eisenbahnstrecke verließen, die uns bis hierher geleitet hatte. Unmittelbar darauf entdeckte ich unter uns Gartenland, umgeben von endlosen roten Mauern mit mehreren Toren. Zwischen Eichen führte auf leicht ansteigendem Gelände ein Fahrweg zu einem hochherrschaftlichen Landsitz aus roten und honigfarbenen Ziegeln im *Queen Anne*-Stil – *Ockton Hall,* der Penwardinesche Familiensitz. Aus der Luft betrachtet wirkte er wie ein adrettes, in allen Einzelheiten perfektes Puppenhaus für ein reich ausgestattetes Kinderzimmer.

Wir kreisten über dem Park, wobei wir ständig an Höhe verloren. Nicht weit vom Haupteingangstor lag ein Dorf mit Kirche. Innerhalb der Mauern verliefen schmalere Pfade und breitere Wege kreuz und quer über das Parkgelände. Rehe und Hirsche hörten auf zu äsen, um uns zu beäugen, doch vorerst war keine Menschenseele in Sicht. Während eines kurvigen Manövers bemerkte ich eine kleine Waldsenke, an deren Rand sich ein eigenartiges steinernes Gebäude befand. Aus seiner Spitze schienen gemeißelte Blätter zu wachsen. Ich hatte allerdings nicht viel Zeit, Einzelheiten wahrzunehmen, da wir mittlerweile auf ungefähr zwanzig Meter gesunken waren. So, wie er vorher den Bahngleisen gefolgt war, orientierte Charles sich jetzt am Hauptzufahrtsweg zum Gutshaus. Es hatte tatsächlich den Anschein, als wolle er schnurstracks durch die Eingangstür fliegen.

In letzter Sekunde beschrieben wir auf der Höhe der Dachfenster eine Wendung und flogen über den Hof der Stallungen auf die rechte Seite des Haupthauses. Endlich rannten Menschen aus den Gebäuden, bleiche Gesichter reckten sich empor. Auf der Hinterseite des Herrenhauses lag eine Terrasse, von welcher einige Stufen hinunter auf ein weites Rasenstück führten. Diese Wiese wirkte ebener als die anderen Grasflächen des Geländes und hätte – ohne die riesige Zeder in der Mitte – durchaus als Landebahn getaugt. Ich riskierte einen Seitenblick auf Charles. Seine Miene drückte Besorgnis aus. Er wendete das Flugzeug; zu unserer Rechten lag eine kleine, weiß eingezäunte Koppel – offenbar der einzige Ort, auf dem man in der Nähe des Hauses landen konnte. Und Charles' Plan beruhte darauf, landen zu können. Achselzuckend sah er mich an und kreiste weiter.

Als wir den äußeren Zaun der Koppel erreichten, flogen wir noch erheblich zu schnell. Sogar ich spürte das. Charles zog an seinen Hebeln, der Motor hustete, einen Augenblick lang schwebten wir wie regungslos in der Luft. Dann hustete der Motor aufs neue, wir stiegen, beschrieben eine Kehrtwendung und versuchten eine zweite Annäherung. Wieder schien unsere Geschwindigkeit zu hoch, und ich richtete mich auf eine harte Landung ein. Charles' «Verdammt!» war laut genug, daß ich es trotz des Motorengeräusches hörte. Über die Umzäunung zwischen Koppel und Wiese flogen wir mit knapper Not, nicht höher als ein gutes Springpferd. Ich vernahm lautes Rufen, blickte zum Haus hinüber und sah Leute auf der Terrasse. In diesen Zehntelsekunden der Klarheit, die einer Katastrophe normalerweise vorausgehen, konnte ich sogar einzelne Personen ausmachen – Lord Penwardines glatt anliegendes Haar und blasses Gesicht, neben ihm seine Mutter, steif und hochaufgerichtet wie eine Karyatide, und, ganz hinten in der Reihe, Bellas rote Mähne. Sie winkte und rief, als würde das etwas nützen.

Die Zeder raste auf uns zu. Eine Sekunde, bevor wir meiner Meinung nach frontal mit ihr zusammenstoßen mußten, verspürte ich eine heftige Erschütterung, die jeden Knochen in meinem Leib durcheinanderrüttelte, sowie einen jähen Schmerz in meiner Wange. Um uns krachte und splitterte alles. Der Geruch nach aufgerissener Erde und Gras übertraf sogar den Benzingestank. Der Motor ging aus. In der nun entstandenen Stille hörte ich das Gezwitscher eines Vogels, der in der Zeder saß. Charles und ich hockten nach wie vor in unseren Sitzen, allerdings sehr schräg und schief. In unserer unmittelbaren Umgebung war alles zerbrochen und unförmig verzogen; das Flugzeug glich einer zertretenen Streichholzschachtel. Mit vollkommen gelassen klingender Stimme merkte Charles wie nebenbei an, es sei wegen des Kraftstoffes ratsam, unverzüglich auszusteigen. Behutsam zog er mich aus Bergen zersplitterter Holme und Stoffetzen hervor. Wie ein zerrupftes Huhn kauerte die ruinierte Maschine auf zerrissenen Grasballen, nur noch notdürftig von einem zerbrochenen Flügel abgestützt.

«Sie ist hier», sagte ich.

Irgend jemand, wahrscheinlich Lord Penwardines Mutter, hatte die kleine Menschenansammlung auf der Terrasse fest im Griff, denn aus ihrer Richtung war kein Laut zu vernehmen. Stocksteif und still standen sie da, als posierten sie für eine Photographie – die Familie in der Mitte, Hausmädchen und andere Dienstboten an den Rändern. Während wir auf die Gruppe zugingen, fiel mir Lord Penwardines entsetzlich verlegener Gesichtsausdruck auf. Ich begriff plötzlich, was in ihm vorgehen mußte. Wenn im eigenen Vorgarten zufällig ein Mann von seinem Pferd abgeworfen wird, kann man sich an gewisse Gepflogenheiten und Präzedenzfälle aus der Vergangenheit halten und entsprechend handeln. Sogar ein gelegentlicher Automobilunfall auf dem Zufahrtsweg liegt, in unseren schnellebigen Zeiten, inzwischen durchaus im Erfahrungsbereich der adeligen Residenten durchschnittlicher englischer Landgüter. Doch aristokratischen Gleichmut zu beweisen, wenn ein Flugzeug auf dem gepflegten Rasen des eigenen Besitzes eine Bruchlandung vollführt, dafür bestand weder in Lord Penwardines speziellem Fall noch generell bisher eine Notwendigkeit. Als unerhörter Aspekt trat hinzu, daß es sich bei dem Piloten des Flugzeuges um den vermeintlichen Geliebten der eigenen Ehefrau handelt. Ein weiteres Novum für das Britische Königreich.

Bella, die keine Britin war und sich daher um den Mangel an Präzedenzfällen herzlich wenig scherte, geriet als erste wieder in Bewegung. Sie lief die Stufen hinab und über den Rasen auf uns zu, muß dann allerdings meinen warnenden Gesichtsausdruck bemerkt haben. Im Gegensatz zu ihr konnte ich nämlich sehen, daß sich das offizielle Empfangskomitee nun ebenfalls in Bewegung setzte: an der Spitze die eiserne

Witwe, Lady Dorothea, in ihren Fußstapfen Lord Penwardine und – o Schreck! – der Butler. Sie verfielen zwar nicht direkt in einen Galopp, holten aber dennoch bemerkenswert rasch auf. Hinter ihnen folgten, allerdings in nicht eben geordneter Formation, diverse Hausmädchen, Diener, Gärtner, Stallburschen und ähnliche Gestalten. Bella warf einen Blick über ihre Schulter, entdeckte die eilige Schar und besaß die Geistesgegenwart, ihre erste Frage an mich zu richten.

«Nell, was ist geschehen? Sind Sie verletzt?»

Charles jedoch mißachtete ihre Vorgabe. Er stürzte auf sie zu und hätte sie an den Handgelenken gepackt, wenn sie ihm nicht ausgewichen wäre.

«Bella, was ist los mit dir? Ich muß mit dir reden!»

Sie zischte ihm zu: «Nicht jetzt. Später. Wir treffen uns …»

Doch eine schneidend scharfe Stimme unterbrach sie: «Guten Morgen – Miss Bray, nicht wahr? Ich glaube, wir kennen uns von einer Soiree Ihrer Tante.»

Lady Dorothea hielt bereits ihre Lorgnette vor einem Auge und strahlte soviel Würde und Gelassenheit aus, als befänden wir uns in ihrem Salon. Charles und das verstümmelte Flugzeug würdigte sie keines einzigen Blickes. Hinter ihr stand Lord Penwardine, zwei Bulldoggen von Gärtnern oder Dienern auf den Fersen. Er vermied es, Bella anzusehen.

«Ganz recht», erwiderte ich. «Ich fürchte, wir haben auf Ihrem Rasen beträchtlichen Schaden angerichtet.»

Charles hatte sich verschätzt. Selbst wenn es mir gelungen wäre, Lord Penwardine abzulenken, was von vorneherein unwahrscheinlich erschienen war – an seiner Mutter hätte sich jeder die Zähne ausgebissen, und zwar ohne jegliche Aussicht auf Erfolg. Ich blickte zu Charles hinüber. Er kochte vor Wut. Bella hatte sich bereits von ihm abgewandt. Vermutlich hatte sie ihm durch Zeichen etwas bedeutet, das ihm überhaupt nicht behagte.

«Miss Bray, Sie scheinen verletzt zu sein. Sie müssen unbedingt ins Haus kommen, damit wir Sie verarzten können.»

Wahrscheinlich hatte mir eine zersplitternde Holzleiste die Wange aufgeschrammt, doch fühlte es sich nicht sonderlich schlimm an. Andererseits bot sich mir im Haus möglicherweise die Gelegenheit zu einer Unterredung mit Bella, und ich hatte meine eigenen Gründe dafür, das Gespräch mit ihr zu suchen, gleichgültig, was nun mit Charles geschah.

Lord Penwardine gelang der Kunstgriff, Charles zu ignorieren, bei weitem nicht so perfekt wie seiner Mutter. Seine Schultern zuckten, als wolle er am liebsten einige gehörige Schläge austeilen. Seiner Mutter entging auch das nicht, und sie reagierte sofort.

«George, wärst du bitte so freundlich, Miss Bray in meinen Salon zu geleiten? Isabella, richte Marie bitte von mir aus, sie möge unseren Erste-Hilfe-Koffer dorthinbringen.»

Einen Augenblick lang glaubte ich, daß sie diesmal mit ihrem Befehlston kein Glück haben würde, denn sowohl Lord Penwardine als auch Bella waren vollkommen in ihren eigenen Gedankenwelten versunken und blieben wie angewurzelt stehen. Doch schließlich machte Lord Penwardine einen Schritt auf mich zu. Es war, als setze sich ein Monolith in Bewegung.

«Wenn Sie mir bitte folgen würden, Miss Bray ...»

Ich wollte, und zwar nur allzu gerne. Vielleicht verschaffte ich Charles auf diesem Wege einige kostbare Augenblicke mit Bella. Er hatte weiß Gott teuer genug dafür bezahlt. Doch Penwardines Mutter ließ selbst das nicht zu.

«Isabella!»

Es klang wie ein Peitschenknall. Bella zuckte mit den Achseln, drehte sich um, ohne irgend jemanden von uns anzusehen, und eilte die Treppe hinauf, ins Haus hinein. Lord Penwardine und ich folgten gemessenen Schrittes. Als wir auf der Terrasse standen, blickte ich zurück. Die kräftigeren

Dienstboten hatten um Charles und sein Flugzeug einen Kreis gebildet. Ein Bursche rannte Richtung Tor.

«Hier entlang, bitte.»

Lord Penwardine öffnete die Verandatür. Ich betrat einen Raum, der nach Holzfeuer duftete und wirkte, als sei darin seit Pitts Regierungszeit als Premierminister nicht das geringste mehr verändert worden. Charles oder seine Flugmaschine waren von dort aus nicht zu sehen.

21

Marie war mindestens achtzig Jahre alt: Eine zerknitterte, verdrossene Bretonin, die mit groben Fingern Holzsplitter aus der Wunde auf meiner Wange zog und erbarmungslos Jod applizierte, alldieweil sie durch die Zähne Zischlaute von sich gab. Ich begriff immerhin soviel, als daß sie bereits Lady Dorotheas Amme gewesen war. Letztere saß uns gegenüber auf einem vergoldeten Stuhl mit gerader Rückenlehne und begutachtete uns mit kritischem Blick – das heißt mich, nicht Maries Behandlungsmethoden. Wir befanden uns inzwischen in Lady Dorotheas privatem Salon, einer preziösen Angelegenheit aus dem achtzehnten Jahrhundert in gedämpften Rosatönen und Elfenbein, alles auf höchst edle Weise verblichen. Im Kamin war kein Feuer, sondern ein silberner Ventilator. Durch die kostbare Umgebung wurde mir mein ramponiertes Äußeres doppelt unangenehm bewußt – der grausam mißhandelte Tweedrock, meine schweren Stiefel, der ölverschmierte Möchtegernschal und die Schutzbrille, die neben mir auf einem Schemel lag. Lady Dorothea plauderte in leichtem Ton über meine Tante, das Wetter, Paris im Winter. Ich gab mein Bestes, um mitzuhalten.

Im stillen dachte ich jedoch ununterbrochen daran, wie abscheulich ich Lord Penwardine fand. Charles' Flug hierher hatte, auch wenn er in mancherlei Hinsicht ein Desaster war, zumindest meine Perspektive verändert. In den beiden Tagen seit dem Mord war ich geneigt gewesen, ausschließlich die Londoner Beteiligten am Geschehen zu berücksichtigen. Die Gruppe auf der Veranda hatte mich nachdrücklich daran erinnert, daß drei der handelnden Personen sich flugs in das Allerheiligste von *Ockton Hall* geflüchtet hatten – Bella, Lord Penwardine und Piggy Ditchbrake. Obwohl ich Piggy bisher nicht gesichtet hatte, war ich felsenfest davon überzeugt, daß er sich in unmittelbarer Nähe aufhielt. Ihm wollte ich ebensogerne einige Fragen stellen wie Bella.

Endlich sammelte Marie ihr Verbandszeug und die anderen Utensilien ein und zog von dannen. Meine Wange fühlte sich erheblich übler an als zuvor.

«Bleiben Sie zum Lunch, Miss Bray?»

Ja, erwiderte ich artig, und vielen Dank. Ich spürte, daß sie jetzt zum offiziellen Teil übergehen würde, denn sie drückte ihr Rückgrat noch stärker durch als bisher. Dabei konnte sie nicht vermeiden, daß sich ihr Gesicht kurz vor Schmerz verzerrte. Mir fiel ein, daß sie auf der Anreise unter Rückenschmerzen gelitten hatte. Eine Frau von geringerem Format hätte sich auch in meiner Gegenwart auf eine Chaiselongue gebettet.

«Die Person, die Ihr Flugzeug steuerte – gehe ich recht in der Annahme, daß es dieser Schauspieler ist?»

Aus ihrem Mund klang das Wort, als handle es sich dabei um eine Kreuzung zwischen Taschendieb und Stinktier.

«Charles Courts, in der Tat. Das Flugzeug gehört ihm.»

«Was bezweckte er damit, es zu uns zu fliegen?»

«Er wollte mit Ihrer Schwiegertochter sprechen.»

Ein ausgiebiger Seufzer. Sie starrte auf die kahlen Glyzinienzweige vor dem Fenster. Als sie erneut das Wort ergriff, schlug sie einen gedämpften, vertraulichen Ton an, allerdings mit einem eigenartig unpersönlichen Unterton, so, als halte sie vor einem Publikum, das nur aus einer Person bestand, eine öffentliche Rede.

«Als George mir mitteilte, er beabsichtige, sich mit Isabella zu vermählen, war ich entzückt. Überrascht Sie das, Miss Bray?»

«Warum sollte es?»

Das war nicht die korrekte Antwort, doch sie fuhr unbeirrt fort: «Ich weiß, manche Leute vertraten damals die Ansicht, er hätte, als Angehöriger einer so altehrwürdigen Familie wie der unsrigen, eine Britin wählen sollen. Derlei engstirniges Denken war nie meine Sache. Man sollte frisches Blut in den eigenen Reihen stets willkommen heißen, frisches Blut der richtigen Sorte wohlgemerkt.»

Ich konnte mir eben noch verkneifen einzuwerfen, daß Graf Dracula ihr mit Sicherheit freudig zustimmen würde.

«Isabella verfügte womöglich nicht über den Schliff, den man von einer in diesem Lande erzogenen jungen Dame erwarten darf, aber ich erkannte ihre besonderen Qualitäten und war bereit, diese willkommen zu heißen.»

Bella plus zwei Millionen Dollar. Doch ich unterbrach sie nicht. Die Frau war von den gottgegebenen Rechten der Penwardines so durchdrungen, daß ich genausogut hätte versuchen können, mit den Fingernägeln etwas in Granit zu ritzen. Lady Dorotheas Stimme sank zu einem Flüstern herab.

«Ich hoffte – und ich weiß, daß George meine Hoffnung teilte –, daß sie uns einen Erben schenken würde. Ich habe bei ähnlichen Verbindungen in unseren Kreisen beobachtet, daß Amerikanerinnen zahlreiche und vor allem gesunde Söhne gebären.»

«In der Tat ein interessantes Phänomen. Glauben Sie, man mischt den Frauen dort etwas Besonderes ins Essen?»

Sie überhörte die Bemerkung geflissentlich und blieb standhaft bei ihrer vertraulichen Haltung.

«Leider kam es in Isabellas Fall nie dazu. George und ich waren verständlicherweise sehr enttäuscht, doch haben wir es ihr niemals zum Vorwurf gemacht, niemals.»

Ich biß mir auf die Zunge.

«Deswegen kränkte ihre Undankbarkeit George so sehr. Er gab Isabella mehr Freiheit, als andere Männer seines Standes je erwogen hätten. Doch sie hat ihre Freiheit mißbraucht. Auf verwerfliche Weise mißbraucht.»

Ich war ihr Gast, befand mich in ihrem Haus, aber es gab für alles Grenzen.

«Stachelte er deshalb Piggy Ditchbrake und seine anderen Freunde dazu auf, Bellas Vorstellung zu stören?»

Sie hielt ganz still, um sich von meinen schlechten Manieren nicht überwältigen zu lassen, schloß die Augen und tat einen tiefen Atemzug.

«Damit hatte George nicht das geringste zu tun. Es sollte indes niemanden verwundern, daß seine Freunde ihr verübelten, was sie George antat. Er hat sehr treue Freunde. Doch er selbst hatte nichts damit zu schaffen.»

«Wirklich nicht? An dem bewußten Abend hielt er sich nicht weit entfernt vom Theater auf.»

Zu meiner großen Verblüffung lächelte sie.

«Ich bin so froh, daß Sie das sagen, Miss Bray. Ein Stein fällt mir vom Herzen.»

«Warum?»

«An dem Tag nach jenem ... unglückseligen Zwischenfall im Theater suchte ein Beamter von *Scotland Yard* uns auf, um sich in aufdringlicher Weise zu erkundigen, wo mein Sohn sich am Vorabend aufgehalten hatte. Zum damaligen Zeitpunkt verstanden weder George noch ich den Grund für diese ungehörige Befragung. Doch jetzt begreife ich, daß es aufgrund eines Versehens Ihrerseits geschah.»

«Eines Versehens meinerseits?»

«Sicherlich dachten Sie sich dabei nichts Böses. Aber Sie waren George erst einmal zuvor begegnet, und da irrt man leicht bezüglich der Identität eines Menschen. Selbstverständlich jedoch hat die Polizei die Pflicht, allen Hinweisen nachzugehen. Ich gebe Ihnen keine Schuld an dem Mißverständnis, Miss Bray, nicht die mindeste. Bitte glauben Sie mir.»

«Gab die Polizei sich schließlich zufrieden?»

«Natürlich. George war zufälligerweise den ganzen Abend über bei mir zu Hause gewesen. Am Ende entschuldigte sich auch der Herr von *Scotland Yard* mehrfach für das Versehen.»

«Das sieht ihm ähnlich.»

Mir dämmerte, warum man mich sofort von Charles getrennt und mit zusammengebissenen Zähnen als Gast willkommen geheißen hatte. Lady Dorothea wollte mir in den Schädel hämmern, daß ich Lord Penwardine unmöglich in der Nähe des *Crispin Theatre* angetroffen haben konnte. Doch ich wußte, daß ich ihn gesehen hatte. Selbst eine ganze Armee verwitweter Aristokratinnen würde mich nicht vom Gegenteil überzeugen können.

Ein Gong ertönte mit leisem, ehrerbietigem Klang.

«Das Mittagessen. Ganz inoffiziell, nur die Familie ist anwesend. Ich hoffe, Sie sehen uns die Formlosigkeit nach.»

Die Veranstaltung war ungefähr so inoffiziell wie eine Kriegsgerichtsverhandlung. Vier Menschen – Lord Penwardine, seine Mutter, Bella und ich – saßen an einem schweren Eichentisch, an dem mit Leichtigkeit zwölf Personen Platz gefunden hätten. Auf einer langen Anrichte standen Platten mit kaltem Rind, Hammel und Wintersalaten, ungefähr so schmuckvoll und festlich wie Trauerkränze. Zwei unterwürfig wispernde Diener sorgten für unser leibliches Wohl. Lord Penwardine erschien als letzter. Er begrüßte seine Mutter und mich mit je einem leichten Kopfnicken, würdigte Bella keines Blickes und nahm sodann einen Teller kalten Rindfleisches mit der Haltung eines Mannes entgegen, dem das Leben gerade eine weitere lästige Pflicht aufbürdet. Man merkte ihm nicht an, ob es ihm gefiel oder mißfiel, daß seine herumstreunende Gattin zurückgekehrt war. Seine Mutter sprach über die Gemälde in den Uffizien. Hin und wieder hielt sie mit schräggeneigtem Kopf inne, um auf meine geschätzte Meinung zu warten. Bella saß mir gegenüber und spielte mit ihrem Salat. Sie hätte ebensogut zehn Meilen entfernt sein können, so gering war unsere Chance, über irgend etwas wirklich Wesentliches zu sprechen.

Ab und zu blickte sie mich an. Ich wußte, es brachte sie beinahe um, nicht fragen zu können, was mit Charles geschehen war. Die Fenster des Eßzimmers gingen nicht auf die Wiese hinter dem Haus hinaus. Nichts deutete darauf hin, daß eben erst ein Flugzeug über die Grenzen des Landsitzes vorgedrungen war. Der durch das Fenster sichtbare Rasen fiel in Richtung des eine halbe Meile entfernt gelegenen Haupteingangstors leicht ab. Linker Hand war das Gelände sogar noch abschüssiger. Dort befand sich das bewaldete Tal, auf dessen Abhang eine riesige Ananas aus honigfarbenem Sandstein stand. Die exzentrischen Gartenbauarchitekten des achtzehnten Jahrhunderts hatten derlei Phantasiebauten geliebt. Um von florentinischer Kunst abzulenken, machte ich eine Bemerkung über die Ananas, erwähnte allerdings nicht, daß ich das Gebilde bereits aus der Luft bemerkt hatte.

«Das ist ein Sommerhaus», meinte Bella.

Bevor Lady Penwardine die Sprache erneut auf Malerei bringen konnte, fragte ich, vor allem an Lord Penwardine gewandt:

«Ist Mr. Ditchbrake wohlbehalten zu Hause angelangt?»

Alle drei erstarrten zu Salzsäulen.

«Gewiß hatte er eine äußerst ungemütliche Nacht hinter sich, weil ihn die Polizei verhört hat. Es war eine äußerst freundliche Geste von Lord Penwardine, Mr. Ditchbrake seine Privatkutsche für die Fahrt nach *Paddington* zu überlassen.»

Lord Penwardine hatte aufgehört zu essen. Sowohl Bella als auch seine Mutter sahen ihn durchdringend an.

«Mr. Ditchbrake besitzt im Dorf ein Haus.»

Er wies mit dem Kinn die Auffahrt Richtung Tor entlang, was meine Frage allerdings nicht beantwortete.

«Ist das wahr? Ich denke, ich werde ihm auf dem Heimweg einen Besuch abstatten.»

Lady Dorothea warf ein: «Kennen Sie Mr. Ditchbrake?»

«Flüchtig. Ich möchte ihn gerne näher kennenlernen.»

Plötzlich sagte Bella: «Er ist nicht zu Hause.»

Mutter und Sohn schnellten zu ihr herum und blickten sie an, sichtlich unglücklich über ihre Einmischung.

«Gestern versuchte ich, mit ihm zu sprechen, Nell. Sein Butler erteilte mir die Auskunft, er sei seit einer Woche nicht zu Hause gewesen.»

Und dennoch war er in Lord Penwardines Kutsche nach *Paddington* gefahren, der ersten Etappe auf seinem Heimweg nach *Berkshire.*

Bellas Augen verweilten unverwandt auf dem Gesicht ihres Gatten, während sie hinzufügte: «Vielleicht weiß seine Schwester, wo er ist. Ich sah sie heute morgen durch den Park spazieren.»

Ihr Ton klang herausfordernd und trotzig. Ich begriff zwar sogleich, daß ihren Worten eine Bedeutung anhaftete, die mir verborgen blieb, aber Lord Penwardines heftige Reaktion überraschte mich trotzdem. Er ließ die Gabel fallen, und während er Bellas Blick starr erwiderte, wechselte seine Gesichtsfarbe langsam zu einem beinahe schmerzlich tiefen Rot. Dann wandte er sich brüsk ab und herrschte einen der Diener an, der gehorsam zu ihm sprang und ihm eine frische Gabel reichte. In einem Ton, der ein gesamtes Kabinett ausgewachsener Minister aufgescheucht hätte, bedeutete Lady Dorothea dem anderen Diener:

«Gewiß möchte Miss Bray eines von unseren Rumtörtchen kosten.»

Es schmeckte so widerwärtig süß wie ein unerwünschtes Almosen. Nachdem wir alle einen Anstandsbissen heruntergewürgt hatten, gab Lady Penwardine den Dienern ein Zeichen und stellte sich neben der Anrichte vor den halbleeren Schüsseln und Platten in Positur. Man brachte ihr zwei große Metallbehälter, und wie jemand, der ein Ritual vollführt, füllte sie die Überreste der Mahlzeit hinein. In einem großen Kuddelmuddel wanderten kaltes Fleisch, Salat und Rumtörtchen in die Behälter. Bella sah schweigend zu.

Schließlich tupfte sich Lady Dorothea die Hände an einer Leinenserviette ab und wandte sich wieder mir zu:

«Sie sehen, Miss Bray, Verschwendung dulde ich nicht. Unsere alten Leutchen sind dankbar für alles, was wir übriglassen.»

Ich wiederum bedankte mich für ihre Gastfreundschaft und erkundigte mich nach dem Weg zum nächstgelegenen Bahnhof.

«Thomas wird Sie mit dem Ponywagen hinkutschieren. Sie haben sicherlich nichts dagegen einzuwenden, wenn er auf dem Weg das Essen bei unseren Alten abliefert.»

Eine wirklich großartige Leistung, dachte ich bei mir: Als ungebetener Gast per Flugzeug ins Haus und im Ponywagen mitsamt den Küchenabfällen hinaus. Während wir uns zur Eingangshalle begaben, dachte ich darüber nach, ob sie versuchen würde, mich bewachen zu laßen. Gewiß hätte sie es liebend gerne persönlich getan, doch ihre Aufmerksamkeit wurde von allzu vielen Dingen gleichzeitig in Anspruch genommen. Lord Penwardine murmelte nämlich, daß er kurz mit ihr sprechen müsse. Er hatte sich von Bellas Bemerkung bei Tisch offenkundig noch nicht erholt. Seine Mutter musterte ihn prüfend und gelangte zu dem Schluß, daß es Anlaß zur Besorgnis gab.

«In deinem Studierzimmer?»

Er öffnete eine Tür am anderen Ende des Korridors.

Bella verkündete, laut und deutlich: «Ich begleite Nell zum Ponywagen.»

Durch eine Reihe von Türen eilte sie so schnell vor mir her, daß wir nahezu rannten, bis wir zu einem offenen Gang, der an einer Seite des Hofes zwischen den Ställen entlangführte, gelangten. Die Dienstboten folgten uns mit den Essensbehältern. Ein Karren, vor den ein fettes graues Pony gespannt war, stand bereit. Bella blickte kurz zu den Dienstboten hinüber, bevor sie mich rasch in die entfernteste Hofecke zog.

«Nell, ich muß Charles sehen. Sagen Sie ihm, daß ich in der Hütte am Westtor auf ihn warten werde, bis er kommt.»

«Das dürfte nicht einfach sein. Beim letzten Mal, als ich ihn sah, wurde er ziemlich gut bewacht.»

«Von wem?»

«Den Angestellten. Doch ich fürchte, es kommt sogar noch schlimmer.»

«Inwiefern?»

Sie war leichenblaß. Selbst aus ihren Lippen wich sämtliche Farbe. Doch leider sah ich keine Möglichkeit, ihr die Neuigkeit schonend beizubringen.

«Gegen Charles wurde wegen des Mordes an Migson ein Haftbefehl erlassen.»

Vor Entsetzen schrie sie leise auf, riß sich allerdings gleich wieder zusammen, weil einer der Dienstboten zu uns herüberspähte.

«Er war's nicht, Nell.»
«Woher wissen Sie das?»
«Weil mein Mann es getan hat.»
«Können Sie das beweisen?»
«Ja.»
«Richtig beweisen? Vor Gericht?»
Sie biß sich auf die Lippen.

«Noch nicht. Noch nicht ganz. Deswegen bin ich in dieses Gefängnis zurückgekehrt, denn ich werde es beweisen. Ich rühre mich nicht mehr vom Fleck, bis ich einen Beweis in Händen halte, der jedermann überzeugen wird. Da können die beiden ihre Beziehungen noch so sehr spielen lassen. Aber Charles weiß das nicht. Ich hatte bisher keine Chance, es ihn wissen zu lassen. Und wenn man ihn jetzt verhaftet ... Bitte, Nell, Sie müssen ihn zu mir schicken.»

Die Essensbehälter waren in den Ponykarren geladen worden. Der Pferdeknecht stand wartend neben dem Pony und unterhielt sich mit einem Hausdiener, der meinen Mantel, meine Schutzbrille und meinen demolierten Hut hielt.

«Bella, wenn Sie irgend etwas über diesen Mord wissen, müssen Sie sprechen. Sagen Sie es der Polizei. Sagen Sie's mir, wenn Sie das lieber möchten.»

Sie starrte auf die Pflastersteine hinab.

«Wahrscheinlich haben Sie recht. Aber nicht der Polizei. Die Polizei wird ihm und seiner Mutter glauben, so wie sie glaubt, daß er den ganzen Abend in dem Haus an der *Park Lane* verbrachte.»

«Entspricht das denn nicht der Wahrheit?»
«Natürlich nicht, Nell. Er war im Theater.»
«Tatsächlich im Gebäude?»
«Unmittelbar davor.»
«Wann?»
«Gleich nach dem Aufruhr im Zuschauerraum. Als wir die

Vorstellung unterbrechen mußten und jener Mann erschossen wurde.»

«Woher wissen Sie das?»

Sie blickte mir direkt ins Gesicht. Langsam und deutlich erwiderte sie: «Ich weiß, daß mein Mann dort war, weil ich ihn sah.»

«Erzählen Sie mir alles von dem Zeitpunkt an, da Sie von der Bühne abtraten.»

Sie holte tief Luft.

«Ich begab mich in meine Garderobe und zog einen Mantel über mein Kostüm. Ich dachte, die Vorstellung sei vorbei – Schluß, aus, alles aus! Ich glaubte nicht daran, daß wir weiterspielen würden. Ich wußte, es war seine Schuld, und ich vermutete ihn irgendwo vor dem Theater. Ich rannte aus dem Bühneneingang, weil ich ihm meine Meinung ins Gesicht schreien wollte.»

«Wieviel Zeit war seit Ihrem Abgang von der Bühne vergangen?»

«Ich war so aufgebracht, daß ich mich sehr beeilte. Vielleicht fünf Minuten.»

«Fanden Sie ihn?»

«O ja, ich fand ihn.»

«Wo?»

«Erinnern Sie sich an die Gastwirtschaft auf der anderen Straßenseite? Guggles stand allein hinter einem Fenster im oberen Stockwerk und beobachtete, wie Leute aus dem Theater hinausgeworfen wurden. Zuerst wollte ich auf der Stelle zu ihm, doch dann besann ich mich und beschloß abzuwarten, um zu sehen, was er als nächstes tun würde. Ich zog mich in den Schatten eines Hauseingangs zurück, damit er mich nicht sehen konnte. Kurze Zeit später kam Piggy Ditchbrake die Straße entlanggelaufen. Er sah aus, als hätte er sich geprügelt. Guggles trat aus dem Haus, um mit ihm zu sprechen.»

«Bemerkte Piggy Sie?»

«Nein. Guggles sagte etwas zu Piggy, worauf Piggy zum Bühneneingang rannte. Ich sprang aus meinem Versteck und hielt Guggles am Mantel fest, damit er mir nicht entwischte. Er gebärdete sich, als würde er im nächsten Augenblick vor lauter Verlegenheit und Gekränktheit tot umfallen. Er hat zwar keine Skrupel, seine Frau zu ermorden, kann es jedoch nicht ertragen, sich auf der Straße in aller Öffentlichkeit mit ihr zu streiten.»

«Wie lange dauerte Ihre Unterredung?»

«Eine ganze Weile. Ich sagte ihm meine Meinung darüber, was ich davon hielt, daß er die Vorstellung ruinierte. Um uns herum drängten sich die Menschen, doch niemand achtete auf uns. Vermutlich nahm man an, unsere Auseinandersetzung sei Teil des allgemeinen Tohuwabohus. Plötzlich rief jemand – ich weiß nicht wer –, das Stück werde fortgesetzt. Ich ließ Guggles los und stürmte ins Theater, um mich umzuziehen.»

«Sie verließen ihn also erst, als die Vorstellung weitergehen sollte.»

«Ja. Mir blieb kaum Zeit zum Umziehen. Sie sahen es mit eigenen Augen.»

«Warum haben Sie hiervon bisher nichts erwähnt?»

«Ich befürchtete, Sie würden mir zürnen, weil ich das Theater verlassen hatte.»

«Halten Sie das tatsächlich für einen Beweis dafür, daß Ihr Mann Migson erschoßen hat?»

«Ja. Die Schmutzarbeit hat Piggy gemacht, aber die Planung stammt von Guggles. Und der Plan hätte funktioniert, wäre nicht jener Unglücksrabe in meinem Kostüm einherstolziert, so daß sie ihn statt meiner ermordeten. Guggles erlebte gewiß den gewaltigsten Schock seines ganzen Lebens, als ich mich ihm in den Weg warf. Was ich jetzt noch tun muß, ist herausfinden, wo er Piggy versteckt. Piggy ist ein Schwächling. Er wird alles gestehen.»

Die Farbe kehrte in ihr Gesicht zurück. Es gab da etwas, daß ich ihr erklären mußte, obwohl es ihr nicht gefallen würde. Zuvor galt es allerdings, noch einige Fragen zu klären.

«Vermuten Sie, daß Piggy Ditchbrake sich irgendwo auf dem Grundstück aufhält?»

«Ohne jeden Zweifel.»

«Vermutlich haben Sie recht. Ich bemerkte, wie nervös Ihr Mann wurde, als Sie Piggys Schwester erwähnten.»

Bella wirkte peinlich berührt.

«Das hat wahrscheinlich einen anderen Grund.»

«Welchen?»

«Ich glaube, allmählich spielt es keine Rolle mehr, ob ich es Ihnen sage oder nicht. Ich hätte gar nicht erst davon anfangen sollen. Schließlich ist es nicht die Schuld der armen Louise.»

«Ist Louise Piggys Schwester?»

«Ja, und die Frau, von der ich Ihnen erzählte. Wissen Sie noch, die Jugendliebe? Die Guggles heiraten wollte, bevor seine Mutter ihn dazu zwang, mich zu heiraten, wegen meines verfluchten Geldes. Von dem Tag an, da wir aus unseren Flitterwochen zurückgekehrt sind, haben sie ein Verhältnis miteinander gehabt. Guggles weiß, daß ich es weiß, doch wir reden nicht darüber.»

Zu einem anderen Zeitpunkt hätten mir alle beide leid getan, doch momentan hatte ich für Bella leider noch schlechtere Nachrichten in petto.

«Was Sie mir soeben erzählt haben, beweist nicht, daß Ihr Mann oder Piggy Ditchbrake Migson ermordeten.»

«Aber sie waren dort. Ich sah sie.»

«Vielleicht außerhalb des Theaters, ja. Doch Ihrer Aussage zufolge konnte Ihr Mann sich zum Zeitpunkt des Schusses unmöglich hinter der Bühne befunden haben. Zuerst stand er nämlich am Fenster des Wirtshauses, und danach hielten Sie ihm unten auf der Straße eine Standpauke. Es tut mir leid, aber Sie haben ihn soeben mit einem Alibi versorgt.»

«Aber Piggy ... Piggy war doch derjenige, welcher den Schuß abfeuerte!»

Ich schüttelte den Kopf. Wir hatten seit dem Mord noch keine Gelegenheit zu einem Gespräch gehabt. Sie wußte deshalb nicht, daß ich persönlich Piggys Alibi bezeugen konnte, weil zum Zeitpunkt des Schusses meine Hand auf Piggys Arm ruhte. Während ich ihr das auseinandersetzte, schüttelte sie fortwährend den Kopf. Ihrem Gesichtsausdruck konnte ich indessen entnehmen, daß sie sehr wohl begriff, was ich sagte.

«Aber sie müssen es gewesen sein, Nell! Warum raste Piggy sonst zurück ins Theater? Wieso hält man ihn versteckt?»

«Keine Ahnung.»

Wobei jedoch allmählich der Schimmer einer Idee in mir aufblitzte – eine Idee, die ich mit Bella allerdings nicht erörtern konnte.

«Nell, was sollen wir tun? Sie dürfen nicht zulassen, daß man Charles verhaftet.»

«Ich vermag das leider nicht zu beeinflussen.»

«Erzählen Sie ... Erzählen Sie denen, was Sie wollen. Sagen Sie der Polizei, ich hätte Migson erschossen.»

«Aber Sie standen vor dem Theater und gaben Obacht auf Ihren Mann.»

«Ach ja.»

Sie schlug sich mit der Faust gegen ihr Bein und verdrehte frustriert die Augen.

«Ich muß unbedingt mit Charles reden. Bitte schaffen Sie ihn zur Hütte am Westtor.»

Ich würde mein Bestes tun, sagte ich ihr. Gemeinsam schritten wir über den Hof.

«Sie sollten jetzt mit dem Ponykarren abfahren, für den Fall, daß sie uns beobachtet. Außerhalb des Hofes können Sie behaupten, Sie hätten etwas vergessen, aussteigen und Charles suchen.»

Sie blickte uns nach, während wir aus dem Hof hinausfuhren. Als wir den Kiesweg erreicht hatten, der unmittelbar dahinter begann, rief ich dem Kutscher zu, ich hätte etwas vergessen, aber er bräuchte nicht auf mich zu warten. Ich öffnete den hinteren Schlag, sprang vom Wagen und stand in einem mit Kisten und Kartons vollgestellten kleinen Hof hinter dem Küchentrakt. Von dort führte ein schmaler Durchgang zu der Terrasse hinter dem Haus. Charles wartete auf dem Rasen neben seinem zerstörten Flugzeug und rauchte eine Zigarette. Zwei Gärtner oder Stallburschen standen, ebenfalls rauchend, bei ihm. Die drei unterhielten sich scheinbar entspannt, dennoch war nicht zu übersehen, daß Charles bewacht wurde. Ich lief zu ihm hinüber, wobei ich fieberhaft nachdachte, wie ich seine Wachhunde ablenken und ihm Bellas Nachricht übermitteln konnte. Da tauchten auf der anderen Seite zwei Männer in blauen Uniformen auf, die rasch und zielstrebig auf Charles zumarschierten. Er warf seine Zigarette fort. Die Gärtner zogen sich zurück und überließen ihn seinem Schicksal.

Ich war noch einige Meter entfernt, als der erste Schutzmann Charles bereits erreichte. Ein Polizist vom Lande, dessen gerötetes Gesicht und verlegenes Gebaren deutlich bekundeten, daß er an derlei Situationen nicht gewöhnt war. Nichtsdestotrotz gelang es ihm ganz ordentlich, sein Sprüchlein aufzusagen.

«Sind Sie Mr. Charles Courts, Sir?»

Charles nickte.

«Wir müssen Sie auffordern, uns zu folgen, Sir.»

«Warum?»

«Gegen Sie wurde Haftbefehl erlassen, Sir, wegen des Mordes an Mr. Matthew Migson.»

Charles entdeckte mich, wollte etwas sagen und entschied sich dann dagegen. Er wandte sich an die Gärtner und deutete auf das Flugzeug.

«Könntet ihr die Maschine bitte mit einem Stück Segeltuch oder ähnlichem bedecken. Ein Mann namens Arthur wird es demnächst abholen.»

Sie nickten. Ohne ein weiteres Wort schritt Charles mit den Polizisten über die Wiese von dannen. Vermutlich stand ihr Gefährt auf dem Zufahrtsweg vor dem Haus. Es kam selbstverständlich nicht in Frage, daß Charles Courts auch nur einen Fuß in Lord Penwardines Domizil setzte. Ich bemerkte seine Fliegermütze und Schutzbrille im Gras, hob sie auf und legte sie auf den Pilotensitz.

Einer der Männer sagte: «Keine Sorge, Miss, wir passen für ihn darauf auf.»

«Sieht aber nicht so aus, als würde er das Zeug in nächster Zeit brauchen», fügte der andere hinzu.

22

Langsamen Schrittes kehrte ich zu den Stallungen zurück und wartete dort, bis der Stallknecht mit dem Ponykarren und den leeren Essensbehältern wieder vorfuhr.

«Möchten Sie jetzt abfahren, Miss?»

Ich nickte. Die Witwe des verflossenen Lord Penwardine, Lady Dorothea, hatte mehr oder minder Order erlassen, mich von ihrem Grundstück zu entfernen, und würde den Stallknecht vermutlich später befragen, um sicherzugehen, daß ich fort war. Das Pony trottete vor sich hin, bis es das Haupttor erreichte, ein drei Meter hohes Gebilde aus wappenverziertem Schmiedeeisen und fest verschlossen. Aus meiner Rocktasche fischte ich ein Notizbuch samt Bleistift und kritzelte eine kurze Nachricht, was beim Rumpeln und Schaukeln des Karrens nicht leicht war: «Botschaft nicht überbracht. Leider schon weg.» Dürftige Worte für Bella, die in der Hütte am Westtor warten würde, doch schon um ihretwillen wagte ich nicht, ausführlicher zu schreiben. Schließlich konnte der Zettel ohne weiteres in Feindeshand geraten. Ob die Penwardines einen Türhüter beschäftigten? Den Ponykarren befand ein solcher seiner Aufmerksamkeit jedenfalls nicht würdig, denn der Stallknecht mußte absteigen, um eigenhändig einen Flügel des gußeisernen Tors zu öffnen.

Währenddessen sprach ich ihn an: «Ich möchte noch nicht zur Bahnstation. Würden Sie mich bitte im Dorf absetzen?»

«Das Dorf ist nicht der Rede wert, Miss.»

«Ich hätte gerne einen Blick in die Kirche geworfen, wenn ich schon in der Gegend bin.»

Er hatte nichts dagegen, mich vor der Kirchentür abzusetzen und sich die längere Fahrt zur Bahnstation zu ersparen. Nachdem ich ausgestiegen war, überreichte ich ihm eine halbe Krone und meine Botschaft an Bella.

«Die junge Lady Penwardine hält sich derzeit in der Jagdhütte am Westtor auf. Könnten Sie auf dem Rückweg dort vorbeifahren und ihr den Zettel geben, bitte?»

Er tippte sich mit dem Peitschenknauf an die Mütze. Ich sah zu, wie der Ponykarren die Straße hinabfuhr. Knapp zweihundert Meter weiter hielt er bereits wieder an – vor der Dorfschenke. Der Stallknecht band die Zügel zusammen, sprang vom Bock und verschwand im Inneren des Wirtshauses. Um so besser. Es bedeutete zwar, daß Bella auf meine Nachricht würde warten müssen, doch war es äußerst unwahrscheinlich, daß der Stallknecht Lady Penwardine auf die Nase binden würde, womit er seine Zeit zugebracht hatte, anstatt mich zum Bahnhof zu fahren.

Die rote Ziegelmauer um Lord Penwardines Park war des hervorstechendste Merkmal in meiner näheren Umgebung. Ich drehte der Kirche den Rücken zu und ging den Weg entlang, der parallel zur Mauer verlief, bis ich um eine Kurve gebogen und außer Sichtweite von Kirche und Dorfschenke war. Nun warf ich meinen Hut über die Mauer, raffte meinen Rock zusammen und nahm Anlauf, um hinaufzuhechten. Ich benötigte drei Versuche und opferte ein gehöriges Stück der Haut an meinen Handgelenken, schaffte es am Ende jedoch, oben zu landen. Ich rutschte auf der anderen Seite wieder hinunter, barg meinen Hut aus den Ästen eines Brombeerstrauches und versuchte, mich zu orientieren. Ich war zu weit vom Haupthaus entfernt, als daß man mich ohne Fernglas hätte erspähen können. Außerdem wuchsen dicht an der Mauer Brombeeren und anderes Gebüsch, das mir eine gewisse Deckung verschuf. Eine Viertelmeile zu meiner Linken lag der Hauptzufahrtsweg. Zu meiner Rechten fiel das Gelände ziemlich steil ab. Dort lagen überwiegend Wiesen und Weiden mit vereinzelten mächtigen Eichen. In dieser Richtung mußte auch die Waldsenke mit dem ananasförmigen Sommerhaus liegen.

Ich hielt mich dicht an der Mauer und schlüpfte durch das Gebüsch, um nicht gesehen zu werden. Zwischendurch schreckte ich einen großen roten Hirsch auf. Er starrte mich an, schnaubte, sprang dann jäh herum und galoppierte davon. Seine Rehe folgten ihm gehorsam und in einer langen Reihe. Im Gänsemarsch zogen sie behende über das verwelkte Gras. Der rote Sonnenball im Hintergrund stand bereits sehr niedrig. In dem Maße, wie die Sonne sank, setzte der Frost ein. Es war erst drei Uhr, würde allerdings schon in knapp einer Stunde dunkel werden. Ich schritt aus und gelangte zu der Stelle, wo sich die Mauer in das kleine Tal hinein neigte. Die niedrigen Bäume standen hier so dicht wie Moos und hätten eine ausgezeichnete Tarnung abgegeben. Doch mir blieb keine Zeit, um zwischen ihnen hindurchzukriechen, so daß ich am Rand der Senke, die zu meiner Rechten lag, entlangging, bis die stachelige Spitze der steinernen Ananas links von mir aufragte.

Vor meinem inneren Auge sah ich sie noch immer so klar vor mir wie aus der luftigen Höhe von dreizehn Metern. In jenem Moment hatte sie einen Schatten auf den Rasen geworfen. Hinter ihr lag der tiefste Punkt des kleinen Tales. Und vom Haupthaus her führte ein schmaler Trampelpfad auf den Ananas-Pavillon zu. Wenn man über gefrorenes Gras läuft, hinterläßt man Eindrücke. Sobald der Frostüberzug geschmolzen ist, werden die lädierten Grashalme als dunklere Stellen im Rasen sichtbar. Vom Boden aus hätte ich die Spuren möglicherweise gar nicht bemerkt, doch vom Flugzeug aus waren sie unübersehbar gewesen. Am frühen Morgen dieses Tages mußte jemand zum Ananas-Pavillon gelaufen sein, als das Gras noch von einer Frostschicht überzogen war. Dafür mochte es zwar ein Dutzend Erklärungen geben, doch ich glaubte, zumindest einen möglichen Grund erraten zu haben.

Ich näherte mich der Ananas, wobei ich darauf achtete, daß sie stets zwischen mir und dem Haus lag. Der Baumeister des achtzehnten Jahrhunderts hatte ganze Arbeit geleistet. In die geschwungenen Steinmauern waren grobe Rauten eingemeißelt, in Analogie zur Schale der Frucht. Unten, am Boden, waren die Wände in etwa einem Meter Höhe kantig ausgeschnitten und formten einen quadratischen Steinsockel. Ich lief um den Pavillon herum und gelangte zu einer regulären, tief in die Mauer eingelassenen Tür. Mein Herz setzte einen Schlag lang aus, denn das Gras davor war von mehr als einem Paar Schuhe zertrampelt und zerquetscht worden, vielleicht auch mehrere Male von denselben Füßen. Die Tür hatte kein

Schloß, lediglich einen gußeisernen Knopf. Ich drehte ihn herum, drückte dagegen, und mühelos schwang die Tür auf.

Aus dem Inneren ertönte eine Stimme, eine quengelige, leicht lallende Stimme: «Kommst du endlich, Guggles?»

Piggy Ditchbrakes Stimme.

Ich stieß die Tür vollends auf und trat ein. Leere Flaschen fielen um und rollten über den Steinfußboden. Innen schien es sogar noch kälter als draußen, doch roch es gleichzeitig wie am Morgen nach einem rauschenden Fest – nach Wein, Zigarrenrauch und Erschöpfung. Durch das einzige Fenster, in der mir gegenüberliegenden Wand, drang etwas Licht in den Raum; es wurde durch zwei Kerzen verstärkt. Sie standen in einem wachsüberkrusteten Kerzenhalter auf einem Tisch und bildeten eine Lichtinsel in der Mitte des Raumes. Dieser Lichtkegel beleuchtete ein Arrangement, das aussah, als habe man ein unaufgeräumtes, ungeputztes Stück eines Herrenclubs an der *Pall Mall* wie aus einer Torte ausgeschnitten und herbefördert. Ein mit fetten Kissen gepolsteter hölzerner Armsessel stand neben einem Sofa, das mit einem Wust von Decken bedeckt war. Außer dem Kerzenständer befand sich ein wahres Sammelsurium von Gegenständen auf dem Tisch – ein Exemplar von *Jorrocks's Jaunts and Jollities*, kalte Fleischreste, etliche benutzte Weingläser, eine Flasche mit Brandy und eine offene Kiste kubanischer Zigarren. In dem Sessel räkelte sich Piggy Ditchbrake. Mit Mantel, Handschuhen und wollenem Kopfschützer hatte er sich gegen die Kälte geschützt; in einer Hand hielt er ein gefülltes Brandyglas. Er versuchte gerade angestrengt, mich zu erkennen. Vorerst noch schien ich jedoch ständig vor seinen Augen zu verschwimmen. Unter dem Fenster standen zwei Weinkisten und eine weitere Brandyflasche bereit.

«Hallo. Ich hielt Sie für Guggles. Wir kennen uns, nicht wahr?»

«Ja.»

Ich schloß die Tür und begab mich ans Fenster.

«'tschuldigung, daß ich sitzen bleibe. Anscheinend habe ich mir in der Eile den Knöchel verletzt.»

«Warum hatten Sie es eilig?»

«Ich wollte aus der Stadt raus und herkommen.»

Seine Stimme klang verärgert, doch nicht meinetwegen. Offenbar glaubte er, Lord Penwardine hätte mich zu ihm geschickt.

«Wie lange muß ich noch hierbleiben?»

«Wissen Sie nicht mehr, was Guggles Ihnen sagte?»

Treffer, dachte ich. Er nahm einen Schluck Brandy und starrte mich an, wobei er mühsam mit den Augen zwinkerte.

«Bis die Polizei nicht mehr herumschnüffelt. Die haben schon mit mir geredet und mich eine ganze Nacht lang in eine Zelle gesteckt.»

«Ja, aber in London. Wußten Sie, daß die Polizei heute auf diesem Grundstück war?»

Der Schreck riß ihn so unvermittelt aus seiner Apathie, daß der Brandy im Glas Wellen schlug.

«Hier? Um mich zu suchen?»

«Sie haben sicher keine Lust, mit der Polizei zu reden. Beim nächsten Mal stellt sie womöglich Fragen, die Sie nicht beantworten können.»

Das war es also, was Lord Penwardine Sorgen bereitete. Da Piggy ein Alibi hatte, brauchte Penwardine nur einen guten Anwalt zu bezahlen, dem es auch ohne weiteres gelungen war, Piggy am nächsten Morgen freizubekommen. In einem Anfall von Panik hatte er Piggy daraufhin aus London fortgeschafft und versteckt. Wer weiß, wie lange er ihn in der Ananas einzusperren gedachte. Den beiden Weinkisten nach zu urteilen, ziemlich lange – doch andererseits auch wieder nicht, wenn man Piggys Alkoholkonsum berücksichtigte. Die Erwähnung der Polizei hatte ihn sichtlich aufgeregt. Er kippte den restlichen Brandy in einem Zug hinunter und schenkte sofort nach.

«Wies Lord Penwardine Sie an, sich in diesem Pavillon zu verstecken?»

«Guggles, jawohl. Er sagte, die Polizei würde nicht lockerlassen. Diese Bastarde heften sich gewissen Leuten an die Fersen und hören und hören nicht auf ...»

«Aus welchem Grund?»

Er glotzte mich an.

«Weil sich irgend so ein verdammtes kleines Wildschwein umbringen ließ, obwohl es absolut nichts mit der Sache zu tun hatte. Verzeihen Sie mir meine Ausdrucksweise. Jagen Sie?»

«Und Sie waren zugegen.»

«Ich hab' das Schweinchen nicht erlegt.»

«Doch Sie wissen, wer's war.»

Ich griff zu schnell an. Für einen flüchtigen Moment klarte sein Blick sich auf. Er versuchte jetzt tapfer, sich einen schlauen Anstrich zu geben, scheiterte aber kläglich.

«Sind Sie von der Polizei?»

«Nein.»

«Wahrscheinlich stimmt das sogar. Bei der Polizei gibt es keine Damen. Was haben Sie hier zu schaffen?»

Nun, da ich sein Mißtrauen bereits erregt hatte, konnte ich ihm ebensogut die Wahrheit sagen und zusehen, wie er reagierte.

«Ich bin mit Bella befreundet.»

«Ach, das ist es. Ich dachte mir doch, daß ich Sie schon einmal gesehen hätte.»

«Ich war an jenem Abend in Theater.»

«Ich wollte ihr nur meine Meinung sagen. Sie stand da oben auf der Bühne, und ich sagte ihr, was ich von ihr hielt, weil sie ihren Mann lächel ... läscherisch ...»

Er gab auf und schloß die Augen.

«Ich half, Sie hinauszuwerfen, erinnern Sie sich?»

Er riß seine Augen wieder auf.

«Waren Sie es, verdammt noch mal, die mein Horn stahl? 'tschuldigen Sie, das ist mir so rausgerutscht.»

«Nein, das war jemand anderer.»

«Sagen Sie dem, daß ich mein Horn wiederhaben will. Es ist nicht fair, einem Mann sein Horn wegzunehmen.»

Ich versprach ihm, sein Anliegen bei Gelegenheit zu erwähnen. In dem Bemühen, sich das alles zusammenzureimen, legte Piggy seine Stirn in tiefe Denkfalten. Doch je heftiger er es versuchte, um so mehr trank er, und genau darin bestand sein Problem. Die Brandyflasche auf dem Tisch war inzwischen fast leer. Ich fragte mich, ob Lord Penwardines Plan schlicht und einfach darin bestand, daß Piggy sich in dem eiskalten Pavillon zu Tode saufen sollte, gelangte indessen zu dem Schluß, daß es wohl nur seine Methode war, Piggy ruhigzustellen und sich seinen Gehorsam zu sichern. Nachdem Piggy eine Weile lang die Stirn gerunzelt und vor sich hingemurmelt hatte, gab er auf. Seine Augen fielen wieder zu, sein Mund klappte auf und seine sonoren Schnarcher hallten in der Ananaskuppel wider. Zum zweiten Mal innerhalb weniger Tage befand ich mich in der Situation, einem Mann beim Schlafen zusehen zu müssen. Genausogut hätte ich mich gleich verheiraten oder Krankenschwester werden können.

Piggy rutschte im Sessel nach unten, so daß seine schlaffen Arme beinahe den Boden berührten. Nachdem ich ihn eine Weile versonnen betrachtet hatte, steckte ich meine Hände tief in meine Taschen und beförderte das Garn ans Licht, mit dem ich meinen Rock vor dem Flug zusammengebunden hatte. Ich machte eine kleine Schlaufe in das eine Ende, schlich auf Zehenspitzen zu Piggy und ließ die Schlaufe über seinen rechten Daumen gleiten. Er wälzte sich ein wenig hin und her, wachte jedoch nicht auf und schnarchte seelenruhig weiter, während ich das Garn auf der Rückseite des Sessels um die Verstrebungen der Lehne flocht. Danach kostete es mich nur noch etwas Zeit und Mühe, das Garn um sein linkes Handgelenk zu wikkeln und zu einem soliden Knoten zu verschnüren, doch auch das war schließlich geschafft. Als wir Kinder waren, spielten meine Cousins und ich einander mit Vorliebe diesen Streich; ich freute mich, daß ich den Trick nicht verlernt hatte. Solange Piggy nicht versuchte aufzustehen, würde ihm nichts passieren. Ein nüchterner Mensch vermochte sich in wenigen Minuten aus dieser Fesselung zu befreien, aber Piggy konnte sich vermutlich nicht einmal mehr daran erinnern, wann er das letzte Mal nüchtern gewesen war.

Anschließend nahm ich Brandyflasche und -glas vom Tisch, trug beides zum Fensterbrett und stellte weitere Flaschen daneben. Durch das Fenster blickte man auf das kleine, bewaldete Tal. Zwischen den Bäumen lag eine Lichtung mit einer griechischen Tempelruine beziehungsweise dem, was sich ein Architekt des achtzehnten Jahrhunderts unter einer griechischen Tempelruine vorgestellt hatte. Früher hatte wahrscheinlich ein Pfad von der Ananas dorthingeführt, ein Nachmittagsspaziergang für unternehmungslustige Damen und Herren. Der Fensterriegel ließ sich kaum bewegen. Das Fenster zu öffnen, verursachte ein ziemlich lautes Geräusch, welches im Verein mit dem plötzlichen Schwall eisiger Luft von draußen Piggy endlich aufweckte.

«Was ist los? Polizei? Ist die Polizei da?»

Sein Kopf schnellte hoch, doch hatte er noch nicht versucht, seine Arme zu bewegen.

«Wir sprachen soeben darüber, was neulich abends im Theater geschah. Erinnern Sie sich daran, daß Sie vor die Tür gesetzt wurden?»

Er nickte. Allmählich dämmerte ihm, daß irgend etwas nicht stimmte, doch er konnte das Problem noch nicht lokalisieren.

«Aber Sie gingen wieder hinein, ins Theater. Durch den Bühneneingang.»

«Sie verstopften die anderen Löcher nicht. Das darf man niemals vergessen – die anderen Löcher zuzustopfen.»

Seine Stimme klang geradezu triumphierend, doch dann trat ein Ausdruck unendlicher Melancholie auf sein Gesicht.

«Ich verpasse die Jagdsaison. Er kann unmöglich von mir erwarten, daß ich die gesamte Jagdsaison über hier drinnen hocken bleibe.»

«Doch, Guggles fordert seinen Freunden eine Menge ab. Was sagte er zu Ihnen, bevor Sie durch den Bühneneingang zurück ins Theater liefen?»

Piggy ließ seine Kiefer zuschnappen. Es sollte von Festigkeit und Entschlossenheit zeugen, doch offenbar bewirkte es nichts anderes, als einen entzündeten Zahn aufzustören, denn Piggy stieß einen Klagelaut aus und wollte prompt eine Hand nach seinem Brandyglas ausstrecken. Es dämmerte ihm nun langsam, was nicht stimmte.

«Festgebunden. Diese Schweine haben mich gefesselt.»

Er blickte kläglich auf seine Arme hinunter und danach zu mir empor. Dabei wirkte er dermaßen konfus, daß ich mich zwingen mußte, an den armen Migson zu denken, sonst hätte ich mit Piggy womöglich noch Mitleid empfunden.

«Haben Sie mich gefesselt?»

«Ja. Ich binde Sie wieder los, wenn Sie mir verraten, warum Sie ins Theater zurückgingen.»

Wieder preßte er die Kiefer zusammen, dieses Mal etwas vorsichtiger.

«Menschen wie Lord Penwardine gegenüber lohnt es sich nicht, loyal zu sein, da sie nie Gleiches mit Gleichem vergelten. Er wird Sie nicht decken, wenn die Polizei herausfindet, daß Sie gelogen haben. Sie wandern ins Gefängnis. Dort kann man weder jagen noch trinken.»

«Guggles würde so etwas nie tun.» Aber er klang bereits verunsichert. «Geben Sie mir etwas zu trinken. Einen winzigen Schluck Brandy.»

Ich packte die Brandyflasche auf dem Fensterbrett und schleuderte sie in den frostigen Himmel hinaus. Das Geräusch von zersplitterndem Glas ertönte, als sie an den griechischen Säulen zerschellte. Piggy jaulte so laut auf, daß ich fürchtete, man könnte ihn im Haupthaus hören, obwohl es eine halbe Meile entfernt lag.

«Hat Guggles Ihnen befohlen, wieder hineinzugehen?»

Keine Antwort. Eine Flasche Margaux folgte dem Brandy durch das Fenster. Ich hatte Zeit gehabt, das Etikett zu lesen, und kam mir daher beinahe so verwerflich vor wie bei Piggys Fesselung.

«Wenn Sie nicht reden, erleiden alle Flaschen dasselbe Schicksal. Dann hocken Sie hier ohne einen einzigen Tropfen.»

Eine zweite Weinflasche beschrieb einen eleganten Bogen vor dem silbrigen Himmel und der untergehenden roten Sonne.

«Sind Sie bei der Heilsarmee?»

Bei dieser Frage schwang in seiner Stimme größeres Entsetzen mit als in dem Moment, da er mich für einen Polizisten gehalten hatte. Eine dritte Flasche ging den Weg aller meiner bisherigen Wurfgeschosse. Aus dem Wald stieg mittlerweile der Abendnebel auf. Die Weinschwaden vermischten sich damit, als müsse dem Gott aller Weinkenner ein Rauchopfer dargebracht werden. Piggy stöhnte, fluchte und krümmte sich. Ich reihte drei weitere Flaschen auf dem Fensterbrett auf und wiederholte meine Frage. Endlich nickte er, zögernd und widerstrebend.

«Warum schickte er Sie ins Theater zurück?»

Sachte schob ich die Flasche bis zum äußeren Rand des Fensterbretts. Piggys Augen hingen an ihr, als seien sie daran festgeklebt.

«Geben Sie mir etwas zu trinken. Einen einzigen Schluck.»

«Sobald Sie den Mund aufmachen. Suchten Sie jemanden? Oder etwas?»

Meine Theorie war, daß Penwardine und Piggy irgendeine mechanische Vorrichtung installiert hatten, die Bella erschrekken oder vielleicht sogar töten sollte, wenn sie in den Korb stieg, und daß es stattdessen Migson erwischt hatte. In diesem Fall hätte Piggy ins Theater zurückkehren müssen, um alle Spuren zu beseitigen. Ich war mir sicher, daß er zusammenbrechen und mir alles erzählen würde, wenn wir erst einmal bei der zweiten Kiste angelangt sein würden. Die Tempelgötter würden zu diesem Zeitpunkt allerdings ebenso betrunken sein wie Piggy selbst.

Doch es kam nicht dazu. Niemals würden wir erfahren, was Piggy in diesem Augenblick gesagt hätte; dafür entgingen wenigstens eindreiviertel Kisten ausgezeichneten Margaux' der Vernichtung. Denn unvermittelt öffnete sich die Eingangstür der Ananas, und eine zunächst verhaltene Stimme rief: «Piggy?»

Beim zweiten Mal klang die Stimme schon schärfer, geradezu alarmiert: «Piggy! Was ist los?»

Piggy riß die Augen auf. Er stieß einen erleichterten Seufzer aus, wie ein Kind, das seine Amme gefunden hat.

«Louise. Halt sie auf, Louise. Sie ist wahnsinnig. Sie vergeudet edle Tropfen.»

Im Inneren der Ananas herrschte außerhalb der Lichtinsel, welche vom flackernden Kerzenschein gebildet wurde, nahezu vollständige Finsternis, so daß ich ihr Gesicht zunächst nicht erkennen konnte. Aufgrund des Namens wußte ich allerdings, daß es sich um Piggys Schwester handeln mußte, Penwardines Jugendliebe, die Frau, der Bella wegen ihrer «verfluchten Dollars» Unrecht zugefügt hatte. Bella selbst hatte sich so selbstanklagend ausgedrückt. Die Umrisse ihres Mantels und ihres

Huts kamen mir eigenartig bekannt vor, doch viele Frauen tragen Pelzkappen. Erst als sie in den Lichtkegel trat und ich mich vom Fenster fortbewegte, erkannten wir einander. Das helle Haar, welches widerspenstig unter der Kappe hervorschlüpfte, der gierige kleine Mund, der wie ein Finkenschnabel hervorstach.

«Sieh mal einer an», meinte ich. «Wenn das nicht Penelope ist.»

23

Wir starrten einander an. Sie machte einige Schritte auf mich zu. Piggy gab jämmerliche Protestlaute von sich, doch sie beachtete ihn nicht.

«Ich muß mich bei Ihnen entschuldigen», sagte ich.

Ich hatte sie für eine törichte Frau gehalten. Doch was auch immer sie war – das war sie nicht.

«Als wir uns im Theater zum ersten Mal begegneten, nahm ich an, Sie hätten sich in Charles Courts verguckt. Doch deswegen wollten Sie seine Adresse gar nicht, stimmt's? Sie wollten ihm zu Hause nachspionieren, um einen Beweis dafür zu beschaffen, daß er mit Bella Ehebruch beging, damit Lord Penwardine sich von ihr scheiden lassen und Sie heiraten könnte.»

Sie ging zu Piggy hinüber. Ihre Augen waren offenbar ebenso scharf wie ihr Mund spitz, denn trotz der spärlichen Beleuchtung hatte sie die Lage mit einem Blick erfaßt und bemerkt, daß er an den Stuhl gefesselt war. Kommentarlos knüpfte sie die Knoten auf, ohne dabei die mindeste Überraschung auszudrücken, so, als verrichte sie nichts weiter als wieder einmal eine Gefälligkeit in einer langen Reihe von Gefälligkeiten, die eine gescheite kleine Schwester ihrem nicht sehr gescheiten großen Bruder angedeihen läßt.

«Sie waren auch die Unbekannte, die am Tag nach dem Mord bei den Stallungen auf Piggy wartete. Als er in Lord Penwardines Kutsche vorbeifuhr, stiegen sie ein.»

Piggy, der ein echtes Bild des Jammers bot, warf kläglich ein: «Sprich nicht mit ihr, Lou.»

Er stand auf. Beim zweiten Versuch gelang es ihm sogar, einen Korkenzieher vom Tisch zu nehmen; damit schlurfte er durch den Raum zu den Flaschen auf dem Fensterbrett. Nachdem er sich eine gegriffen hatte, barg er sie schützend an seiner Brust.

«Aber den Zug bestiegen Sie mit ihm nicht, denn er hatte Ihnen inzwischen erzählt, daß Bella zu ihrem Gatten zurückgekehrt war. Die einzige Neuigkeit, die Sie aus der Bahn werfen konnte.»

Ich setzte mich in Piggys Sessel, damit ich zu ihrem Gesicht aufschauen konnte. Ihre Miene verriet nicht das geringste.

«Sie wollten wissen, ob es der Wahrheit entsprach. Und es stimmte tatsächlich. Sie beschlossen, mir zu meinem Haus zu folgen, weil Sie glaubten, ich wüßte, was vor sich ging. Sie wollten, daß ich Bella dazu überredete, Lord Penwardine zu verlassen. Weil Sie – wie Sie sagten – die einzige seien, die ihn liebte. Weil Sie sein Kind wollten.»

«Ich wollte seinen Sohn.»

Sie verbesserte mich ruhig und sprach dabei mit fast geschlossenem Mund, so daß ich sie kaum hörte. Piggy, der die Flasche mittlerweile geöffnet hatte, gab einen vagen vorwurfsvollen Laut von sich, der entweder auf mich oder auf seine Schwester gemünzt war.

«Ich hingegen glaubte zum damaligen Zeitpunkt, Charles

Courts sei das Ziel Ihrer Wünsche. Ich dachte, Sie bäten mich darum, Bella dazu zu überreden, Ihnen Charles zu überlassen.»

Sie schwieg. Sie brauchte nichts zu sagen. Ihr ohne Wenn und Aber verkündeter Wunsch, Lord Penwardine einen Sohn zu gebären, hallte noch im Raume nach. Kälter als die eisige Luft, durchdringender als die Weinschwaden.

«Als Sie zu mir kamen, müssen Sie völlig verzweifelt gewesen sein. Sie waren gewieft und erfinderisch vorgegangen, hatten sogar Ihren Ruf aufs Spiel gesetzt. Aber als endlich das, wonach Sie beide sich seit so langer Zeit gesehnt hatten, in unmittelbare Reichweite gerückt zu sein schien, erfuhren Sie, daß Bella zu ihm zurückgekehrt war. Und das nach allem, was Sie getan und riskiert hatten.»

Louise lief zu dem offenen Fenster und schloß es pedantisch. Piggy ließ sich unter dem Fensterbrett nieder. Seine Augen wanderten unruhig von seiner Schwester zu mir und wieder zurück.

«Was gedenken Sie jetzt zu tun?»

Ihre Stimme klang ruhig und gelassen; das leichte Lispeln verlieh ihr einen kindlichen Beiklang. Ich versuchte, sie mir als fünfzehnjähriges Mädchen vorzustellen, das den Sohn und Erben vergötterte. Während der Ferien ritten sie gemeinsam durch den Park. Doch ich vermochte die beiden nur als jüngere Ausgaben der Personen zu sehen, die sie heute waren – der steife, von seiner Mutter gegängelte Junge, das Mädchen mit dem weichen Blondschopf und dem spitzen Mündchen.

«Ich weiß nicht, was ich tun werde.»

Das entsprach vollkommen der Wahrheit. Ich hatte alle Hände, vielmehr Gehirnzellen voll damit zu tun, um zu verarbeiten, was ich während der vergangenen Minuten herausgefunden hatte. Ich brauchte Louise Ditchbrake keine weiteren Fragen zu stellen, und die einzige Antwort, die ich von ihrem Bruder benötigt hätte, würde ich momentan nicht erhalten.

Ich ging zur Tür und öffnete sie. Als ich mich ein letztes Mal umblickte, waren Bruder und Schwester noch immer am Fenster. Er blickte benebelt zu ihr empor, sie beobachtete mich ernst.

Abgesehen von einigen Lichtern in den unteren Fenstern des Gutshauses war das Gelände stockdunkel. Ob Bella meine Nachricht bekommen hatte? Charles befand sich vermutlich unter polizeilicher Bewachung auf dem Weg nach London. Louise Ditchbrake hatte ich gesagt, daß ich nicht wisse, was ich tun sollte, aber wenn ich es recht bedachte, hatte ich gar keine Wahl. Ich wußte nun, daß Charles Courts Migson nicht ermordet hatte. Blieb die Frage bestehen, wie ich das auf eine Art beweisen konnte, welche die Polizei zufriedenstellen würde. Ich verließ Lord Penwardines Landgut auf demselben Weg, auf dem ich hineingekommen war, über das Stoppelgras der Wiesen und die Mauer. Der Rückweg fiel mir schwerer als der Hinweg, weil ich müde und mit einem Wissen belastet war, das mich beim Hereinkommen nicht niedergedrückt hatte. Schwerfällig landete ich auf der Straße auf der anderen Seite der Mauer, bürstete mich notdürftig ab und legte, so rasch ich konnte, die kurze Entfernung zu der Dorfschenke zurück, die nahe bei Lord Penwardines Toren lag.

Die Uhr zeigte kurz nach fünf, Gäste saßen keine in der Bierstube, und der Wirt verhielt sich mir gegenüber sehr freundlich und zuvorkommend, obwohl er meine verbundene Wange und arg mitgenommenen Kleider mit einem argwöhnischen Blick bedachte. Er willigte ein, sein Pony vor den Wagen zu spannen und mich zum Bahnhof zu bringen. Der nächste Zug ging erst um sieben, mir blieb demnach noch genügend Zeit. Während der Laufbursche das Pony einfing und anschirrte, nippte ich Sherry und plauderte mit dem Wirt. Er vermutete, daß ich im Herrenhaus etwas zu erledigen gehabt hatte, denn ansonsten verirrten sich keine Fremden in diesen Winkel der Welt. Er war stolz auf die Penwardines und freute sich, von ihnen erzählen zu können, von ihren Jagdgesellschaften, festlichen Dinners und Bällen, von den Besuchen gekrönter Häupter, die mit Lord Penwardine auf die Jagd gingen. An der Wand hinter dem Tresen hingen Photographien von Ereignissen, die mit den Penwardines zusammenhingen.

Mich interessierte im besonderen eine Photographie, die auf einem Ball während der letzten Jagdsaison aufgenommen worden war. Im Mittelpunkt stand Lord Penwardine, neben ihm Bella in einem wunderschönen Abendkleid. Sie wirkte allerdings, als sei ihr unbehaglich zumute. Und am Ende der Reihe blickte die Frau, die Lord Penwardine stets mehr geliebt hatte als seine eigene Gattin, direkt in die Kamera.

«Dürfte ich mir diese Photographie für einige Tage ausleihen? In der hinteren Reihe steht ein Bekannter von mir. Es würde ihn sehr interessieren, die Photographie zu sehen.»

Eine kleine unerläßliche Notlüge. Der Wirt erwies sich als äußerst hilfsbereit, wickelte die Photographie sorgfältig ein und überließ sie mir anstandslos, als ich seinen Einspänner bestieg. Drei Stunden später stand ich wieder in London, und zwar vor der gläsernen Pförtnerloge des *Crispin Theatre.* Ich wickelte die Photographie wieder aus und zeigte sie dem Pförtner.

Er war nicht eben erfreut, mich zu sehen. Mitsamt den Schauspielern von *Cinderella Revisited* gehörte ich einer schlimmen Vergangenheit an, und er richtete sich derzeit auf ausgedehnte Flitterwochen mit *Minnesota Minny* ein. Doch immerhin schuldete er mir einen Gefallen dafür, daß ich Shaw und Freeson nichts von seiner gewinnträchtigen Zusammenarbeit mit Charles Courts' Anhängern verraten hatte. Lange und sorgfältig betrachtete er das Gesicht, welches ich ihm auf der Photographie bezeichnet hatte.

«Als ich sie sah, war sie nicht so gekleidet.»

«Nein, natürlich nicht. Aber handelt es sich um dieselbe Frau?»

Er fuhr sich mit dem Ärmel über den Mund und starrte lange auf das Bild.

«Doch, das ist sie.»

«Könnten Sie das beschwören?»

«Ich hoffe, daß ich nie dazu gezwungen sein werde. Aber wenn ich müßte, würde ich es beschwören, ja.»

Ich verließ das Theater, um Bernard Shaw aufzuspüren. Ihn fand ich schließlich vor einem Haus in der *Tavistock Street*, wo er soeben einer Versammlung zur allgemeinen Gesetzesreform beigewohnt hatte. Ich begleitete ihn zu seiner Wohnung in *Adelphi Terrace*. Ausnahmsweise war ich diejenige, welche redete, während er zuhören mußte. Er hatte mir die Suppe eingebrockt, deshalb sollte er auch einen Teil der Verantwortung übernehmen. Gegen Mitternacht verfaßten wir das Telegramm, welches in meinem Namen an Bella ins Haus ihres Gatten gesandt wurde:

> *Treffe morgen um elf Uhr ein. Bitte versammeln Sie alle Personen auf der Bühne, die Ditchbrakes eingeschlossen. Piggy steckt in der Ananas.*

Lord Penwardine oder seine Mutter würden es vermutlich vor Bella lesen, doch das spielte keine Rolle mehr.

Ich fuhr nach Hause. Schlaf war mir kaum vergönnt; mich verfolgte ein entschlossen dreinblickendes Augenpaar. Die Augen sahen mich ebenso durchdringend an, wie sie im trüben Licht auf den Rücken eines blauen Flugkostüms gestarrt haben mußten, in dem eigentlich Bella hätte stecken sollen. Die Einstellung und der Geist hinter jenen Augen gefielen mir ganz und gar nicht. Nichtsdestotrotz nötigten sie mir einen gewissen Respekt ab.

24

Allein fuhr ich zu den Penwardines zurück. Ich nahm den frühesten Zug, den ich an einem Sonnntagmorgen erwischen konnte. In der Nacht noch hatte ich an den Wirt der Dorfschenke telegraphiert, er möge mich an der Bahnstation mit seinem Ponywagen abholen lassen. Wagen und Pony standen pünktlich vor dem Bahnhof; das Pony stapfte in der kalten Wintersonne von einem Huf auf den anderen. Während wir die mir bereits bekannte Dorfstraße entlangfuhren, sah ich vor der Kirche eine Ansammlung von Pferdekutschen und Automobilen, etwa ein halbes Dutzend. Sie versuchten, beim Verlassen des Kirchhofs nicht ineinanderzufahren. Ein eleganter Einspänner, der von einem eisgrauen Gaul gezogen wurde, löste sich als erster aus der Gruppe und fuhr in Richtung der Parktore. Der Bursche aus der Dorfschenke hielt sein Pony ehrerbietig zurück, damit die Kirchgänger ungestört auseinderstreben konnten. Ich erkundigte mich nach dem Besitzer des Einspänners.

«Der gehört Lady Dorothea.»

Neben ihr hatte ein Mann gesessen, der die Zügel hielt, doch ich hatte nicht zu erkennen vermocht, ob es sich um Lord Penwardine handelte. Ich teilte dem Burschen mit, daß ich den Rest des Weges zu Fuß zurücklegen wollte, stieg aus und bedachte ihn mit einem guten Trinkgeld.

Das Haupttor stand offen. Ich lief über die lange Auffahrt

durch den Park zu dem mächtigen Gebäude aus roten und honigfarbenen Ziegeln. Auf den Wiesen äste ruhig Wild. Ein stattliches Haus, ein schöner Park – der Wirt hatte mir erzählt, daß die Penwardines dort seit zweihundert Jahren residierten. Doch selbst wenn die Penwardines keinen Erben hervorbrachten, würden Haus und Park nicht davonschweben, als hätte eine Feenpatin mit dem Fuß aufgestampft. Das Wild würde sich weiter vermehren, die Sonne warm die Steinmetzarbeiten bescheinen. Dennoch wollte ein Teil von mir auf der Stelle verschwinden und alles so belassen, wie es war.

Ich stieg die Treppe zu der hohen Eingangstür hinauf. Sie öffnete sich unmittelbar nach meinem ersten Klopfen. Der Butler hatte demnach bereits auf mich gewartet. Ich nannte ihm meinen Namen.

«Lady Penwardine weiß, daß Sie kommen. Sie erwartet Sie in der Bibliothek.»

Doch Bella wartete nicht. Sie kam mit ausgestreckten Armen und wehendem Haar auf mich zugerannt. Der Butler verhehlte seine Mißbilligung nicht.

«Nell, was soll das alles?»

Da ich nicht antwortete, blieb sie wenige Meter vor mir abrupt stehen.

«Sind alle versammelt?»

Sie nickte mit zusammengekniffenen Lippen.

«Piggy Ditchbrake und seine Schwester ebenfalls?»

«Ja. Ich habe ihn eben abgeholt. Guggles kocht vor Wut. An Louise sandte ich heute früh eine Nachricht. Sie traf vor wenigen Minuten ein.»

«Welche Begründung gaben Sie ihnen?»

«Ich sagte, Sie wüßten mit Bestimmtheit, daß Charles Migson nicht umgebracht hat. Ich sagte, Sie wüßten, wer es war. Hatte ich recht?»

«Ja.»

Bella holte tief Luft. Sie zitterte am ganzen Körper.

«Wir gehen besser hinein», bemerkte ich.

Die Bibliothek kannte ich noch nicht. Ein heller Raum im Stile des achtzehnten Jahrhunderts – honiggelbe Bücherrücken, weiße Büsten klassischer Dichter vor apfelgrün tapezierten Wänden. Im Kamin brannte ein Feuer. Daneben hatte sich Lord Penwardine aufgebaut; er wirkte grimmiger als Ciceros Büste neben ihm. Seine Mutter, vom Kirchgang her noch in elegantes Blau und Grau gekleidet, saß aufrecht wie immer auf einem zierlichen Lehnsessel rechts vom Kamin. Adrett hatte sie ihre Knöchel nebeneinandergestellt, ebenso adrett stand ihre Handtasche neben dem Stuhl. Louise, ganz in Schwarz, saß in gehöriger Entfernung von Lord Penwardine auf einem Stuhl mit hoher, steifer Rückenlehne. Piggy kauerte auf einem Sofa in ihrer Nähe; er war blaß und hatte blutunterlaufene Augen. Als Bella und ich eintraten, versuchte er mühsam, sich zu erheben, sah jedoch den Blick, den Lord Penwardine ihm zuwarf, und ließ sich schleunigst wieder in die Kissen sinken. Bella schloß die Tür und setzte sich dicht daneben auf einen zweiten Stuhl mit hoher, steifer Rückenlehne, ebenfalls in gehöriger Distanz zu Lord Penwardine.

So bildeten sie ein Dreieck: Lord Penwardine auf dem Kaminvorleger im Scheitel, Bella und Louise auf den beiden Schnittpunkten.

Niemand bot mir eine Sitzgelegenheit an. Stattdessen hielt Lord Penwardine mir einen kleinen Vortrag.

«Miss Bray, Sie sollten wissen, daß ich jedes Wort, welches aus Ihrem Mund kommt, meinem Anwalt übermitteln werde. Ich hege keine Zweifel über den Zweck ihres Besuchs. In betrügerischem Einverständnis mit meiner Gemahlin beabsichtigen Sie, die Freilassung eines Mannes zu erwirken, der zu Recht des Mordes angeklagt wurde. Alles, was Sie sagen, ist bestenfalls üble Nachrede und schlimmstenfalls eine Verschwörung, um den Lauf der Gerechtigkeit zu hemmen und die Wahrheit zu verdrehen.»

Ich schritt über etliche Meter Teppich, bis ich unmittelbar gegenüber von Lord Penwardine und seiner Mutter am Kamin stand, Louise und Piggy zu meiner Rechten, Bella zu meiner Linken.

«Es wäre mir mehr als angenehm, Lord Penwardine, wenn Ihr Anwalt oder wer auch immer erfährt, was ich vorzubringen gedenke. Fangen wir doch damit an, daß Sie die Polizei belogen haben, als Sie behaupteten, den Abend, an dem Migson ermordet wurde, zu Hause in Gesellschaft Ihrer Mutter verbracht zu haben. Mindestens drei Menschen in diesem Raum wissen, daß dies nicht der Wahrheit entspricht: Ihre Frau, Ihre Mutter und Piggy Ditchbrake.»

Piggy wandte ein: «Ich habe nicht ... sie ist ...» Er vermochte nurmehr zu stottern, seine Stimme versagte ihm den Dienst. Er war am Nachmittag zuvor so betrunken gewesen, daß er sich nicht daran erinnern konnte, was er mir erzählt hatte. Seine Schwester bedachte ihn mit einem strengen Blick, Lord Penwardine hingegen sah ihn nicht einmal an.

«Sie sollten dankbar sein», fuhr ich fort. «Sie haben zwei Zeugen, die beschwören können, daß sie Sie außerhalb des Theaters sahen, und zwar genau zu dem Zeitpunkt, da Matthew Migson im Theater erschossen wurde. Sonst wären Sie der Hauptverdächtige gewesen.»

«Warum hätte ich jemanden töten sollen, den ich nicht einmal kannte?»

«Die Person, welche Migson in den Rücken schoß, beabsichtigte nicht, Migson zu töten. Er trug Bellas Kostüm und Kopfbedeckung. Die Umgebung war schlecht beleuchtet. Der Schuß galt Ihrer Frau.»

Ich spähte zu Bella hinüber. Ihre Hände waren ineinanderverkrampft, ihre Augen ruhten unverwandt auf Penwardine.

«Doch so sehr Sie sich auch gewünscht haben mögen, Ihre Frau umzubringen – Sie sind nicht der Täter. Und zufälligerweise ist Bella sogar Ihr Alibi dafür, daß Sie Migson nicht erschossen haben. Wer auch immer Migson erschoß, Sie oder Piggy Ditchbrake waren es nicht. Doch es handelt sich um jemanden, der Ihnen beiden sehr am Herzen liegt. So sehr, daß Sie Piggy befahlen, sich nach seinem Hinauswurf wieder ins Theater einzuschmuggeln, so sehr, daß er Ihnen gehorchte.»

Ich spürte, welche Anstrengung es Lord Penwardine bereitete, seine Augen nicht in eine ganz bestimmte Richtung wandern zu lassen.

«Ich überlegte, wer das sein mochte», sagte ich. «Ich hätte es gleich wissen können, denn ich hätte mich nur an etwas erinnern müssen, das am Tag der Generalprobe geschah, am Tag vor dem Mord. Es trug sich am Bühneneingang des *Crispin Theatre* zu.»

Totenstille. Außer mir wußte nur ein Mensch im Raum, was nun folgen würde. Ich sah sie nicht an.

«Ich sollte erklärend vorausschicken, daß Theaterpförtner im *West End* die Gewohnheit angenommen haben, Charles Courts' Verehrerinnen Geld abzuknöpfen, dafür daß sie die Damen heimlich in Generalproben gehen lassen, in denen er auftritt. Ich erwischte den Pförtner des *Crispin Theatre* dabei, wie er soeben eine Gruppe solcher Anhängerinnen hinausließ. Wir unterhielten uns über dieses Phänomen, als eine weitere Dame eintraf, die behauptete, Charles Courts über die Maßen zu bewundern. Sie hatte der Generalprobe nicht beigewohnt, sonst hätte der Pförtner durchblicken lassen, daß er sie kannte. In seiner Stellung braucht man ein gutes Gedächtnis für Gesichter. Diese Frau wollte Charles Courts' Privatadresse.»

Ich wandte mich Louise zu.

«Doch er rückte sie nicht heraus, Miss Ditchbrake.»

Sie hatte wirklich gute Nerven. Ihr lispelndes Stimmchen

klang völlig ungerührt, als sie – zu Lord Penwardine und seiner Mutter, nicht zu mir – sagte:

«Ich war zu dem Schluß gekommen, daß die Misere bereits viel zu lange dauerte. Ich wollte persönlich einen Beweis dafür beschaffen, daß sie ... sich gemeinsam unschicklich verhielten.»

Lord Penwardine war ob dieser Eröffnung unverkennbar überrascht. Er sog hörbar die Luft ein, öffnete den Mund, um etwas zu sagen, schloß ihn aber wieder.

«Wer?» fragte ich.

Sie antwortete, laut und deutlich wie ein Kind in der Sonntagsschule: «Lady Penwardine und Charles Courts. Jeder wußte es, doch niemand schien es beweisen zu können.»

In schneidendem Ton warf Bella ein: «Das ist eine Lüge. Mr. Courts und ich haben uns niemals – um deine Worte zu benutzen – unschicklich benommen.» Mit einem Blick in Richtung ihres Mannes fügte sie hinzu: «Leider.»

Penwardine beachtete sie nicht. Seine Mutter verlagerte kaum merklich ihre Position auf dem Sessel, so, als sei ein Schwall übelriechender Luft unter der Tür her in den Raum gedrungen.

«Doch als ich Miss Ditchbrake zum zweiten Mal begegnete», fuhr ich fort, «wollte sie Mr. Courts' Adresse gar nicht mehr.»

«Nein. Das dürfen Sie nicht erzählen!»

Erstmals seit Beginn unserer kleinen Veranstaltung zeigte Louise so etwas wie eine Reaktion. Auf ihren Wangen bildeten sich plötzlich rote Flecken.

«Es tut mir leid, aber ich muß. Es erklärt so viel.»

Ich wandte mich erneut an Lord Penwardine.

«Miss Ditchbrake hatte erfahren, daß Ihre Frau zu Ihnen zurückgekehrt war. Sie glaubte, daß ich Bella beeinflussen könnte, und suchte mich auf. Sie bat mich, Bella dazu zu überreden, wieder auszuziehen, damit Sie beide ungestört zusammensein könnten. Sie erzählte mir, sie habe Sie immer geliebt. Sie sagte, sie wolle Ihnen einen Sohn schenken.»

Die Farbe war so rasch aus Louises Wangen gewichen, wie sie erschienen war. Steif und mit starrem Gesicht saß sie auf ihrem Stuhl. Im stillen dachte ich, Lord Penwardine hätte in diesem Augenblick zu ihr gehen und sie in die Arme schließen müssen. Ansonsten war er es nicht wert, überhaupt von irgend jemandem geliebt zu werden. Doch er rührte sich nicht vom Fleck. Seine Mutter indes schwang sich zu Louises Verteidigung auf.

«Miss Bray, Sie sind unverschämt. Miss Ditchbrake hat nichts getan, womit sie eine solche Beleidigung verdient hätte.»

«Es kommt noch schlimmer. Ich wußte, daß sich Miss Ditchbrake nur aus völliger Verzweiflung mit dieser flehentlichen Bitte an mich wenden konnte. Sie war außer sich, denn sie wußte zu jenem Zeitpunkt, daß ein Unschuldiger getötet worden war, nur damit sie die Chance erhielt, Lord Penwardine einen Sohn und Erben zu gebären. Getötet, weil man ihn mit Bella verwechselt hatte. Die Bluttat war doppelt sinnlos, da Bella nicht nur noch lebte, sondern sogar zu ihrem Mann zurückgekehrt war.»

«Dafür besitzen Sie keinerlei Beweise.»

Lord Penwardines Einwand kam zu spät und zu unsicher.

«Zu den Beweisen kommen wir gleich. Im Moment möchte ich Sie nur darum bitten, sich die Szene zu vergegenwärtigen. Wir befinden uns hinter der Bühne. Es ist fast dunkel, Chaos herrscht. Eine verzweifelte Frau ist ins Theater eingedrungen, eine Pistole in ihrer Handtasche. Vielleicht wollte sie Bella ursprünglich gar nicht umbringen. Vielleicht hoffte sie bloß, ihr einen Schreck einjagen zu können. Doch als sie Bella in ihrem Flugkostüm entdeckte, Bella, die ihr den Rücken zuwandte – zumindest hielt sie die Gestalt für Bella –, da war die Versuchung einfach zu groß. In dem Augenblick, da die Person tot niederstürzte und dabei ihre Kopfbedeckung verlor, muß die Mörderin gewußt haben, daß sie den Falschen umgebracht hatte, aber sie bewahrte die Fassung. Es gelang ihr sogar, die Leiche in den Ballonkorb zu zerren, sich zu verstecken und später zu verschwinden, als die Vorstellung weiterging. Piggy war derjenige, der gefaßt wurde, und er befand sich aufgrund Ihrer Befehle hinter der Bühne. Wollen Sie leugnen, daß Sie ihn ins Theater gesandt hatten, um Miss Ditchbrake zu suchen?»

«Mr. Ditchbrake hielt nicht nach Louise Ausschau, sondern nach mir.»

Ihre Stimme klang so gelassen wie damals, als wir über Museen plauderten, doch aus den Augenwinkeln bemerkte ich die Bewegung und stürzte darauf zu. Ein wenig zu spät. Sie hatte die Pistole bereits aus der Handtasche genommen und feuerte exakt in dem Moment, da ich auf sie zuhechtete. Der Knall des Schusses ertönte einen Sekundenbruchteil, bevor ich einen Warnruf ausstoßen konnte, dicht gefolgt von Bellas Aufschrei.

Ein Wut-, kein Schmerzensschrei. Bella stürmte durch den Raum, in dem noch das Echo des Schusses nachhallte und der Geruch von verbranntem Pulver in der Luft hing.

«Nein!»

Lady Dorothea hielt die Pistole nach wie vor fest in der Hand.

«Mutter!»

Lord Penwardines Stimme war heiser. Unwillkürlich sah sie zu ihm hinüber, was mir die Gelegenheit verschaffte, ihr die Pistole aus der Hand zu schlagen.

«War das wirklich notwendig, Miss Bray?»

Bella rannte mit voller Wucht gegen mich.

«Diese gemeine Hexe hat versucht, mich umzubringen.»

«Ja», erwiderte ich, «zum zweiten Mal.»

Doch ich glaube, niemand hörte mich, denn in diesem Augenblick entschloß Lord Penwardine sich endlich einmal zum Handeln. Was er tat, war in Anbetracht der Situation sicher nicht das Wichtigste, doch vermutlich hatte er es schon längst einmal tun wollen. Er marschierte auf Bella zu und versetzte ihr mit der flachen Hand einen kräftigen Schlag ins Gesicht.

«Untersteh dich, so mit meiner Mutter zu sprechen.»

Bella gab keinen Ton von sich. Mit weit aufgerissenen Augen starrte sie ihn nur an, legte eine Hand an ihre Wange und sank auf das nächste Sofa nieder.

Lady Dorothea, Witwe des verflossenen Lord Penwardine, erhob sich und blickte uns alle durchdringend an, Piggy und Louise, Bella und mich, als trügen wir die Schuld an dieser peinlichen Szene.

«Ja, ich habe den Kerl erschossen. Selbstverständlich wollte ich Isabella töten, demzufolge war das Ganze wohl leider für die Katz. George, meiner Meinung nach solltest du das Unvermeidliche erledigen und Louise sobald wie möglich heiraten.»

Sie wandte sich an mich.

«Haben Sie einen Polizisten mitgebracht, Miss Bray? Falls nicht, dürfen Sie dem Butler Bescheid geben, einen herbeizurufen.»

Ihre Pistole lag auf dem Kaminvorleger. Ich hob sie auf. Es schien weder ratsam noch angemessen, derlei den Dienstboten zu überlassen.

25

Zwei Tage später. Ort der Handlung: Bellas Studierzimmer in ihrem Haus am *Berkeley Square.* Charles kauerte in einer Ecke des lilafarbenen Sofas. Er sah immer noch so blankgescheuert aus wie alle, die je Gefängnisgeruch von ihrer Haut zu entfernen versucht haben. Bella saß am anderen Ende, blickte jedoch immer wieder sehnsüchtig zu ihm hinüber und mußte sich sehr beherrschen, damit sie ihn nicht berührte, wenn sie mit ihren Händen gestikulierte. Ich war auf Bellas Bitte hin vorbeigekommen; eigentlich befand ich mich auf dem Weg zum Bahnhof, um einige Schweizer Sufragetten abzuholen, die uns einen Besuch abstatteten.

«Ich dachte, Louise sei es gewesen. Ich glaubte wirklich, Sie redeten über Louise.»

«Darin bestand der Sinn der Veranstaltung. Sie alle sollten glauben, daß ich von Louise redete.»

«Doch woher wußten Sie, daß sie es nicht getan hatte? Sie hätte es ebensogut sein können wie seine Mutter, und zwar bis zu dem Augenbick, da diese die Pistole auf mich richtete.»

«Nein, dreierlei deutete auf Lady Dorothea.»

«Schenk ihr bitte nach, Charles. Was waren Ihre drei Anhaltspunkte?»

Charles goß mit fachmännischer Hand Champagner in meinen Krug.

«Da der Mörder Migson mit Ihnen verwechselte, mußte sie oder er gewußt haben, daß Sie ein blaues Flugkostüm tragen würden. Es wurde allerdings erst unmittelbar vor der Generalprobe angeliefert. Die einzigen also, die davon wissen konnten, war die Truppe selbst sowie alle diejenigen, die zufällig der Generalprobe beiwohnten. Wir wissen, daß Louise nicht dazugehörte. Sie tauchte erst danach auf.»

«Aber Sie wußten doch gar nicht, daß Lady Dorothea dort war.»

«Zuerst wußte ich es tatsächlich nicht, obwohl ich es wirklich eher hätte erraten können. Der Pförtner erzählte mir, er habe eine ‹ältere Dame, die allein kam›, in eine der Logen geführt. Als ich ihm die Photographie von Lady Dorothea auf dem Jägerball zeigte, erkannte er sie wieder. Möglicherweise hatte sie die Generalprobe in der geheimen Absicht aufgesucht, Sie bereits zu jenem Zeitpunkt auf der Bühne zu erschießen, verlor jedoch ausnahmsweise die Nerven.»

Unwillkürlich legte Bella die Hand an ihre Wange.

«Und das zweite Indiz?»

«Der Mörder mußte kurzsichtig sein, sonst hätte er Sie nicht mit Migson verwechseln können, nicht einmal von hinten und in trübem Licht. Das erste, was mir bei Lady Dorothea auffiel, war, daß sie mich auf dem Empfang meiner Tante durch eine Lorgnette in Augenschein nahm. Louise hingegen hat sehr scharfe Augen. Außerdem waren da Lady Dorotheas Rückenschmerzen. Darüber wußten Sie übrigens ebenfalls Bescheid, Charles.»

«Ich?»

«Erinnern Sie sich an unser Gespräch mit dem Chauffeur vor Lord Penwardines Stall? Er erwähnte, daß sich eine Verzögerung bei der Abfahrt von Lord Penwardine und seiner Mutter zum Bahnhof ergab, weil sie unter Rückenschmerzen litt. Der Stallknecht mußte einen Teppichläufer herbeischaffen, um daraus ein Polster als Rückenstütze zu machen. Man könnte einwenden, daß eine Frau über sechzig häufig unter Rückenbeschwerden leiden mag, doch in dem Fall hätte man in der

Kutsche gewohnheitsmäßig ein Polster für sie bereitgehalten. Migson wog zwar nicht soviel wie andere Männer, dennoch mußte sie all ihre Kraft zusammengenommen zu haben, um ihn in den Korb hieven zu können.»

Charles machte ein abweisendes Gesicht. Vermutlich hatte er Bella mittlerweile von Migsons spezieller Zuneigung zu ihm erzählt, mochte allerdings nicht daran erinnert werden. Dasselbe galt für sie.

«Kam Louise wirklich zu Ihnen und flehte Sie an, mich dazu zu bringen, Guggles wieder zu verlassen?»

«Ja. Ich glaubte zum damaligen Zeitpunkt allerdings, sie redete von Charles. Sie hingegen nahm an, ich wüßte mehr, als ich wirklich wußte. Doch während ich an dieses Gespräch zurückdachte, verdichtete sich in mir die Überzeugung, daß Ihre Schwiegermutter den Schuß abgefeuert hatte. Lady Dorothea begab sich ohne Penwardines Wissen zum Theater. Als dieser merkte, daß sie dort war, muß er vor lauter Angst fast den Verstand verloren haben. Sie war es leid zu warten, bis andere etwas unternahmen, und hatte beschlossen, die Angelegenheit selbst in die Hand zu nehmen.»

«Doch inwiefern hängt das mit dem zusammen, was Louise zu Ihnen sagte?»

«Sie sagte, sie wollte ‹ihm› einen Sohn schenken – mit ‹ihm› meinte sie Lord Penwardine. Dann setzte sie hinzu: ‹Selbst seine Mutter will, daß ich ihm einen Sohn gebäre.› In jenem Moment hielt ich diese Aussage für pure Hysterie. Aber ich glaubte ja, sie rede von Charles. Als ich allerdings erfuhr, wen sie tatsächlich meinte, fügte sich alles logisch ineinander.»

Charles warf ein. «Ich verstehe nicht, warum …»

«Natürlich verstehst du!» Bella unterbrach ihn. «Immerhin hatte ich aus ihrer Sicht in dieser Beziehung jämmerlich versagt. Als Lady Dorothea endlich begriff, daß sie auf die falsche Stute gesetzt hatte, verlagerte sie ihr Interesse wieder auf

Louise. Nur wollte sie außerdem mein Geld für die beiden. So war es doch, Nell, oder was meinen Sie?»

Bella versuchte, einen munteren Ton anzuschlagen, doch war die Verletztheit in ihrer Stimme unüberhörbar.

«Ja. Ich fürchte, Lady Dorothea war absolut von der Idee besessen, daß der Name der Familie fortleben müsse. Ihr oder Migsons – oder sogar ihr eigenes – Leben bedeutete im Vergleich zu diesem Bestreben nichts.»

Charles blickte mich an. Sein kurzer Aufenthalt im Gefängnis hatte ihm ausreichend verdeutlicht, welches Leben Lady Dorothea von nun an würde führen müssen. In diesem Punkt teilten er und ich eine Erfahrung, die Bella nicht nachvollziehen konnte.

«Ich wünschte ... nein, ich wünsche mir gar nichts. Ich frage mich lediglich, ob die Geschichte anders hätte ausgehen können. Wenn er mich überhaupt irgendwann geliebt hätte, oder wenn ich mir nur kurze Zeit länger hätte vormachen können, daß er mich liebte, dann hätte ich ihnen möglicherweise ihren Erben geschenkt, und dies Drama wäre nie geschehen. Aber er liebte mich nie, nicht im geringsten. Sie zwang ihn, mich zu heiraten.»

Sie unterdrückte ihre Tränen. Charles' Hand wanderte über das Sofa, ergriff die ihre und drückte sie.

«Was wird mit ihr geschehen?»

«Ich nehme an, sie wird sich schuldig bekennen. Lieber das, als zu ertragen, daß bei einer Gerichtsverhandlung alles vor der Öffentlichkeit ausgebreitet würde.»

«Und dann ...?»

«Das hängt vom Richter ab.»

Stille. Als Bella sie unterbrach, klang ihre Stimme immer noch sehr bedrückt.

«Endlich kann ich mich von ihm scheiden lassen. Er schlug mich, vor Zeugen. Das gilt als Tatbestand der Grausamkeit.»

«Ja, ich kann mir nicht vorstellen, daß er Ihnen jetzt noch Steine in den Weg legen wird. Außerdem hat seine Mutter ihm befohlen, Louise zu heiraten. Wenn Sie die Scheidung unter diesen Umständen einreichen, bekommen Sie wahrscheinlich Ihre zwei Millionen Dollar zurück.»

«Ja.»

Aber es schien ihr nicht mehr so wichtig zu sein wie beim ersten Mal, als wir über das Thema redeten. Ich erkundigte mich bei Charles nach seinen Plänen.

«Ich gehe nach Amerika. Wir sprachen bereits vor den tragischen Ereignissen darüber. Man hat mich aufgefordert, in New York den Romeo zu spielen und anschließend auf Tournee zu gehen. Vielleicht gelingt es mir in meiner Freizeit gar, mit den Wrights einige Flüge zu unternehmen. Ich werde Bella vermissen, aber auf diese Weise können sich die Wogen hier besser glätten. Wenn sie geschieden ist, kommt sie zu mir. Wir werden heiraten.»

Und bis ans Lebensende glücklich sein.

«Stellen Sie die Truppe für ‹Romeo und Julia› selbst zusammen?»

«Ja, man läßt mir damit freie Hand.»

«Sie werden einen Mercutio brauchen. Warum nehmen Sie nicht Vincent Colvin?»

Urplötzlich war mir dieser Gedanke gekommen. Ich dachte an die Menschen, die schuldlos Schaden erlitten hatten, bevor der Vorhang über jener Schlußszene auf dem Penwardineschen Landgut fallen konnte. Für Migson vermochte ich nichts mehr zu tun, doch in Vincents Fall ergab sich hierdurch eine günstige Gelegenheit. Ich mochte ihn, und er hatte Inspektor Merit kein Sterbenswörtchen über Charles und Migson verraten.

«Gar keine schlechte Idee. Seine zynische Haltung könnte genau zu der Rolle passen.»

«An Ihrer Stelle würde ich rasch bei ihm anfragen, sonst verpflichtet er sich anderweitig. Jetzt muß ich aber zum Bahnhof, sonst ziehen meine Schweizer Freundinnen auf eigene Faust los.»

Charles begleitete mich auf den Platz hinunter. Ohne Anstandsdame durfte er den Abend nicht bei Bella verbringen. Er hatte die tragischen Vorfälle noch nicht bewältigt und war nicht eben in Hochstimmung.

«Es tut mir leid, was mit Ihrer Wange passiert ist.»

«Und mir tut leid, was Ihrem Flugzeug zugestoßen ist.»

«Arthur ist heute hingefahren, um es abzuholen.»

Nachdem wir uns voneinander verabschiedet hatten, stürmten von der anderen Seite des Platzes einige Mädchen auf ihn zu und baten ihn um sein Autogramm. Er würde sich erholen, darüber machte ich mir gar keine Sorgen.

Einen Monat später. Ort der Handlung: Das Büro von Bellas Anwälten im *Lincoln's Inn.* Wieder einmal tat ich etwas für Bella; ich unterzeichnete nämlich eine eidesstattliche Erklärung darüber, daß ich beobachtet hatte, wie ihr Mann ihr eine Ohrfeige versetzt hatte. Dieser Akt der Gewalt stellte den Schlüssel dar, der Bellas Ehegefängnis aufsperren und ihre Dollars freigeben würde. Ich hatte befürchtet, Einzelheiten darüber preisgeben zu müssen, wie es zu dem Schlag gekommen war, doch der Anwalt, der über die Vorfälle offensichtlich gut Bescheid wußte, meinte, das sei nicht notwendig. Die andere Seite habe davon abgesehen, eine Gegendarstellung vorzulegen, und zeige sich an einem raschen Zustandekommen der Scheidung höchst interessiert.

Als die Angelegenheit erledigt war und ich bereits Mantel und Handschuhe übergestreift hatte, erkundigte ich mich bei dem Anwalt, ob er eine Ahnung habe, zu welchem Termin Lady Penwardines Prozeß anberaumt war.

«Erst heute morgen erfuhr ich, daß es keinen Prozeß geben wird.»

«Wie bitte?»

Ich glaubte sogleich, daß die Penwardines es dank ihren Beziehungen wieder einmal geschafft hatten, trotz eines Mordes mit heiler Haut davonzukommen.

«Lady Penwardine verstarb letzte Nacht im Gefängnis von *Holloway*. An Lungenentzündung. Soweit ich weiß, raffte die Krankheit sie recht plötzlich dahin, wie dies recht häufig bei älteren Menschen der Fall ist.»

Ich lief durch die weihnächtlich geschmückten Straßen und dachte an Lady Dorothea. Auf ihrem Totenschein stand zwar Lungenentzündung, doch die eigentliche Todesursache war mit Sicherheit jener unerbittliche, eiserne, aber so fehlgeleitete Wille. Eine Penwardine endet nicht am Galgen.

Mehr als zwei Jahre später – ich hatte unter dem Druck anderer Ereignisse den Fall Penwardine bereits fast vergessen – geschahen an einem Tag gleich zwei besondere Dinge. Am Vormittag erreichte mich ein Brief aus Chicago. Aus jedem Schnörkel der verschlungenen Handschrift sprach freudige Erregung. Die Unterschrift lautete Bella Courts. Sie hatten geheiratet. Der «Romeo»-Tournee war großer Erfolg beschieden gewesen. Charles hatte sich nun endgültig aus dem Theater zurückgezogen. Die beiden planten, eine Fluggesellschaft zu gründen, um Fracht zwischen Chicago und New York zu befördern. Charles hatte Bella das Fliegen beigebracht und «ich habe erst zwei Bruchlandungen hinter mir, aber die eine zählt nicht, weil ein Flügel abbrach». Ich sei herzlich eingeladen, sie zu besuchen; sie würde mich in ihrem Flugzeug mitnehmen – hoffentlich würde der Flügel dann wieder befestigt worden sein. Im Postscriptum fügte sie hinzu, daß auch Vincent Colvin als Mercutio Triumphe gefeiert und beschlossen habe, als Schauspieler in New York zu bleiben: «Die gesamte Damenwelt ist verrückt nach ihm, wie damals nach Charles, aber es scheint ihm nicht im mindesten den Kopf verdreht zu haben.» Ich vermochte nicht zu entscheiden, ob Bella taktvoll oder nur naiv war. In jedem Fall brachte ihr Brief nur gute Nachrichten.

Am Nachmittag desselben Tages begegnete ich zufällig meiner Tante auf der *Oxford Street.* Nach dem üblichen Austausch von Höflichkeiten, bei dem ich mir wie ein fremdartiges Wesen vorkam, das man nur auf Armeslänge und mittels einer Pinzette handhaben darf, kam meine Tante auf die Penwardines zu sprechen. Sie wußte, daß ich in den Fall verwickelt gewesen war, hatte jedoch zu ihrem Ärger nie irgendwelche Einzelheiten herauszufinden vermocht.

«Weißt du, daß er die kleine Ditchbrake geheiratet hat? In dem Moment, da die Scheidung ausgesprochen wurde, standen die beiden auch schon vor dem Traualtar. Gerade noch rechtzeitig.»

«Ich hörte davon.»

«Das Kind wurde vergangene Woche geboren.»

«Der heißersehnte Sohn und Erbe!»

Vielleicht konnte das Lady Penwardines Geist dort unten im Schattenreich ein wenig versöhnen. Meine Tante bedachte mich mit einem durchdringenden Blick.

«Es ist ein Mädchen.»

Ihrem Ton nach zu urteilen, gab sie mir sogar hierfür die Schuld.

ECON HISTORISCHER KRIMI

Gillian Linscott
Tod in Biarritz
Ein Kriminalroman aus dem Frankreich der Jahrhundertwende
280 Seiten
TB 25144-9

Frankreich um die Jahrhundertwende. Es ist Frühling in Biarritz, und wie jedes Jahr vergnügt sich der britische Adel in dem mondänen Urlaubsort. Doch da sorgen der angebliche Selbstmord einer Edelkurtisane und ihr Testament für Aufregung. Sie hat ihr Vermögen der englischen Frauenbewegung vermacht, und jetzt kommt die berüchtigte Suffragette Nell Bray nach Biarritz, um das Erbe anzutreten. Mit ihren Nachforschungen macht sie sich in der feinen Gesellschaft nicht nur Freunde.

ECON TASCHENBÜCHER ECON

Tom Holland

Der Vampir

Roman

432 Seiten, TB 27200-4

Deutsche Erstausgabe

Eigentlich war Rebecca Carville nur auf der Suche nach dem einzig verbliebenen Exemplar von Lord Byrons verschollenen Memoiren. Statt dessen findet sie sich dem berühmt-berüchtigten Dichter selbst gegenüber – der nicht nur am Leben, sondern auch in nahezu 200 Jahren keinen Tag gealtert ist. Als er in Rebecca eine entfernte Verwandte erkennt, ist Byron bereit, ihr die bizarre Geschichte seines ebenso abenteuerlichen wie ausschweifenden Lebens als Untoter zu erzählen. Doch nach und nach muß Rebecca zu ihrem Entsetzen feststellen, daß diese Mitteilsamkeit nicht ganz uneigennützig ist. Denn Vampire mögen zwar unsterblich sein – aber die ewige Jugend fordert einen fürchterlichen Preis ...

Eine brillante Mischung aus Fakten und Fiktionen, die dem Vampirmythos ganz neue Seiten abgewinnt, und damit auch noch Genre-Kenner zu überraschen vermag.

»Holland... verknüpft ebenso genial wie unterhaltsam wilde Spekulation und Literaturgeschichte.«

Sunday Times

ECON UNTERHALTUNG

Steve Szilagyi
Der Elfengarten
Roman
408 Seiten
TB 27202-0
Deutsche Erstausgabe

London, 20er Jahre: Charles Castle, Photograph, wird Zeuge eines unfaßbaren Phänomens. Auf Photogaphien, die ihm ein Dorfpolizist aus Burkinwell zur Begutachtung bringt, sind Elfen abgebildet. Um diesem Geheimnis auf die Spur zu kommen, reist Castle persönlich nach Burkinwell und findet dort tatsächlich einen Weg, die Elfen zu sehen. Ohne es zu ahnen, besiegelt er damit sein verhängnisvolles Schicksal …

»Fesselnd, ungewöhnlich und überzeugend … Eine hypnotisierende Geschichte.«
Publishers Weekly

»Neben der bezaubernden Reise ins Phantastische vibriert dieser Roman geradezu vor Spannung…«
Washington Post Book World

ECON TASCHENBÜCHER

ECON

ECON UNTERHALTUNG

Malcolm Bosse
In der Maske der Mönche
Historischer Roman
640 Seiten
TB 27235-7

London im ausgehenden 18. Jahrhundert: Der zwanzigjährige Ned Carleton verläßt sein Heimatdorf, um in der Weltstadt sein Glück zu finden. Doch bald schon gerät er in ein auswegloses Intrigennetz: Skrupelloser Mädchenhandel, wilde Sexorgien in einem altem Kloster, falsche Zeugen … Wären da nicht die hübsche Clare und der Schriftsteller Henry Fielding, bestünde für Ned nicht die geringste Aussicht, dem düsteren Labyrinth zu entkommen.

»Ein breites Publikum ist garantiert … «

Publishers Weekly

ECON TASCHENBÜCHER ECON

ECON HISTORISCHER KRIMI

Margaret Frazer
Der Dämon
Eine Kriminalroman aus dem Mittelalter
288 Seiten
TB 25178-3
Deutsche Erstausgabe

Endlich darf Schwester Frevisse ihr Kloster für eine Pilgerfahrt verlassen, doch schon bald stößt sie auf eine Gruppe seltsamer Reisender. Ein Mann, der angeblich von einem Dämon besessen ist, soll einen Mord begangen haben. Für alle Reisenden scheint der Fall klar, nur Schwester Frevisse hat begründete Zweifel … Eine Detektivin, die ihresgleichen sucht: Schwester Frevisse gegen den Rest der sündigen Welt.

ECON HISTORISCHER KRIMI

Mary Kruger
Die Todesklippen
Ein Kriminalroman aus dem 19. Jahrhundert
304 Seiten
TB 25141-4
Deutsche Erstausgabe

Ein Serienmörder treibt in einem Ferienort der New Yorker High-Society sein Unwesen. Mehrere Dienstmädchen werden erwürgt aufgefunden. Matt Devlins Ermittlungen gehen nur schleppend voran, bis er in Brooke Cassidy eine Verbündete findet. Als Brookes Onkel als Tatverdächtiger verhaftet wird, setzt sie alles daran, den wahren Mörder zu finden …

»Krugers leichter Stil, ihre großartigen Charaktere und das einmalige *setting* machen dieses Buch zu einem exzellenten Debütwerk.«

Rendezvous